Über dieses Buch:

Das junge Ehepaar Judith und Hans werden zum ersten Mal Eltern. Judith gelangt durch die Geburt ihres Sohnes zu einer für sie berührenden, ergreifenden Erkenntnis: die Erkenntnis vom Lebensduft. Ihr Mann teilt diese Erkenntnis nicht. Wochen später erfährt Judith erneut eine tiefgreifende Erkenntnis. Auch diese Erkenntnis übersteigt Hans' Fassungsvermögen. Nach der Geburt des zweiten Sohnes erwacht in ihm die Sehnsucht nach seinem Lebensduft. Er begibt sich wenige Jahre später auf eine monatelange Reise, um seinen Lebensduft und ein tieferes Lebensziel zu finden. Während dieser Zeit, ohne ihren Mann, schwinden Judiths Kräfte. Ein charismatischer, geheimnisvoller Mann, mit dem sie auf ungewöhnliche Art und Weise kommuniziert, gibt ihr Kraft, Lebenssinn und eine weitere Erkenntnis. Auch Hans begegnet diesem Mann.

Renate Reiser

Der Lebensduft

Roman

Bibliografische Information der Deutschen
Nationalbibliothek:
Die Deutsche Nationalbibliothek verzeichnet diese
Publikation in der Deutschen Nationalbibliografie;
detaillierte bibliografische Daten sind im Internet über
http://dnb.dnb.de abrufbar.

Herstellung und Verlag:

BoD – Books on Demand, Norderstedt

ISBN: 978-3-751906128

www.renate-reiser.de

Der Lebensduft

Dies ist die Geschichte einer jungen Frau und eines jungen Mannes, die sich eines Tages in einer Kleinstadt in Süddeutschland begegnen und sich ineinander verlieben. Das Leben von Judith und Hans ist so gewöhnlich, dass ihre Geschichte überall auf der Erde erlebt werden könnte. Womit unterscheiden sie sich dann von anderen Paaren? Was macht es wert, ihre Geschichte in einem Buch festzuhalten?

Lesen Sie selbst und finden Sie es heraus – lassen Sie sich vom *Lebensduft* inspirieren.

1.
Der schräge Schneidezahn

Es begann eines Tages im April, in Judiths Einzimmerwohnung im Dachgeschoss eines Bauernhofes.

Die zierliche, 1,65 Meter lange Frau stand im orangefarbenen Bademantel vor dem Badezimmerspiegel und betrachtete sich mit lieblosen Blicken. Sie hatte nach der Arbeit geduscht, und wie immer wollten ihre langen rotblonden Haare einfach nicht mit dem Föhn kooperieren. In wilder Krause hingen sie ihr über die Schultern. Normalerweise kümmerte sie sich nicht darum, aber heute war irgendwie nicht ihr Tag. Ihr Blick blieb schließlich am Spiegelbild ihrer Augen haften, und sie sagte enttäuscht:

„Mit neunzehn Jahren immer noch ein Außenseiter, mit der einzigen Gewissheit, anders zu sein wie andere. Schau dir doch bloß mal deine Haare an. Die schreien ja förmlich *gegen den Strom schwimmen*!"

Judith spürte den Frust in sich aufsteigen und wurde immer lauter: „Ich kann einfach, zweifach nicht mit dem Strom schwimmen! Ich hab es ja versucht, es geht nicht, das ist nicht mein Ding! Ich war auf Partys; hab mich betrunken; hab mitgequatscht, auch wenn's mich nicht besonders interessiert hat; hab mitgelacht; hab mir eine Zeitlang die neuesten Klamotten gekauft; hab versucht, ‚in' zu sein und mich anzupassen, damit auch ich Freunde habe. Aber wer möchte denn bitte mit einer Intelligenzbestie wie mir, die mit fünf Jahren eingeschult wurde und zwei Klassen übersprungen hat, befreundet sein? Mit einer, die nach einem Einser-Abi eine Floristiklehre anfing? Niemand! Ich bin ganz offensichtlich nicht cool genug. Dabei hab ich echt alles versucht, um von euch wahrgenommen und akzeptiert zu werden! Hab coole Sprüche benutzt, obwohl die einfach nur hohl sind. Hab mich gedreht und gewendet und so getan, als ob ich zu euch gehörte. Doch ich komme immer wieder zum selben Schluss: Ich bin nicht wie ihr! Nein! Das bin ich wirklich nicht! Aber wieso bin ich denn, verdammt nochmal, so anders?"

Immer wieder stellte sie ihrem Spiegelbild dieselbe Frage, ohne eine Antwort zu erhalten. Schließlich stieß sie einen resignierten Seufzer aus und schaute aus dem Fenster schräg neben ihr. Das Wetter und ihre Laune passten wunderbar zusammen. Der Himmel hing voller grauer Wolken, die Luft war trüb und es nieselte. Judith glaubte, in der Ferne Nebel zu erkennen.

Ein unterschriebener Versicherungsvertrag war an der Pinnwand neben der Balkontür geheftet. Den musste sie am besten noch heute zur Bank bringen. Sie warf erneut einen Blick nach draußen – nur um festzustellen, dass sich das Wetter in den letzten zwei Minuten absolut nicht verändert hatte.

„Eigentlich sollte ich den Vertrag jetzt abgeben. Aber muss ich meinen freien Nachmittag damit verbringen, bei diesem

Mistwetter zur Bank zu radeln, wo ich mich am liebsten im Bett verkriechen möchte? ... Na ja, dann könnte ich zumindest diese Sache abhaken. Und wenn ich mich sofort auf den Weg mache, hab ich ja trotzdem noch was von meiner Freizeit."

Frustriert ließ sie sich auf die Couch fallen und gönnte sich noch rund zwanzig Minuten Selbstmitleid, bevor sie ihre gelbe Regenjacke, die schwarze Regenhose und die alten grünen Gummistiefel anzog. Immerhin lagen bis zur Bank knapp vier Kilometer Strecke im Nieselregen vor ihr.

Den Vertrag regenfest in ihrem Rucksack verstaut, schlurfte Judith lustlos zum Schuppen gegenüber dem Bauernhaus, der ihrem Fahrrad als Unterstand diente. Sie stieg auf, trat genervt in die Pedale und begab sich im Regen auf den Weg.
Schnell klebten ihr die rotblonden Haare nass im Gesicht. Heute war einfach nicht Judiths Tag – in jeder Hinsicht.

Irgendwann, nach einigen Minuten Strampeln, verschwanden die dunklen Wälder am Straßenrand und die ersten Häuser wurden sichtbar. Judith erblickte die Bank, die ziemlich genau am Ortseingang der Stadt gegenüber der Bäckerei lag.
Nachdem sie die Strähnen aus ihrem Gesicht gestrichen hatte, kämpfte sie sich die letzten Meter weiter und kam schließlich neben der Bank zum Stehen. Sie atmete einmal tief aus und stieg ab. Wenigstens das Fahrradschloss war ihr wohlgesonnen und ließ sich heute mit angenehmer Leichtigkeit um den Fahrradständer schlingen.

In der Bank war nicht viel los, was aber angesichts der geringen Einwohnerzahl der Stadt keine Überraschung war. Judith konnte direkt zum Schalter durchgehen. Hinter dem Tresen stand ein Mitarbeiter, den sie noch nie zuvor gesehen hatte.

Für einen Moment vergaß Judith ihre schlechte Laune und musterte ihn verwundert. „Der sieht nett aus. Ziemlich schlaksig, groß, bestimmt über eins fünfundachtzig. Er ist garantiert nicht viel älter als ich."

Judith gefiel seine ansprechende Erscheinung.

Da sie so schnell wie möglich zurück nach Hause wollte, in ihre gemütliche Selbstmitleid-Höhle, hielt sie dem Unbekannten mit einem knappen „Hallo" den Versicherungsvertrag vor die Nase. Für sie war die Sache damit erledigt – nur noch ein kurzes „Danke, tschüss" der Höflichkeit wegen, und dann nichts wie raus hier.

Für den Schlaksigen mit den kurzen dunklen Haaren sah die Sache aber offenbar ganz anders aus. Bevor Judith sich umdrehen konnte, hatte er blitzschnell seine Hand zum Gruß ausgestreckt, und er lächelte sie an: „Hallo, wir kennen uns noch nicht. Ich bin Johannes Raiche, eigentlich Hans Raiche."

Über diese Reaktion war Judith sichtlich perplex, ging aber auf seinen Handschlag ein. Etwas an seinem Lächeln berührte sie und ließ sie vergessen, dass sie es eigentlich eilig hatte, wieder nach Hause zu kommen.

„Oh, der gefällt mir!" Diesen unüberlegten Kommentar bereute sie auf der Stelle; am liebsten hätte sie sich auf die Zunge gebissen. Hans' fragendes Gesicht machte sie nur noch verlegener.

„Also, ich meine", begann sie stotternd, „der Zahn, der schräge Schneidezahn … keine Zahnspange … das sieht schön aus, so natürlich. Ach, Mist, tut mir leid, dass mir das so herausgerutscht ist. Ich meine, Sie haben ein tolles Lächeln!"

Er sah wirklich süß aus, mit den immer röter werdenden Wangen.

„Tja, also, vielen Dank, das hat mir noch nie jemand gesagt."

„Ich wollte Sie nicht in Verlegenheit bringen!", entschuldigte sich Judith abermals.

„Nein, nein, ist alles in Ordnung! Ich habe noch nie ein Kompliment für meinen Zahn bekommen. Ich selbst habe mich erst kürzlich mit dem schrägen Ding angefreundet."

Erleichtert über seine Worte lachte Judith auf. „Er steht Ihnen wirklich gut, Sie sollten ihn öfter zeigen."

Wieder zogen sich Hans' Mundwinkel unwillkürlich nach oben und seine Gesichtsfarbe erreichte das Rot einer reifen Tomate.

So standen die beiden eine paar Augenblicke da, verlegen wie Teenager, bis Judith schließlich ihren Rucksack vom Boden hob und ihn über die Schulter warf.

„Tja, also dann, ich muss jetzt los. Aber ich komme bald wieder und erinnere Sie daran, wie bezaubernd Ihr Lächeln ist."

Hans musste lachen: „Ja, gerne, jederzeit. Einen schönen Tag noch!"

Judith drehte sich um, ging zur Tür und winkte ihm im Gehen noch einmal zu. Sie konnte seinen Blick, der auf ihrem Rücken brannte, kaum aushalten.

Als sie die Bank verlassen hatte, schlug sich Hans mit der flachen Hand an die Stirn: „Mist, ich hab vergessen, ihr zu sagen, dass ich ab nächster Woche in der Hauptfiliale in Ravensburg bin."

Und so hoffte er, Judith würde sich, wenn sie erneut in die Bank käme, nach ihm erkundigen.

Draußen beim Fahrradständer wiederum machte sich Judith Vorwürfe, während sie das Schloss entsicherte:

„Liebe Judith, das war peinlich. Wieso musst du mit deinen Gedanken immer gleich herausplatzen und wild drauflos plappern?"

Sie warf einen kurzen Blick gen Himmel, nur um festzustellen, dass sich das Wetter noch kein bisschen gebessert hatte. Das machte ihr allerdings nichts mehr aus, denn ihr schoss Hans' Lächeln in den Sinn, und sie musste schmunzeln.

„Hans Raiche … Ich muss unbedingt bald wiederkommen, um ihn zu sehen."

Nachdem sie mit Feuer in den Pedalen nach Hause geradelt war, hängte sie die nasse Regenkleidung zum Abtropfen in die Dusche, zog eine Pluderhose und einen Schlabberpullover an und glitt sachte auf die Couch. Frohgelaunt dachte sie an ihre Begegnung in der Bank. Für eine Weile schien ihr Tag gerettet zu sein, und sie hatte ihre Gelassenheit und Heiterkeit wieder.

Doch dann begann sie zu zweifeln: „Was, wenn ich mich in ihn verliebe und er sich nicht für mich interessiert? So wie ich es früher schon mal erlebt habe …" Sie malte sich alle möglichen Szenarien aus: „Was, wenn sich herausstellt, dass er einfach nur ein total langweiliger, oberflächlicher Bankangestellter ist? Würde er überhaupt mit mir zurechtkommen, wo ich doch so anders bin als die meisten?"

Nach einer Weile fiel ihr auf, dass sie sich mal wieder in einer Gedankenspirale befand, die sowieso zu nichts führte. Sie musste unbedingt aus dieser Spirale heraus, bevor es schlimmer wurde und ihre Stimmung wieder in den Keller sank. Sie sprang auf, stellte sich in die Grätsche und atmete tief ein und aus. Diese Übung half ihr, wenn sie am Verzweifeln war, weil sie sich über die Zukunft Sorgen machte, oder weil sie etwas Vergangenes gern ändern wollte aber natürlich nicht konnte. In der Regel gelang es ihr, sich auf diese Weise aus dem Grübeln herauszuholen; und so auch diesmal.

„Jetzt noch Arme und Beine ausschütteln und nichts mehr erwarten. Nicht an Negatives oder an die Vergangenheit denken."

Judiths Bestreben war es neuerdings, im Hier und Jetzt zu leben.

Eine Woche später, auf den Tag genau, hatte Judith wieder einen freien Nachmittag. Ihr war klar: Sie wollte Hans wiedersehen.

So fand sie sich erneut am Fahrradständer vor der Bank, schloss ihr Fahrrad ab und ging in Richtung Eingang. Der schlaksige Hans war ihr nicht mehr aus dem Kopf gegangen. Die Tatsache, dass sie immer wieder sein verlegenes Lächeln und seine leuchtenden Augen vor sich sah, deutete sie als Zeichen, ihn näher kennenlernen zu müssen. Heute wollte sie ihn um seine Handynummer bitten, obwohl sie keine Ahnung hatte, wie sie das anstellen sollte.

Als sie die Tür öffnete machte ihr Herz einen kleinen Luftsprung aber sackte sofort in den Keller. Hans war nirgends zu sehen. Stattdessen sah Judith Anne beschäftigt am Tisch stehen. Anne war die Tochter der Familie, in deren Bauernhof sie wohnte. Judith ging auf sie zu und fragte nach Hans. Anne grüßte aufgesetzt freundlich und verschwand hinter einer Tür, ohne ein weiteres Wort zu sagen. Mit einem Brief in der Hand kam sie heraus.

Sie hielt ihn Judith hin: „Der ist von Hans. Den soll ich dir geben, wenn du nach ihm fragst. Und jetzt frage ich dich: Möchtest du den Brief?"

„Mannomann, dein Verhalten ist mehr als peinlich. Was du für eine Show abziehst. Gib mir einfach den Brief und ich kann hier raus", hätte Judith am liebsten gesagt, verkniff sich aber diesen Kommentar.

Stattdessen lächelte sie und antwortete: „Ja, ich möchte gerne den Brief."

Judith streckte ihre Hand nach dem Brief aus und dachte: „Schau mal an, wie die ihre Macht auskostet und es genießt, dass ich den Brief möchte. Liebe Anne, nur gut, dass du dich selten auf dem Bauernhof blicken lässt. Ehrlich gesagt, ich kann dich nicht riechen!"

Endlich gab Anne ihr den Brief. Judith war froh, dass sie ihre Gedanken nicht lesen konnte, denn darin gab sie Anne einen kraftvollen Tritt in den Hintern. Machtspiele waren ihr ein Gräuel. Judith führte sie stets auf fehlendes Selbstwertgefühl zurück.

Sie bedankte sich und verschwand ohne Abschiedsgruß. In rasendem Tempo radelte sie nach Hause, denn sie wollte den Brief in Ruhe auf ihrem Balkon lesen. Endlich angekommen, stellte sie schnell das Fahrrad im Schuppen ab und hastete die Treppen nach oben, wobei sie immer zwei Stufen auf einmal nahm. Eilig schloss sie die Tür auf und rannte zum Balkon. Dort ließ sie sich auf einen Stuhl fallen und betrachtete den Brief. Sie war freudig gespannt und ihr Herz schlug höher.

Doch jetzt schlichen sich die ihr bekannten „W-Fragen" ein, wie etwa: „Was ist, wenn ...?"

Aber sie hörte nicht auf sie, sondern las aufgeregt den Brief.

Liebe Judith,

bitte entschuldige! Ich vergaß, dir zu sagen, dass ich nur für ein paar Tage in Vertretung hier war und wieder nach Ravensburg muss. Es freut mich, dass du diesen Brief liest. Denn das bedeutet: Du warst in der Bank und hast nach mir gefragt. Weshalb du nach mir gefragt hast, weiß ich natürlich nicht. Könnte sein, dass du nur „Hallo" sagen wolltest. Es könnte aber auch sein, dass es dir wie mir erging und du mich kennenlernen willst, so wie ich dich kennenlernen möchte. Wenn dem so ist, ruf mich bitte an. Natürlich sind deine Daten wie auch deine Telefonnummer bei uns gespeichert. Allerdings wirst du wissen, dass ich sie nicht für Privatzwecke verwenden darf. Bitte ruf mich an. Meine Nummer ist auf der Rückseite des Briefes.

Herzliche Grüße
Hans

„Wow! Es geht ihm wie mir! Doch was nun? Anrufen? Mitten am Tag? Was ist, wenn er in einem Kundengespräch ist? Nein, er bekommt eine SMS. Die kann er lesen, wann immer er Zeit hat. Vermutlich ist es ihm in der Bank ohnehin verboten, sein Handy rauszuholen." Judith schmunzelte über ihre tausend Ausreden, ihn nicht anzurufen. Ihre Entscheidung, Hans eine SMS zu senden, stand felsenfest. Was sie schrieb sagte ihrer Ansicht nach alles aus, was für ihn wichtig war:

„Von Judith."

„Das sind neun Buchstaben. Mehr brauchst du nicht zu wissen." Sie lächelte schelmisch vor sich hin.

Die erste Stunde schlich sie um ihr Handy herum in der Erwartung, Hans würde antworten. Nichts! Sie wurde ungeduldig. Dann – endlich! Da erklang er, der vertraute Ton einer ankommenden SMS. Sie stürzte sich auf ihr Handy – und war enttäuscht. Die SMS war nicht von ihm. Judiths Nerven waren inzwischen zum Zerreißen gespannt.

Etwa neunzig Minuten später vernahm sie erneut den verheißungsvollen Ton.

Um Fassung bemüht, ging sie langsam zu ihrem Handy und redete sich gut zu: „Nicht enttäuscht sein, falls er es nicht ist."

Und dann ein Jubelschrei: „Von Hans!"

„Liebe Judith, ich machte mir viele tiefgründige Gedanken über den Inhalt deiner aussagekräftigen SMS ;-) Deine Worte waren mit Bedacht gewählt und sehr gut platziert. Grammatikalisch überkorrekt. Ich danke dir! ;-) Kurzum: Wenn ich Feierabend habe, rufe ich dich an. Freue mich riesig, obwohl ich den Grund für deine SMS noch nicht kenne! LG, H."

„Und ich freue mich auch! :-)", antwortete sie umgehend.

Hans' SMS gefiel ihr außerordentlich gut. Sein schräger, trockener Humor sagte ihr sehr zu. Jetzt noch seine Nummer abspeichern und dann auf den Liegestuhl zum Entspannen.

Kaum hatte sie sich langgestreckt, klingelte ihr Handy erneut. Verblüfft starrte sie für einen Moment auf das Display.

„Es ist Hans!", rief sie freudig, so laut, dass man sie sicher im Umkreis von fünf Kilometern hören konnte.

Nach einer langen, harten Woche der quälenden Ungewissheit, ob Hans sich für sie interessierte, war das Gespräch nun pure Befreiung. Sie fühlte sich sehr zu ihm hingezogen, und eine ungeahnte Leichtigkeit erfasste sie. Es folgte ein neunzig Minuten langer, inniger Austausch. Dann stand fest, dass sie sich am nächsten Tag wiedersehen würden, gleich nach der Arbeit, im Park, nahe Judiths Blumenladen.

Judith lächelte selig vor sich hin. Es fühlte sich alles gut an.

„Mit einem Mann über Gott und die Welt reden zu können, ist einfach, nein, zweifach, hundertfach wunderbar! Und dass wir auf derselben Wellenlänge sind ist fast unglaublich! Bisher war meine Oma der einzige Mensch, mit dem ich über alles reden konnte und von dem ich mich verstanden fühlte – bis jetzt. Bis Hans. Dank sei Gott, dass ich auf meinen Verstand gehört habe und losgefahren bin, als ich vor einer Woche wegen des Regens nicht in die Stadt radeln wollte, um den Vertrag in der Bank abzugeben. Hans hatte absolut Recht! Keinem Menschen ist es möglich, bereits im Vorfeld zu wissen, was alles geschieht, wenn man auf seinen Verstand hört."

In ihrer Erinnerung tauchten Situationen auf, die sich zum Guten gewendet hatten, nachdem sie auf ihren Verstand gehört hatte. Zum Beispiel, als sie hatte entscheiden müssen: Gehe ich in die 9. Klasse oder überspringe ich sie? Ihr Verstand hatte gesagt: „Du schaffst das, auch entgegen den Bedenken der Lehrer."

Die Lehrer hatten sich wegen ihrer Außenseiterrolle gesorgt. Sie hatten vermutet, Judith würde noch mehr in diese Position geraten, wenn sie in eine neue, bereits gefestigte Klassenstruktur kam.

Judith argumentierte: „Kann ich noch mehr Außenseiter werden, als ich es schon bin?"

Kein Lehrer konnte diesem Argument etwas entgegensetzen. Judiths Außenseiterrolle war bereits vorgegeben, sie war mit Abstand die Jüngste und die Einzige, die eine Klasse übersprang. Positiv war, dass sie in der neuen Klasse akzeptiert wurde, trotz ihres Andersseins und ihrer Intelligenz; aber eine vertrauensvolle Freundschaft mit jemanden aufzubauen, war ihr nicht gelungen. Oberflächliche Freundschaften ja, die hatte sie immer schon gepflegt, doch letztendlich waren ihr diese Freunde eben zu … oberflächlich.

Nun erinnerte sie sich wieder an das Telefongespräch mit Hans und ihr kam in den Sinn: Hans war mit dem Wort „Verstand" nicht zufrieden. Er regte an, ob eventuell „Intuition" oder „Auf-sein-Herz-hören" oder „Bauchgefühl" es nicht treffender ausdrückten? Dieser Gedanke war absolut wert, auf ihrer Gedächtnisfestplatte abgespeichert zu werden, um bei passender Gelegenheit darauf zurückgreifen zu können.

Es war für Judith überaus bereichernd gewesen, sich mit Hans auszutauschen. Während des Telefonats fühlte sie sich wohl und verstanden. Am besten fand sie natürlich, dass auch Hans sich seiner eigenen Außenseiterrolle bewusst war. Er schwamm ebenfalls nicht mit dem Strom.

Er hatte Judith erklärt: „Ich schwimme nicht mit der Mehrheit, wohl eher kreuz und quer oder auch mal links und rechts neben dem Strom entlang, jedoch nicht dagegen, denn das ist kräftezehrend und oft frustrierend."

Diese Sichtweise gefiel Judith. Bisher hatte sie immer gedacht, weil sie nicht mit dem Strom schwamm, schwamm sie dagegen; so hörte sie es ja auch von allen Seiten. Seine Sichtweise verdeutlichte ihr, wie wenig sie über das, was „man" so sagte, nachdachte, wie vieles sie einfach nachplapperte und annahm, ohne darüber zu reflektieren. Und wenn der Mensch kreuz und quer schwimmt, erlebt, sieht und erkennt er mehr, als wenn er nur in einer Richtung unterwegs ist. Der Mensch erweitert dadurch seinen Horizont!

Judith lechzte danach, zum Nachdenken angeregt zu werden.

„Und wer weiß, vielleicht erhalte ich von Hans die Antwort auf die Frage, weshalb ich anders bin … wer weiß?"

Zufrieden lächelnd ging Judith von der Liege zur Couch, setzte sich und sah das Foto ihrer verstorbenen Oma an, das auf dem Beistelltisch links neben der Couch stand.

„Oma, was auch toll ist, er trinkt selten Alkohol!"

Direkt und unverblümt, wie Judith oft war, hatte sie Hans gefragt: „Trinkst du Alkohol?"

„Sehr selten", hatte er geantwortet.

Für diese Antwort hätte sie ihn am liebsten geküsst.

„Vielleicht kann ich das bald?", dachte sie.

Auch Judiths Einstellung zu Alkohol hatte sie stets in eine Außenseiterrolle manövriert. Sie hatte Alkohol probiert, neugierig wie andere auch, war jedoch nach einigen Versuchen zu folgenden Ergebnissen gekommen: Alkohol schmeckt nicht! Menschen, die sagen, dass ihnen Alkohol schmeckt, belügen sich selbst und trinken nur, um gesellschaftlich anerkannt zu sein und reflektieren ihren Alkoholkonsum, ihr Trinkverhalten nicht. Alkohol vernebelt und entfernt die Menschen von der Realität. Hemmungen werden abgebaut, und dadurch verfällt der Mensch in Handlungen und Reden, die er im Nachhinein bereut. Es war ihr klar, dass Alkohol ein schleichend abhängig machendes Produkt war, das nur toleriert wurde um die Wirtschaft anzukurbeln.

„Ja, Oma. Der Austausch mit Hans war ziemlich cool." Judith zwinkerte ihrer Oma verschwörerisch zu.

16

Von jetzt an trafen sich Judith und Hans fast täglich, mal zum Spazierengehen, mal im Eiscafé, mal bei Judith, allerdings nie bei Hans.

Sein Argument für sein striktes „Nein" war: „Meine Wohnung ist nicht frauentauglich."

Nach drei Wochen hatte ihn Judith mit folgendem Argument doch dazu überredet: „Dann erteile mir eine Ausnahmegenehmigung, und ich verspreche dir, deine Wohnung oder Einrichtung, Unordnung oder was auch immer ich nicht sehen soll, nicht zu kommentieren."

Sie schmunzelte verschmitzt. Ihrer Vermutung nach war Hans unordentlich. Träfe das zu, würde sie ihm liebend gern ihre Unterstützung anbieten. Vorausahnend verschwieg sie ihm ihre Gedanken.

Hans kapitulierte, denn er wusste, dass es letztendlich für ihn kein Entrinnen gab.

Er holte Judith ein paar Tage später mit seinem Roller ab und fuhr mit ihr zu seiner Wohnung. Vor der Wohnungstüre bat er sie, die Augen zu schließen – was eher wie ein Befehl als eine Bitte klang – und sie erst wieder zu öffnen, wenn er es erlaubte. Judith war einverstanden, schließlich vertraute sie Hans blind.

Er schloss auf und führte sie ein paar Schritte geradeaus. „Gleich ist es so weit. Wir stehen im Wohnzimmer – und jetzt öffne die Augen."

„Wow!", rief sie aus. „Toll! Sehr originell! Eine prima Idee!"

Der Felsen, der Hans offensichtlich vom Herzen fiel, erschütterte fast den ganzen Wohnblock.

Statt einer Couch stand rechts an der Wand eine Autorücksitzbank, der Tisch bestand aus drei aufeinandergestapelten Paletten. Die Tischplatte war eine große Platte aus Kork, die wohl bei irgendjemandem beim Boden verlegen vergessen worden war. Statt eines Schranks hingen gegenüber der Sitzbank Holzkisten, in denen früher Weinflaschen transportiert wurden. Gegenüber der Wohnungstüre war eine Glasfront mit Glastür, die zum Balkon führte. Besonders angetan war Judith von den vielen Grünpflanzen, die an den Wänden hingen und auf fünf kleinen Bambustischen standen, die im Raum verteilt waren.

Hans ging an ihr vorbei durch einen Mauerbogen auf der linken Seite. Dahinter vermutete Judith die Küche. Sie lief zum Türbogen – und als sie sah, dass sie Recht hatte, lächelte sie. Am sehr kleinen Esstisch erkannte sie statt eines Stuhls einen Autoschalensitz und das Gestell, auf dem der Sitz platziert war, war das eines Bürostuhls. Sie drehte sich zurück zum Wohnzimmer und ließ ihre Blicke durch die Wohnung schweifen.

Die Wände waren nicht nur mit Blumen behangen, sondern auch noch mit diversen Bilderrahmen in unterschiedlichen Größen, Farben und Formen. Jedoch befand sich kein einziges Bild in den Rahmen, sondern nur Texte; mal kürzer, mal länger, mal groß, mal klein geschrieben, mal von Hand, mal mit dem PC, und in unterschiedlichen Farben und Schriftarten. Judith stand vor einem Bilderrahmen im Wohnzimmer und las:

Zwei Wölfe kämpfen um Dein Herz. Einer der beiden ist streitsüchtig, rechthaberisch, egoistisch ... und der andere ist heiter, liebevoll, höflich ... Nun die Frage an Dich: Wer wird den Kampf um Dein Herz gewinnen?

„Eine Geschichte, die sehr zum Reflektieren anregt", sagte Judith nach einigen Augenblicken nachdenklich zu Hans, der nun hinter ihr stand.

„Ja …" Das klang sehr ernst; er legte dabei beide Hände auf ihre Schultern.

Judith drehte sich um, stellte sich auf ihre Zehenspitzen und hauchte ihm einen Kuss auf seine Wange.

„Weshalb durfte ich nicht schon früher in deine Wohnung?"

„Wegen meiner unkonventionellen Einrichtung."

„Aber sie passt zu dir!"

„Denke ich auch", hauchte er in ihr Ohr.

Sie löste die Umarmung und las alle Texte. Danach bat sie ihn, die Texte für sie zu fotografieren und ihr zu schicken.

„Nein. Werde ich nicht", war seine Antwort, kurz, knapp und bestimmend.

Judith war baff, sprachlos und sah Hans entsprechend verdutzt an. Noch nie zuvor hatte sie ihn um etwas gebeten.

Doch dann entdeckte sie das Blitzen in seinen Augen. „Ich schenke dir alle Rahmen, wenn du willst."

Sie umarmte ihn, sah ihn spitzbübisch an und antwortete: „Jetzt sage *ich* nein. Sicherlich hast du ab jetzt nichts mehr gegen Besuche von mir einzuwenden. Dann verinnerliche ich die Aphorismen, wenn ich bei dir bin."

Sie schmiegte sich an ihn, spürte seinen Körper und flüsterte in sein Ohr: „Manchmal ist es fast gespenstisch, wie ähnlich wir uns sind und wie gut wir uns verstehen."

Sie fühlte, wie sich ihr Körper in der innigen Umarmung sinnlich erregte. Doch sogleich bremste sie sich aus. Denn nur einen Tag zuvor hatten sie ihre Gedanken zu körperlicher Liebe und darüber, die Nacht beim anderen zu verbringen, ausgetauscht.

Bis zu ihrem Gespräch am Vortag hatte Judith noch zu keiner Entscheidung gefunden. Einerseits wollte sie mit ihm die Nacht verbringen, weil sie neugierig war und sich zu Hans auch körperlich hingezogen fühlte, andererseits hielt es sie ab, wenn sie an die Schulzeit dachte; wie die Jungs und Mädchen prahlerisch ihre Bettgeschichten zum Besten gegeben und abgehakt hatten, mit wem sie schon geschlafen hatten. Das empfand sie als abstoßend, gefühllos und angeberisch. In ihrer Vorstellung wurde Zärtlichkeit, mit jemandem intim zu werden, zu etwas Besonderem, das nur zwei Menschen betraf und sonst niemanden. Voraussetzungen mussten für sie erfüllt sein, und das waren Zuneigung, Liebe, absolutes Verstehen, Vertrauen und eine gemeinsame Zukunftsplanung. Aufgrund ihres Zwiespalts war sie unentschlossen gewesen.

Doch Hans' Gedanken waren auch in dieser Sache denen von Judith nahe. So hatte er bereits vor einigen Jahren entschieden, bis zur Hochzeit zu warten.

Judith hatte darüber nachgedacht und seiner Entscheidung zögerlich zugestimmt.

Von da an wurde ihr Entschluss oft auf eine harte Probe gestellt, die sie ab und zu an ihre Grenzen brachte. Da sie aber beide die Gewissheit einer gemeinsamen Zukunft hatten, gaben sie neun Monate später ihre Hochzeit bekannt. Immer wieder wurde ihnen die Frage gestellt, ob Judith schwanger sei, aufgrund der jungen Jahre der beiden und der noch relativ kurzen Beziehung. Judith war erst zwanzig Jahre jung.

Über diese Frage schmunzelten sie und erzählten den Leuten, wie sicher sie waren, den Partner fürs Leben gefunden zu haben, und dass es keinen Unterschied mache, ob jemand mit zwanzig oder dreiunddreißig heiratete.

„Diese Gewissheit der richtigen Entscheidung kommt von Herzen", antworteten beide unabhängig voneinander. Niemand konnte dem etwas entgegensetzen.

Von vornherein war geplant, dass sie in Hans' Zweizimmerwohnung nahe Ravensburg wohnen würden. Judith fand schnell einen Nachmieter für ihre Wohnung der sich über das Überlassen der Einrichtung sehr freute. Und so zog Judith eine

Woche vor ihrer Hochzeit zu Hans. Der Umzug war ein Kinderspiel. Sie nahm nur ihre Kleidung, einige persönliche Gegenstände und ihre Pflanzen mit.

Für Hans' Wohnung musste lediglich ein größeres Bett gekauft werden, das aber erst am Hochzeitstag von beiden genutzt werden sollte. Ansonsten blieb die Wohnung, wie sie vorher war.

Einen neuen Arbeitsplatz hatte Judith auch gefunden, allerdings war ihr Arbeitsbeginn erst sieben Wochen nach der Hochzeit.

2.
Bezahlbare Mietpreise

Dann war es so weit. Frohgelaunt standen beide am 23. Mai vor dem Standesamt – alleine. Sie hatten ihre Heirat bekannt gegeben, jedoch kein Datum. Nur sie allein sollten bei ihrer Hochzeit sein, keine Gäste, nicht einmal ihre Eltern wollten sie dabeihaben, was natürlich von niemandem verstanden wurde. Ihrer Meinung nach war Heiraten etwas, das nur sie beide betraf.

„Heiraten ist eine innere Angelegenheit, die wir äußerlich nicht feiern. Wir werden in unseren alltäglichen Klamotten heiraten, und das war es."

Dass sie auch ihre Verwandten für Verrückt erklärten, störte sie nicht im Geringsten. Sie hatten ja sich und waren glücklich.

Judiths Eltern waren zuvor mit der Entscheidung ihrer Tochter überhaupt nicht einverstanden gewesen und hatten ihr schwere Vorwürfe gemacht. Hans' Eltern hatten sich bemüht, die Wogen zu glätten, indem sie die jungen Leute als eigenständige Individuen angesehen hatten, mit ihren eigenen Vorstellungen und Wünschen, und um viel Toleranz gebeten hatten. Hans' Vater hatte argumentiert: „Beide haben den Beschluss gefasst, und nicht nur Judith allein!"

Die Monsterwellen hatten sich so dank Hans' Eltern glätten lassen, und Judiths Eltern bemühten sich, die Entscheidung der jungen Leute nicht persönlich zu nehmen und nicht nachtragend zu sein.

Die ersten Monate ihrer Ehe fühlten sie sich wie auf Wolke sieben. Judith und Hans genossen das Zusammensein, waren rücksichtsvoll zu einander und unterstützten sich gegenseitig, wo es nur ging.

Aber nach einiger Zeit fingen sie an, sich zu reiben. Beide waren starke Persönlichkeiten, die auch mal ihren Willen, oder eher ihren Dickkopf, durchsetzen wollten. Anfangs sah Judith Nachgeben oder Einlenken als Charakterschwäche an, bis sie verstand, dass dies einfach zum Leben dazugehörte, ebenso wie Kompromisse eingehen.

Liebevoll erklärte ihr Hans immer wieder: „Die Zeit des Kämpfens aufgrund deines Außenseiterdaseins ist vorbei; besonders das Kämpfen, um geliebt zu werden und anerkannt zu sein."

Durch und mit Hans erkannte Judith, wie sehr sie ihre Außenseiterrolle schmerzte. Sie kämpfte, weil sie sich missverstanden fühlte und um stark zu erscheinen – zumindest nach außen hin. Innerlich spürte sie die Einsamkeit und das Gefühl, verlassen zu sein. Von wem verlassen, konnte sie nicht präzise beantworten.

„Hast du dich angenommen, so wie du bist?", fragte Hans irgendwann am Abend, nachdem sie die Küche aufgeräumt hatten. Die Frage traf tief, und Judith sah Hans überrascht an. Einige Augenblicke lang dachte sie nach.

„Nein. Wohl eher nicht", nuschelte sie, schlurfte ins Schlafzimmer und verkroch sich unter die Decke. Das Bett wurde
der Ort, wo sie am liebsten nachsann. Ihre Rückzugoase war
weich, warm, kuschelig, entspannend und ruhig. Sie blieb dort
oftmals bis zu einer Stunde.

Jedes Mal, wenn sie herauskam und ihm nicht gleich über
ihre Gedanken Bericht erstattete, war Hans offenbar bemüht,
nicht nachzufragen. Ihn kostete das sehr viel Kraft, weil er stets
alles sofort wissen musste, aber er wollte sie nicht zum Reden
drängen. Geduldig zu warten war nicht seine Stärke, und er
marschierte oftmals gekränkt, wie ein geprügelter Hund,
durch die Wohnung.

So auch diesmal, als Judith aus dem Schlafzimmer kam und
schwieg. Sie spürte seine Unruhe, war allerdings der Ansicht,
dass dies allein sein Problem war. Wupp, traf sie ein Geistesblitz, wie sie sein Verhalten durchbrechen könnte. Sie ahmte
ihn nach und marschierte brummelnd durch die Wohnung,
zwinkerte ihm aber immer wieder mal schelmisch zu.

Hans erkannte sich und schien sich zutiefst verletzt und von
ihr nicht ernstgenommen zu fühlen.

„Was soll das alles?", blaffte er sie mit grimmigem Gesichtsausdruck an.

Judith hatte alle Mühe, seine Wut nicht an sich ranzulassen.
Sie schoss mit einer provozierenden Gegenfrage zurück:

„Verhielt sich dein Vater auch so?"

Autsch! Das traf ihn sichtlich. Jetzt tauchte seine Baustelle
auf. Sehr schnell hatte Judith die Dominanz ihres Schwieger-
vaters als Familienoberhaupt erkannt. Solch ein Verhalten war
ihr schon früher ein Gräuel gewesen, das ihr die Nackenhaare
zu Berge stehen ließ. Immer wieder hörte sie von Hans, wie er
Zeit seines Lebens gegen die Dominanz und die Macht seines
Vaters angekämpft hatte.

Hans' Vater wollte immer alles sofort wissen und haarklein erzählt bekommen, das war seine Art: „Ich habe die Kontrolle über alles."

Hans übernahm das Verhaltensmuster seines Vaters, was ihm nie bewusst gewesen war, bis ihn Judith auf unsanfte Art darauf aufmerksam machte. Und die Art und Weise, wie sie das tat, gefiel Hans überhaupt nicht.

Dennoch gestand er sich und ihr ehrlich ein: „Du hast mir den Spiegel vorgehalten, das tat weh. Aber ich weiß, wie Recht du hast!"

„Wir wissen beide, dass es nicht darum geht, Recht zu haben, sondern darum, sich weiterzuentwickeln und nicht stillzustehen."

Hans schämte sich spürbar. Weil er das vor ihr verbergen wollte, nahm er sie in den Arm und vergrub sein Gesicht in ihren Haaren; so sah sie nicht die Scham in seinen Augen.

Einige Momente später, sie saßen auf der Autocouch, wie Judith die Autorückbank nannte, berichtete sie ihm die Quintessenz ihrer Gedanken, als sie sich ins Schlafzimmer zurückgezogen hatte:

„Äußerlich nahm ich mich an, da habe ich keine Zweifel." Judith lächelte. „Auch wenn ich mich über meine Haare ärgere, mag ich die Mähne, weil sie einfach zu mir passt! Die Mähne ist wild, feurig und lässt sich kaum bändigen. Und das bin ich auch in meinem Inneren. Das fühlt sich so an wie die Haare, und damit komme ich nicht oder kaum klar. Sicherlich sehe ich mich auch ungebändigt im Sinne von nicht angepasst, nicht mitschwimmend. Ich muss lernen, mich so anzunehmen, wie ich bin."

„Es ist nicht immer alles einfach, zumindest werde ich das nie behaupten. Dennoch freue ich mich mit dir, weil es letztendlich mir, dir und uns beiden guttut, wenn wir offen zueinander sind und uns weiterentwickeln."

24

Dabei lächelte Hans sie augenzwinkernd an und zeigte ihr seinen schrägen Schneidezahn. Und Judith schmolz dahin. Bis zum Schlafzimmer schafften sie es nicht mehr.

Mit sechsundzwanzig Jahren sprach Judith beim Abendessen das Thema Familienplanung an, aber Hans verwies sie auf die zu kleine Wohnung. So beschlossen sie, in eine größere Wohnung oder ein Häuschen zu ziehen. Ein kleines Haus zu finden, war für Hans kein Problem. Als Bankangestellter saß er an der Quelle, da seine Bank auch Immobilien anbot.

Nicht lange, nachdem der Kinderwunsch ausgesprochen war, brachte Hans ein Immobilienangebot für eine Haushälfte mit heim, allerdings in einem anderen Ort.

Sie besichtigten die Haushälfte, gingen auf die Terrasse und sahen sich den Garten an. Hans legte seinen Arm um Judiths Schultern, zwinkerte ihr verliebt zu und meinte: „Ein Garten, der deinen grünen Daumen dringend nötig hat."

„Sieht so aus."

Sie küsste ihn auf die Wange und schlenderte scheinbar interessiert zu den Sträuchern, die dringend einen Zuschnitt benötigten. In Wahrheit wollte sie nur in einiger Entfernung zu Hans sein. Sie spürte seine Liebe zu ihr und wünschte sich sehnlichst, er möge endlich seine Gefühle mit den drei bedeutungsvollen Worten aussprechen.

„Ich bin auch nur eine Frau, die gerne die drei Worte hört!", schrie es in ihr. „In den ganzen Ehejahren sagte er noch nie, dass er mich liebt."

Judith führte sein Schweigen auf seinen Vater, ihren Schwiegervater, zurück. Immer wieder hörte Hans, wie er verachtend sagte:

„Gefühle sind etwas für Mädchen und Frauen. Wir Männer stehen über der Gefühlsduselei der Weiber."

Und meistens lachte sein Vater dabei höhnisch. Judith wusste das aus Hans' Erzählungen.

Hans sah Judith hinterher und ahnte, dass sie etwas bedrückte. Er war sensibel genug, das zu spüren. Immer wieder verhielt sich Judith so wie jetzt und entfernte sich von ihm. Sie ging ihm wortwörtlich aus dem Weg. Gelegentlich sprach er sie darauf an, erhielt jedoch noch nie eine befriedigende Antwort. Alles, was er hörte, klang nach Ausflüchten.

„Es muss mit mir zu tun haben. Sie weicht mir immer aus. Ohne eine klare Antwort von ihr, drehe ich mich im Kreis."

Ja, Hans drehte sich im Kreis.

Der Grund für Judiths ausweichende Antworten auf seine Fragerei war: „Er soll mir die drei Worte sagen, weil er dazu fähig ist, und nicht, weil ich es hören möchte und er mir damit einen Gefallen tut."

So blieb Hans im Ungewissen, und Judith zog sich ab und an in ein Schneckenhaus zurück, um ihm nichts erklären zu müssen. Sie war sich völlig im Klaren darüber, dass ihr Verhalten nicht beziehungsfördernd war, doch sie hielt an ihrer Argumentation fest: Er muss es von sich aus sagen, und nicht, weil ich es hören will!

Bei der Besichtigung entschieden sie sich für den Kauf des Hauses. Die Finanzierung stellte für Hans als integren Bankangestellten ebenfalls kein Problem dar. So waren sie innerhalb kurzer Zeit junge Hausbesitzer.

Für beide war es beschlossene Sache, bei der Renovierung so viel wie möglich selbst Hand anzulegen. Handwerkliches Know-how holten sie sich von lokalen Handwerkern oder vom entfernter liegenden Baumarkt. Hochmotiviert machten sie sich an einem Samstag an den ersten Arbeitsgang: Der scheußliche, graumelierte Teppichboden musste raus. Eine mühevolle Arbeit. Endlich waren die ersten Zentimeter gelöst, und beide waren verblüfft. Nie im Leben hatten sie mit dem gerechnet, was sie nun sahen. Zum Vorschein kam Riemenparkett.

„Wie kann jemand einen natürlichen Holzboden mit diesem hässlichen, dreck- und staubfressenden mausgrauen Teppich zumüllen?", prustete Judith in den Raum.

Hans stimmte ihr grinsend zu, nur wäre seine Ausdrucksweise sachlicher gewesen.

Bald schmerzten Judiths Finger und Hände. Hans hingegen profitierte von seinem Krafttraining.

Das erste Zimmer, das teppichbodenfrei war, war das Schlafzimmer. Beide sahen sich das Ergebnis vom Türrahmen aus an und waren mit ihrer Arbeit höchst zufrieden. Dann klingelte es an der Tür. Fragend blickte Judith zu Hans. Hans hatte vergessen, seiner Frau vom Besuch seines Vermieters zu erzählen.

„Heinrich kommt?", Judiths Frage klang ungläubig. Sie wusste, Heinrich war Hans' Vermieter. Ferner wusste sie über Heinrich, dass Hans und er ab und an gemeinsam durch die Kneipen zogen, und dass Heinrich sehr vermögend war.

„Also, er stinkt vor Geld!", war Judiths gehässige Formulierung gewesen, nachdem ihr Hans von seinem reichen Vermieter erzählt hatte.

Kennengelernt hatte sie ihn jedoch noch nicht. Gelegentlich gaben Kunden im Blumenladen ihr Wissen über Heinrich zum Besten, wobei es überwiegend Getratsche war. Gelegentlich hörte Judith Neid heraus, da Heinrich nicht nur reich, sondern wohl auch sozial engagiert war – was für einige Menschen nicht zusammenzupassen schien, reich und sozial. Das meiste klang für Judith wie Geschwätz, und daran beteiligte sie sich ungern.

„Nun, wie dem auch sei, Heinrich kam also auf einen Sprung vorbei – weshalb auch immer", dachte sie.

Hans öffnete die Eingangstür. Heinrich und Hans strahlten sich an und umarmten sich herzlich. Judith, die hinter ihrem

Mann stand, musterte Heinrich von oben bis unten. Ein Bär von einem Mann; etwas größer als Hans, graues, schütteres, kurzes Haar, bestimmt hundert Kilo, keinen Ring am Finger, offene Ausstrahlung, klarer Blick.

Als Heinrich Judith sah, blickte er ihr in die Augen und reichte ihr galant lächelnd seine Hand. Judith nahm sie zum Gruß. In dem Moment geschah etwas, das Judith zuvor noch nie erlebt hatte. Heinrich hauchte augenzwinkernd einen Kuss auf ihren Handrücken. Judith war das äußerst unangenehm. Dann sprach er auch noch, zu Hans blickend, als wäre sie nicht anwesend: „Deine Frau ist bezaubernd, einfach nur bezaubernd."

„Schleimer!", dachte Judith, und ihre Augen blitzten ärgerlich auf. Hans, als hätte er ihren Gedanken gelesen, fing schallend an zu lachen.

„Lieber Heinrich, so kannst du bei meiner Frau überhaupt nicht landen, ganz im Gegenteil, du verscheuchst sie mit deinem mittelalterlichen Gehabe."

„Willst du damit sagen, sie widersteht meinem Charme?"

„Absolut!"

Heinrich versetzte Hans einen freundschaftlichen Faustschlag in die Seite, und Judith durchschaute nun das Spiel.

„Und ich glaubte tatsächlich, Sie wären so bescheuert drauf!"

Zu Hans gewandt, sagte sie: „Ihr habt mich auf den Arm genommen!"

Hans grinste schelmisch: „Bislang dachte ich, du magst es, auf den Arm genommen zu werden!"

Sie streckte ihm die Zunge heraus, besann sich jedoch augenblicklich auf ihre Gastgeberrolle und bat Heinrich auf die Terrasse. Derweil holte Hans die einzigen zwei Gläser, die im Haus waren, und eine Flasche Mineralwasser. Heinrich erhielt ein Glas, und Hans und Judith teilten sich das andere.

Stolz erzählte Hans seiner Judith: „Heinrich half mir, mich von meinem Vater abzunabeln, so dass ich den Mut aufbrachte, auszuziehen. Ohne ihn wäre ich nie dahin gekommen, wo ich heute bin. Als Unterstützung erhielt ich von ihm, nach und nach, die eingerahmten Lebensweisheiten, die dir auch sehr zusagten."

Judith erkannte, wie Hans seinen Freund bewunderte.

Hans forderte Heinrich dazu auf, Judith zu erzählen, wie er seine Mietpreise bei seinen Wohnungen und Häusern errechnete.

Um den Mietpreis zu berechnen, orientierte er sich an den Berufen und am Nettoeinkommen der Mieter, damit auch eine Friseurin zum Beispiel, mit ihrem geringen Einkommen, sich eine kleine Wohnung mieten konnte und noch genügend zum Leben übrig hatte. Heinrich war der Meinung, allen Menschen sollte es möglich sein, zumindest etwas Geld anzusparen und nicht, wie in manchen Fällen, knapp 60 Prozent oder mehr ihres Geldes für die Miete ausgeben zu müssen. Dies sah er als einen seiner Beiträge für eine gerechtere Welt.

Er erklärte dies an einem Beispiel:

„Lasse ich mir mal meine grauen Federn schneiden, frage ich nach dem aktuellen Verdienst einer Friseurin und errechne so den Mietpreis. Jeder Mensch, egal was seine Arbeit ist, sollte sich mit einer Vollzeitarbeit eine Wohnung und seinen Lebensunterhalt leisten können, das ist mein Bestreben als Vermieter. Hinzu kommt, dass ich die Wohnungen mit Balkon oder Terrasse bauen lasse, sodass jeder Mensch auch im Freien sein kann."

Was Judith von Heinrich hörte, versetzte sie in Erstaunen. Hans wusste das und sah sie lächelnd an.

Hans bat Heinrich: „Erzähle Judith von deinen Häusern, die du zum Vermieten anbietest."

"Ist sehr einfach, ich vermiete die Häuser an Familien mit mehr als zwei Kindern, zu einem bezahlbaren Preis. Die Mietpreise für die Häuser errechne ich ebenso aus dem Nettoverdienst der zukünftigen Mieter."

Judith dachte nach: „Demnach bist du immer wieder unter dem jeweiligen Mietspiegel und brauchst sicherlich einen guten Anwalt."

„Ja!", lächelte Heinrich, „anfangs verlor ich einige Gerichtsverhandlungen, bis ich einen teureren, aber auch kompetenteren Anwalt fand. Mehr brauchst du nicht zu wissen", er grinste Judith verschmitzt an.

Jetzt verstand Judith Hans' Bewunderung für seinen Freund.

„Er ist kein gieriger Geldscheffler", dachte sie und lächelte in sich hinein, „das ist ein guter Charakterzug".

„Judith", holte Hans sie aus ihren Gedanken, „es gibt noch etwas, das Heinrich bisher verschwieg." Hans sah Heinrich auffordernd an. Der schien ihn nicht zu verstehen, und Hans sagte nur ein Wort: „Obdachlose!"

Heinrich lächelte und sprach weiter: „Ich vermiete auch an Obdachlose. Jedoch führe ich vorab einige Gespräche mit den Menschen und nur Obdachlose, die aus ihrer Misere heraus wollen, dürfen in die Wohnung."

Judiths Interesse für Heinrich war geweckt und sie fragte Hans, wie sie sich kennen gelernt hätten.

Hans grinste: „Er ist Kunde bei der Bank. Wir sahen uns und fanden uns auf Anhieb sympathisch. Danach gingen wir ab und an zusammen in eine Kneipe zum Reden, und Heinrich erzählte mir viel über sich, und wie er sich weiterentwickelte. Es waren wenige Treffen, aber die Intensität und die Tiefe der Gespräche veranlassten mich zu reflektieren, auch über meine Außenseiterrolle, die Heinrich übrigens auch innehat."

Heinrich unterbrach ihn lächelnd: „Meine Außenseiterrolle wurde mittlerweile zur Narrenfreiheit, ganz nach dem Motto: Ist der Ruf erst ruiniert, lebt es sich gänzlich ungeniert."

Er sprach weiter: „Wisst ihr, ich erlebe vieles. Was ich allerdings vermisse oder selten erfahre, ist Offenheit und Ehrlichkeit. Die allermeisten Menschen sehen in mir einen Geldschein. Den Menschen Heinrich nehmen nur wenige wahr, und da bist du, Hans, eine der Ausnahmen. Dass du eine Frau kennenlernen musstest, die ebenso wie du eine Ausnahmeerscheinung ist, war mir klar. Und als ich vor Monaten in der Bank von deiner Heirat hörte, freute ich mich sehr für dich. Ich war sicher, du hast eine Frau gefunden, die auch nicht mitschwimmt – stimmt's, Judith?", er lachte.

„Ja", hauchte sie. Sie hörte Heinrich erstaunt und interessiert zu. „Es gibt wohl mehr Nicht-Mitschwimmer, als ich bisher annahm."

Heinrich erwiderte gelassen: „Hey, bitte nicht so ernst. Je bewusster du lebst, desto mehr Ver-rückte wirst du kennenlernen. Ver-rückt im Sinne von weg-gerückt, die nicht so sind wie Millionen andere. Du wirst es spüren und erkennen. Dessen bin ich mir sicher."

Judith und Hans dachten lange über Heinrichs Worte nach. Heinrich nutzte diesen schweigsamen Moment, um zum Telefon zu greifen. „Du kannst jetzt liefern", sagte er nur.

An Judith und Hans gewandt erklärte er: „Mein Freund Sergio, dem die Pizzeria *Buon Appetito* am Rathaus gehört, bringt Lasagne und seinen Spezialsalat vorbei. Ich habe mir erlaubt, bei ihm unser Mittagessen zu bestellen. Es ist bereits 13.30 Uhr und fürs Mittagessen wirklich nicht zu früh." Er zwinkerte den beiden überraschten Gesichtern zu.

Heinrich blieb noch etwa zwei Stunden. In dieser Zeit erkannte Judith, wie groß sein Einfluss auf Hans war. Ein überaus wunderbarer, lebensnotwendiger Einfluss; auch sie profitierte bereits davon, Hans gab ja alles an sie weiter.

Schließlich standen die drei vor der Haustüre, um Heinrich zu verabschieden. Abschied deshalb, weil Heinrich sein Vorhaben, in einem armen Land eine Schule zu gründen, endlich in die Tat umsetzen wollte.

„Wo genau, das wird sich demnächst finden lassen", lachte er.

„Er lacht viel", dachte Judith und sah zu, wie die Männer sich innig umarmten.

Von Heinrichs Ausstrahlung, von seiner Gelassenheit war sie sehr beeindruckt. Und von seiner Zuversicht, alles würde sich zum Guten wenden. Heinrichs Besuch war in jeder Hinsicht bereichernd für sie.

Die Männer lösten ihre Umarmung und sahen beide zu Judith. Hans' Augen waren traurig. Kein Wunder, war doch diese Freundschaft auf einer so seltenen Offenheit und Ehrlichkeit gebaut. Und auf etwas, das der Mensch nicht erklären, jedoch fühlen kann – einer tiefen Zuneigung. Judith schwankte kurz hin und her, ob sie sich von Heinrich verabschieden oder Hans trösten sollte.

Da nahm Heinrich ihr die Entscheidung ab. Er ging einen Schritt auf sie zu, holte aus der Hemdbrusttasche einen kleinen Briefumschlag, übergab ihn der erstaunten Judith und umarmte sie. Wegen ihrer Körpergröße musste sich Judith meistens strecken, so auch bei dem Riesen, der Heinrich war. Kurzerhand hob Heinrich Judith in die Höhe und drückte sie herzlich. Das Ganze war Judith unangenehm; so viel Körperkontakt hatte sie bei Männern noch nie gemocht, außer natürlich bei Hans. Heinrich bemerkte dies wohl, denn er stellte sie fast abrupt zurück auf den Boden und schaute betroffen drein.

„Bitte verzeih mir, da gingen wohl meine freundschaftlichen Gefühle mit mir durch. Da seht ihr, wie auch ich immer noch in den Fettnapf trete, trotz meiner Jahre", bekannte Heinrich. „Der Mensch lernt wirklich nie aus." Er legte seine Arme um Judith und Hans.

„Von Herzen wünsche ich euch alles Liebe, viel Kraft für eure Ehe, und dass ihr alle Hürden gemeinsam überwindet."

Abrupt ließ er beide los, drehte sich um und ging mit schnellen, großen Schritten durch den kleinen, noch verwilderten Vorgarten dem Gehweg entgegen, an dem er seinen silberfarbenen Sportwagen geparkt hatte. Judith und Hans sahen noch zu, wie er den Wagen aufschloss, um ihn herumging, nochmal winkte, die Autotür öffnete, sich schwungvoll hineinsetzte und schließlich mit quietschenden Reifen davonfuhr.

„Doch ein kleiner Angeber!", Judith grinste.
Beide gingen zurück zur Terrasse.

Judith war nachdenklich. Sie verstand nicht, weshalb ihr Hans nur selten von Heinrich erzählt hatte. Sie fragte ihn danach und war von seiner Antwort verblüfft.

„Du hast keinerlei Interesse an ihm gezeigt. So zumindest sah ich das, weil du nichts gefragt hast."

„Ich habe kein Interesse gezeigt!", maulte Judith gedanklich vor sich hin.

Kurz danach gestand sie sich allerdings ein: „Ja, er hat Recht. Heinrich interessierte mich überhaupt nicht; aber doch nur, weil ich nichts von ihm wusste, und genau das ist der Haken an der Geschichte." Sie fühlte sich von Hans missverstanden.

„Dann hättest du eben mehr erzählen müssen, um mein Interesse für Heinrich zu wecken!", erwiderte sie, diesmal laut und angriffslustig.

Sie spürte förmlich, wie Hans über ihre Aussage grübelte. Wobei ihre Worte auch vorwurfsvoll klangen.

Hans lenkte ein: „Vielleicht habe ich von ihm mit zu wenig Begeisterung erzählt? War ich zu sachlich?"

„Sind wir nun erneut bei dem Thema, dass du zu selten Gefühle äußerst und zeigst?"

Betroffen gestand Hans ein: „Ja, vermutlich."

Seine Betroffenheit tat Judith leid, und sie entschuldigte sich für ihren angriffslustigen Ton. Sie wusste ja, dass es für ihn immer noch ein heikles Thema war, über seine Gefühle zu reden. Um ihn nicht weiter zu quälen, lenkte sie von diesem sensiblen Punkt ab und kam auf Heinrichs soziales Engagement zu sprechen. Heinrich hatte sie damit sehr beeindruckt. Judith redete und redete. Plötzlich stand er auf, ging die wenigen Schritte zu ihr, beugte sich zu ihr herunter und küsste sie. Nach dem Kuss sah ihn Judith fragend an.

„Du hast aufgehört, in meiner Wunde zu stochern und sprachst ein anderes Thema an, um mich abzulenken. Dafür bin ich dir dankbar." Hans zog sie vom Stuhl hoch und umarmte sie innig. Judith, auf Zehenspitzen, erwiderte seine Umarmung.

Plötzlich hörte sie Papier rascheln. Da fiel es ihr ein. Sie hatte Heinrichs Brief in die Gesäßtasche ihrer Jeans gesteckt, und Hans' Hände stießen auf den Brief, als sie an ihrem Rücken hinabglitten. Hans ließ sie los und gab ihr den Brief, damit sie ihn öffnen konnte.

„Wow! Da ist ein Gutschein von einer Schreinerei drin. Über 45.000 Euro. Das ist ein Ding! Damit schenkt uns Heinrich die Möbel …"

Hans lächelte und Judith war völlig aus dem Häuschen.

„Wie kannst du nur so ruhig bleiben, während ich nicht weiß, wohin mit meiner Freude?"

„Als er dir den Umschlag gab, war mir klar, dass er für uns ein großzügiges Geschenk bereithielt. Außerdem solltest du mich mittlerweile kennen und wissen, dass du von uns beiden die Temperamentvollere und Impulsivere bist."

„Und die Gefühlvollere!" Dass diese Worte Hans verletzten, war ihr völlig klar. Doch gesagt war gesagt, und es war zu spät, um auf die Zunge zu beißen.

„Hans, entschuldige. Wie du gehört hast, bin ich auch die Unbedachtere und jetzt im Moment die Unsensiblere. Bitte verzeih mir!"

„Blöde Kuh!", schalt sie sich.

Beide zuckten zusammen. Es hatte wieder geklingelt. Sie warfen sich fragende Blicke zu und schüttelten den Kopf, da sie niemanden erwarteten.

Judith empfand das Klingeln als Rettung aus dem Schlamassel, in das sie sich gebracht hatte. Hans ging voraus zur Tür und Judith folgte ihm. Nachdem er die Tür geöffnet hatte, sahen sich beide für einen kurzen Augenblick fragend an. Keiner kannte das ältere Paar, das vor ihnen stand. Judith musterte die Leute, wie sie es immer tat. Sie schätzte die beiden auf Ende sechzig, Anfang siebzig. Sie waren sehr schlank.

Das unbekannte Paar ging lächelnd auf Judith und Hans zu. Die Frau mit ihren auffallend langen, glatten, silbergrauen Haaren streckte Judith freundlich die Hand zum Gruß entgegen und der Mann streckte seine Hand zu Hans hin. Beide trugen ausgewaschene Jeans und ein T-Shirt in derselben dunkelblauen Farbe.

Die Frau unterbrach schließlich die Stille, blickte abwechselnd zu Judith und Hans und stellte sich vor: „Wir sind Ihre Nachbarn, Maria und Josef Berem, und wohnen, von uns aus gesehen, rechts neben Ihnen."

Judiths und Hans' Augen leuchteten auf.

„Das freut uns! Wir sind das Ehepaar Raiche", ergriff Judith das Wort. „Zweimal haben wir bereits bei Ihnen geklingelt, um uns vorzustellen, aber trafen leider niemanden an."

„Das wundert mich nicht. Josef und ich gehen viel spazieren, am liebsten außerhalb der Wohnsiedlung, auch bei Regenwetter. Wir leben nach der Devise: Es gibt kein schlechtes Wetter – nur die falsche Kleidung." Dabei lächelte sie Hans und Judith an und nahm Josefs Hand.

Alle standen da wie bestellt und nicht abgeholt. In Judiths Kopf ratterten die Gedanken: Sie hineinbitten geht nicht wegen der Unordnung, vor der Tür stehen lassen ist aber absolut unhöflich … Frau Berem nahm ihr die Entscheidung ab, indem sie anbot: „Wie wäre es, wenn Sie sich eine Pause gönnen und zu uns zum Kaffee oder Tee kommen, je nachdem, was Sie möchten? Und ich habe einen Apfelkuchen gebacken."

„Sehr gerne!", platzte Judith heraus. „Wir essen beide gern Kuchen, und da meine Backkünste von mir noch nicht entdeckt wurden, nehmen wir die Einladung sehr gerne an."

„Mannomann, bin ich ein Feigling!", dachte Judith bei sich. „Ich nahm die Einladung an, um mich selbst von meinem schlechten Gewissen abzulenken – und in der Hoffnung, dass Hans diesen bescheuerten, kränkenden Patzer von mir vergessen wird. Und das alles nur, weil ich meine Klappe nicht halten konnte! Nur gut, dass niemand Gedanken lesen kann. Und jetzt lächeln und weitermachen …"

Das Ehepaar Berem freute sich sichtlich über die Zusage. Nachdem sie abgeklärt hatten, wer was zu trinken wünschte, drehten sie sich um und gingen die paar Schritte zur Haustüre nebenan.

Hans sah Judith an und fragte sie: „Hast du ein schlechtes Gewissen und hast deshalb die Einladung so überaus eilig angenommen?"

Judith nickte. „Du kennst mich …"

„Nein, das ist es nicht. Ich kenne mich und weiß, was ich alles tue, um mich von meinem schlechten Gewissen zu befreien.

Ich an deiner Stelle hätte wohl genauso reagiert." Dabei versetzte er ihr frech grinsend einen Klaps auf den Hintern.

Seine verständnisvolle, überlegte Reaktion tat ihr gut. Judith hatte zuvor schon oft erfahren dürfen, dass Hans nicht nachtragend war, getreu dem Spruch in einem Bilderrahmen in ihrer Wohnung: *„Trage niemandem etwas nach, jeder hat genug zu schleppen.“*

Als Judith vor längerer Zeit intensiv über diesen für sie so treffenden Spruch nachsann, hatte sie erkannt, wie nachtragend sie war. Und da sie sich das, was sie nachtrug, bildlich als Ziegelsteine vorstellte, fühlte sie sich damit überhaupt nicht wohl. Es abzulegen, war jedoch nicht ganz einfach. Es erforderte viel Selbstdisziplin, und die hatte sie nicht. Ab und an lebte Judith gemäß dem Motto: *„Komm ich heut nicht, komm ich morgen.“*

Hans brachte diese Einstellung immer wieder auf die Palme, weil Judith seiner Meinung nach die Ernsthaftigkeit im Leben fehlte.

Das wiederum verstand Judith nicht und argumentierte: „Das ist keine fehlende Ernsthaftigkeit oder gar Gleichgültigkeit dem Leben gegenüber; das ist, dem Leben mit einer gewissen Leichtigkeit zu begegnen. Sich selbst zu ändern ist immer schwerer, als bei anderen Schwächen zu erkennen.“

Und nun standen Hans und Judith vor der Haustüre ihrer Nachbarn, überrascht weil diese offen war.

Judith rief in den Flur: „Hallo, Judith und Hans sind da!“

„Dann kommt bitte herein, wir sind im Wohnzimmer“, hörten sie Frau Berem rufen.

Zögerlich kamen sie der Aufforderung nach und gingen ins Haus. Das Ehepaar Berem stand vor einem liebevoll gedeckten Tisch. Judith sah sich unverhohlen im Wohnzimmer um. Hans schien das peinlich zu sein, denn er warf Judith einen vorwurfsvollen Blick zu.

„Sie darf sich umsehen", sagte Herr Berem und nickte.

Hans und Judith setzten sich auf die helle Couch und Frau und Herr Berem nahmen auf den zwei Sesseln ihnen gegenüber Platz.

„Ich dachte immer, dass ältere Menschen sich mit vielen Erinnerungsgegenständen umgeben. Bei Ihnen ist jedoch davon nichts zu sehen. Ihre Einrichtung ist so schlicht; dagegen ist bei uns alles vollgestopft. Obwohl wir darauf achten, es nie zu viel werden zu lassen und immer wieder ausräumen."

Maria schmunzelte und freute sich über Judiths Offenheit. Sie nickte Josef vielsagend zu, der sich nun zu Wort meldete:

„Maria und ich – ach, übrigens, wenn Sie einverstanden sind, möchten wir gerne, dass Sie uns duzen – ja, Maria und ich, wir sprachen darüber, wie nett unsere neuen Nachbarn sind."

Hans wurde verlegen und Judith platzte heraus: „Dann warten Sie mal ab, bis Sie mich länger kennen. Denn Freunde habe ich, äh, keine …" Und Judith erzählte Maria und Josef von ihrem, wie sie es immer nannte, „Anderssein".

Hans richtete eine Frage an Judith: „Welchen Wolf fütterst du gerade?"

„Was – Wolf'?", fragte Judith dümmlich.

Nachdem ihr die Geschichte mit dem Wolf wieder eingefallen war, streckte sie ihm frech die Zunge heraus.

Hans sah Maria und Josef an und erklärte: „Das macht sie immer, wenn sie nicht weiterweiß."

Alle schmunzelten und Judith setzte ihre Erzählung von ihrem Leid als Außenseiterin fort.

Als alles berichtet war, sagte Josef: „Wir beide achten Menschen, die keine Ja-Sager oder Mitläufer sind. Umso mehr freue ich mich über euch als neue, junge, lebendige Nachbarn."

Jetzt war Judith sprachlos und Hans lachte auf: „Es geschieht selten, dass meiner Frau nichts mehr einfällt!"

Judith versetzte ihrem, wie sie meinte, vorlauten Mann einen Schlag auf den Oberschenkel, und er rief laut lachend um Hilfe. Maria und Josef lachten mit, und die nächste Stunde alberten alle vier um die Wette. Frohgelaunt verabschiedeten sich Judith und Hans schließlich und kehrten auf ihre Terrasse zurück. Sie beendeten den ereignisreichen Tag, indem sie ihn nochmals Revue passieren ließen. Letztendlich waren sie mit sich und der Welt zufrieden.

3.
Kartoffelkloß

Einige Zeit später waren im Haus alle Teppiche und alle Tapeten entfernt, und Hans machte sich im Wohnzimmer daran zu tapezieren. Judith reinigte derweil, etwas mürrisch, die Fensterrahmen. Mürrisch deshalb, weil sie mit dieser veralteten Rollenverteilung, dass es die Frau war, die putzen musste, überhaupt nicht einverstanden war. Hans beharrte jedoch darauf zu tapezieren, da er darin bereits Erfahrung vorweisen konnte.

Gelangweilt vom eintönigen Saubermachen setzte sich Judith auf den Fußboden und beobachtete Hans beim Tapeten einkleistern.

„Hans. Hut ab! Du arbeitest sehr fachmännisch – soweit ich das als Laie beurteilen kann."

Ganz offensichtlich unterdrückte Hans seine Freude über das Kompliment.

„Hey!", rief sie. „Spring über deinen Schatten, mach dich locker und zeig mir deine Freude", versuchte sie ihn aus der Reserve zu locken.

„Ich freue mich doch", verteidigte er sein verhaltenes, unterdrücktes Lächeln. „Du siehst ja, ich muss mich auf meine Arbeit konzentrieren. Warte ab, bis ich diese Bahn fertig gekleistert habe, dann küsse ich dich vor lauter Freude, bis du ohnmächtig wirst."

„Bitte keine leeren Versprechungen", ihre Stimme klang herausfordernd und sie sah ihn frech an.

Hans kleisterte fertig und Judiths Herz flog ihm zu:

„Hans, ich liebe dich!"

Und sofort ermahnte sie sich: „Judith, du darfst nicht erwarten, von ihm dieselben Worte zu hören."

Hans strahlte übers ganze Gesicht. Wer würde das nicht tun, wenn man diese drei Worte hörte. Doch für einen Augenaufschlag verschwand sein freudiger Gesichtsausdruck. Judith hatte es bemerkt. Das war bei Hans immer so, wenn er seine Gefühle unterdrückte und stumm blieb. Sie sprang hoch und ging ihm mit spitzem Kussmund entgegen, um sein Versprechen einzufordern. Mitten in den feurigen Kuss hinein klingelte Maria oder Josef an der Haustür.

„Aber bitte nicht jetzt!", riefen beide wie aus einem Munde, und Judith rannte nach unten.

Nachdem Maria oder Josef immer wieder Kuchen vorbeigebracht hatten, hatte Judith mit ihnen ein Klingelzeichen vereinbart, dreimal kurz drücken. So wussten beide, dass Maria oder Josef geklingelt hatten.

Judith öffnete, und Maria stand mit einem halben Kuchen vor ihr, den sie ihr direkt vor die Nase hielt.

„Ich fand ein Mohnkuchenrezept, das ich unbedingt ausprobieren wollte. Hier, bitteschön. Von Josef liebe Grüße, und ihr sollt euch den Mohnkuchen schmecken lassen."

„Heute redet sie sehr schnell, als ob sie auf der Flucht wäre", dachte Judith und nahm ihr dankend den Teller ab. Sofort verabschiedete sich Maria und ging zu ihrer Haustür.

Oben im Schlafzimmer berichtete sie Hans von Marias unruhigem Verhalten.

Hans spekulierte: „Sicherlich fühlte sie sich unwohl, weil sie deine geröteten Wangen von dem leidenschaftlichen Kuss sah."

Nachdenklich redete er weiter. „Du und Maria, ihr seid euch sehr ähnlich. Ihr besitzt ein feines Gespür und eine außergewöhnliche Wahrnehmung."

Er stellte den Teller auf den Fußboden und nahm Judiths Gesicht in beide Hände, um das zu vollenden, wobei sie durchs Klingeln gestört worden waren: einen feurigen, leidenschaftlichen Kuss.

„Und, habe ich dich meine Freude über das Kompliment deutlich spüren lassen?", fragte Hans.

„Ehrlich gesagt, nein! Ich fand es noch viel zu wenig" grinste sie spitzbübisch.

„Judith, du bist unmöglich!", sogleich verschloss er mit dem nächsten Kuss ihren Mund.

„Das ist immer noch die schönste Art, dich zum Schweigen zu bringen."

Da sie nichts darauf erwidern konnte, streckte sie ihm wie immer wenn ihr nichts einfiel, die Zunge raus.

Einige Tage danach, es war Freitagnachmittag, stapfte Judith wie ein wildgewordener Elefantenbulle laut schimpfend im Wohnzimmer hin und her.

„Hans, ich will das nicht mehr! Das Fass ist voll! Ich habe bisher geschwiegen, war nachsichtig, rücksichtsvoll und versuchte auch verständnisvoll zu sein. Aber, jetzt will ich nicht mehr! Von Monat zu Monat fällt es mir schwerer, das alles zu sein. Jetzt könnte ich vor Wut platzen! Ich bin kurz davor! Natürlich ist es – eigentlich – dein alleiniges Problem! Dennoch betrifft es mich! Ich bin deine Frau. Noch nie hörte ich die drei bedeutungsvollen Worte, und über deine Gefühle reden geht nur zögerlich voran. Ich bin wütend, weil du deine Gefühlswelt eingekellert hast, und zwar sehr tief. Reiß diese chinesische Mauer um dein Herz herum bitte ein! Tu das aus Liebe zu mir! Ich weiß nicht mehr weiter! Mich belastet das immer mehr."

Sie setzte sich in die Ecke auf den Fußboden, hielt sich die Hände vors Gesicht und jammerte weiter vor sich hin.

„Jetzt, nachdem ich geplatzt bin und in den leeren Raum geschrien habe, fühle ich mich hoffentlich besser. Ach Hans, manchmal leide ich. Nach außen hin nicht, aber innerlich brodelt gelegentlich ein Vulkan."

Judith umfasste ihre angewinkelten Beine, legte das Kinn auf die Knie, sah ins Leere und weinte. Wenige Minuten später schlurfte sie die Treppe hoch ins Bad und klatschte sich kaltes Wasser ins Gesicht, um frisch auszusehen. Nie im Leben sollte Hans erkennen, dass sie geweint hatte. Den brodelnden Vulkan platzen zu lassen, hatte sie spontan beim Abschiedskuss entschieden, bevor er in den Baumarkt gefahren war. Sie hoffte, sich nach dem Ausbruch befreiter zu fühlen.

Ein Blick in den Spiegel sagte ihr: „Ein zufriedenstellendes Aussehen ist etwas anderes als das, was ich sehe. Also nochmals Wasser ins Gesicht und dann auf den Balkon, um tief durchzuatmen."

Auf dem Balkon durchatmen tat ihr sehr gut. Sie glaubte zu spüren, wie der ganze Körper mit Sauerstoff vollgepumpt wurde. Sie ging nochmals ins Bad und betrachtete sich erneut im Spiegel. Diesmal war sie mit ihrem Spiegelbild zufriedener. Leichtfüßig sprang sie die Treppe runter. Das heranfahrende Autogeräusch war ihr bekannt.

Judith und Hans hatten sich nicht nur mit dem Haus vergrößert, auch mobil gab es eine Veränderung. Der Roller war verkauft und ein alter Kleinwagen angeschafft worden. Ideal, um einiges vom Baumarkt zu transportieren.

Judith riss die Eingangstüre auf und sah Hans aus dem Wagen steigen. Eine Hand hielt er auf dem Rücken. Mit schnellen Schritten stand sie hinter ihm. Sie wollte wissen, was er hinter seinem Rücken versteckt hatte. Einen Moment war sie sprachlos. Dann ein Kuss auf Hans' Wange und er hielt ihr die Rosen hin.

„Liebe Grüße von deiner Chefin. Sie suchte mir die drei schönsten Rosen aus."

Judith sah von den drei Rosen zu Hans und wieder zu den Rosen. Seit ihrer Ausbildung zur Floristin wusste sie um die Bedeutung von drei Rosen. Drei Rosen, drei Worte: Ich liebe dich!

„Danke", flüsterte Judith und sah einen traurigen Schimmer in seinen Augen.

„Ich liebe dich auch", hörte sich Judith sagen, weil sie ihr Herz sprechen ließ.

Hans Augen veränderten sich schlagartig. Mit einem Mal strahlten sie wie die Sterne am Nachthimmel. Beiden war es, als träfen sich ihre Herzen.

Minuten später hatte Judith die Gewissheit: ihre spontane Explosion erwies sich als die richtige Bauchentscheidung und der Vulkan war erloschen.

„Nein Hans, *darüber* werde ich dir nichts erzählen. *Das* bleibt mein Geheimnis. Wobei es nie mein Geheimnis bleiben wird, denn du bist sensibel, emphatisch und wirst vermutlich erkennen, was sich bei mir verändert hat."

Judith hatte Recht. Vier Wochen später informierte Hans Judith kurz und knapp: „Ich muss noch mal in den Baumarkt." Er kam zurück und schenkte Judith wieder drei rote Rosen.

Judith antwortete: „Ich dich auch!" Glücklich strahlte sie Hans an. Er hatte Judiths Antwort verstanden. Sie fielen sich in die Arme und küssten sich innig, bis Judith mit den Füßen kraftlos auf den Boden sackte. Denn beim Küssen stand sie wie immer auf Zehenspitzen.

Alle Arbeiten, auch die der Handwerker, neigten sich dem Ende zu, und Judith und Hans legten den Umzugstermin auf das letzte Wochenende im Juli.

Eine Woche vor dem Umzugstermin gingen Hans und Judith in die Pizzeria *Buon Appetito* von Sergio. Seit Heinrich das Essen von Sergio hatte liefern lassen, waren Hans und Judith Stammkunden bei ihm. Sie entschieden, den Wagen stehen zu lassen und schlenderten Hand in Hand zur Pizzeria.

Judith öffnete die Tür und stieß einen kurzen begeisterten Schrei aus. Sergio hatte seine Pizzeria neu möbliert. Wo vorher dunkelbraune Holzmöbel gewesen waren, standen nun helle Bambusmöbel, und die Sitzmöbel waren mit hellen Polstern ausgestattet. Die Wände hatten einen neuen Anstrich, ein zartes Grün. Überhaupt schien es überall zu grünen. Diesen Eindruck erweckten die vielen großen Pflanzen, die zum Teil als Raumteiler zwischen jeweils zwei Tischen standen. Das neue Ambiente traf exakt Judiths Geschmack.

„Mit Bambusmöbeln assoziiere ich Asien, aber nicht eine Pizzeria", kommentierte Hans nüchtern.

„Ja, und ich weigere mich zu assoziieren. Ich möchte die Einrichtung auf mich wirken lassen. Die Farben laden förmlich zum Entspannen und Wohlfühlen ein. Zumindest geht es mir so."

Hans lächelte: „Immer diese Assoziationen. Vermutlich ist kein Mensch davon befreit."

Sie steuerten auf einen Tisch mit zwei Stühlen in der Nähe des Tresens zu. Sergio stand hinter der Theke und nickte ihnen freudig zu, während er emsig Getränke einschenkte. Er verteilte sie an seine Gäste, dann stand er bei den beiden am Tisch und fragte stolz:

„Gefällt euch meine neue Pizzeria?" Ohne auf Antwort zu warten, redete er weiter:

„Unser gemeinsamer Freund Heinrich brachte mich auf die Idee. Passt eher in ein asiatisches Restaurant, ich weiß, aber mir gefällt es. Und wie die Gäste ehrlich darüber denken, wird sich zeigen. Ich schätze, manche werden wegbleiben und neue Gäste werden kommen. Werdet ihr weiterhin kommen?"

Sergios direkte Frage irritierte Hans zunächst. Er antwortete: „Natürlich! Wir kommen wegen deiner ausgezeichneten Küche und nicht wegen des Ambientes – übrigens, Judith gefällt es sehr gut."

Sergio verbeugte sich galant vor Judith und lächelte sie an:

„Wir beide haben wohl einen außergewöhnlichen, exzellenten Geschmack!"

Er zwinkerte ihr zu und überreichte beiden die Speisekarte, die mit dem alten, dunklen Kunstlederbezug ganz und gar nicht zum neuen Stil der Einrichtung passte.

Nach dem delikaten Essen nahm Hans schweigend Judiths Hände.

„Nun sag schon", forderte sie ihn ungeduldig zum Reden auf.

Er spielte nervös mit Judiths Fingern und fing zu nuscheln an:

„In Kürze ist der Umzug in unser Haus, in dem wir zwei Kinderzimmer einplanten. Könntest Du Dir vorstellen, heute Nacht mit der Familienplanung zu beginnen?"

Judith schien angestrengt nachzudenken.

Ihr Verhalten verunsicherte Hans. Er hatte angenommen, sie würde begeistert zustimmen oder ihm euphorisch um den Hals fallen. Doch nichts traf ein. Sie sah teilnahmslos im Raum umher, als würde sie jemanden suchen. Dann huschte ein Lächeln auf ihr Gesicht, und sie rief Sergio herbei:

„Sergio, wir wollen bitte sofort zahlen!"

Zur Antwort nickte er.

Nun zwinkerte sie Hans zu.

Er flüsterte mit großen Augen: „Du Biest!" Dabei fiel ihm ein Stein vom Herzen.

Mit der Rechnung in der Hand stand Sergio am Tisch und überreichte sie Judith.

Voller Inbrunst sagte sie Sergio: „Mit jeder Zelle meines Herzens liebe ich diesen Kerl mit dem jeansfarbenen Hemd."

Sergio schmunzelte, und Hans' Gesichtsfarbe wechselte ins Tomatenrot. Ihm war das mehr als peinlich. Judiths Stimme war laut genug, dass es alle Gäste hören konnten. Manche Gäste schmunzelten, andere taten so, als hätten sie nichts gehört, und ein junges Pärchen klatschte Applaus und sah aufmunternd zu Judith und Hans.

„Viel Spaß heute Nacht!", zwinkerte ihnen die junge Frau zu.

Verunsichert sah Hans Judith an und fragte sie: „Hat sie zugehört?"

„Bestimmt – und sie zählt eins und eins zusammen."

Hans stand auf und bat sie, dasselbe zu tun. Hand in Hand verließen sie die Pizzeria und schlenderten verliebt zum Haus. Mit dem Auto fuhren sie zu ihrer kleinen Wohnung, und Hans ließ sich auf die Autocouch fallen.

Judith hantierte mit irgendwelchen Gegenständen in der Küche. Jedenfalls drangen solche Geräusche aus der Küche.

„Bei Sergio hatte ich erwartet, dass du mir begeistert um den Hals fällst, wenn ich dir die Frage stelle. Das hast du nicht getan, und ich war enttäuscht. Natürlich ist eine Enttäuschung vorprogrammiert, wenn Erwartungen im Spiel sind. Damit stellte ich mir selbst ein Bein."

Immer noch hörte Hans aus der Küche Geschirr klappern. „Hörst du mir überhaupt zu?" Das klang vorwurfsvoll.

„Natürlich!" Sie kam aus der Küche, und Hans verstummte.

Judith hatte nur Unterwäsche an und bewegte sich lasziv, mit offenen Haaren auf Hans zu.

„Du hast mit dem Geschirr hantiert, um mich abzulenken. Die Überraschung ist dir gelungen."

Einige Zeit später lagen sie im Bett eng nebeneinander, hielten sich an der Hand und hingen ihren Gedanken nach.

Judith teilte Hans ihre Gedanken mit: „Seit ich dir begegnet bin, hat die Aussage *Ein Geschenk des Himmels* für mich an Bedeutung gewonnen. Es ist fast unglaublich, es ist nicht greifbar und doch absolut real. Die Gespräche mit dir erreichen Tiefen, von denen ich vorher nichts ahnte. Hans, du bist für mich ein Geschenk des Himmels. Damit drücke ich aus, dass du ein außergewöhnlicher Mann für mich bist. Und irgendeine höhere Macht führte uns zusammen. Anders kann ich mir unsere Begegnung nicht erklären."

Hans drehte sich zu ihr und küsste sie. „Gut, dass niemand gleichzeitig küssen und reden kann." Augenblicklich musste er über seine Gedanken schmunzeln – nicht zum ersten Mal.

Judith kannte das und wusste, *er* tat wieder zwei Dinge auf einmal: küssen und denken.

Hans sagte: „Bin ja selber schuld, habe es mit dem Küssen mal wieder vermasselt. Sorry, ich gelobe Besserung."

Judith nahm seine Hand und flüsterte ihm direkt ins Ohr: „Ich liebe dich über alles!"

Die aufkommende Erwartung, er würde ihr dasselbe sagen, ignorierte sie. In diese gedankliche Falle wollte sie nicht wieder hineintappen. Wohin sie das führte, hatte sie einige Monate zuvor erlebt.

Tage später, es war Mittwoch am späten Nachmittag, wartete sie im Wohnzimmer auf Hans, der noch bei der Arbeit war, um gemeinsam mit ihm zum Haus zu fahren. Sie hörte, wie er die Tür öffnete und ein fröhliches „Bin da!" trällerte.

Dann sah er Judith auf dem Boden vor der Balkontüre kauern.

„Du siehst aus wie ein Kartoffelkloß, der eine Prinzessin werden wollte und feststellen musste: Der Wunsch wird nicht erfüllt", lächelte er sie aufmunternd an.

Deutlich erkannte er ihre Weltuntergangsstimmung, die sie überfiel, wann immer sich ihre Periode ankündigte. Einen Tag zuvor, exakt 24 Stunden lang, litt sie unter Weltschmerz. Er setzte sich neben sie auf den Boden und legte tröstend seinen Arm um ihre Schultern.

Sie hatte sich an ihn gelehnt. „Ich habe überhaupt keine Ahnung, wie ich das über Jahrzehnte durchhalten soll. Immer und immer wieder ist es so. Alle Bemühungen schlagen fehl." Ein paar Tränen kullerten ihr die Wangen runter.

Hans gab ihr einen Rat: „In dem Fall ist es angesagt, dasselbe zu tun, was du bereits vor Jahren angefangen hast. Nimm es an, wie es ist. Dich anzunehmen, wie du bist, hast du sehr gut umgesetzt. Weshalb nicht auch jetzt?"

Judith war sich über Hans' Aussage im Klaren. „Wissen tue ich das. Aber die Umsetzung? Es ist so schwer den jammernden Wolf loszulassen."

Hans gestand ihr etwas, das sie überraschte: „Wenn ich die Gelegenheit hätte, mit dir zu tauschen, würde ich, ohne zu zögern, *ja* sagen. Euch Frauen bleibt es vorbehalten, Kinder zu bekommen. Und die monatlichen Beschwerden, Schmerzen, Stimmungen …, alles, was dazu gehört, befähigt euch zur Schwangerschaft. Offen gesagt, manchmal beneide ich dich darum."

Minutenlang saßen sie schweigend, jeder in seinen Gedanken versunken, auf dem Fußboden. Dann stand Judith langsam auf und reichte Hans ihre Hand. Er ergriff sie, stand ebenfalls auf und nahm Judith in den Arm. Wieder vergingen einige gefühlte Minuten, bis sie zu beraten begannen, wo sie im

Haus mit Reinigen anfangen wollten. Judith erschien das äußerst oberflächlich im Vergleich zu Hans' Geständnis, das sie tief berührte und sehr zum Nachdenken angeregt hatte.

4.
Lebensduft

Die folgenden Tage war geputzt, geputzt und geputzt worden, bis das komplette Häuschen glänzte und für den Umzug gerüstet war. Hans hatte zwei junge Kollegen um Hilfe gebeten. Sie hatten zugesagt, und zu viert war die Wohnung innerhalb kurzer Zeit leer geräumt. Hans' originelle Wohnzimmercouch und Sessel blieben in der Wohnung, Die Nachmieterin war von dem ungewöhnlichen Mobiliar entzückt und kaufte es ihm sofort ab. Alles andere aus der Wohnung passte in einen kleinen Umzugswagen, den Hans mit seinen Kollegen zum Haus fuhr.

Dort wurden sie bereits von Judith und ihrer Chefin Anera erwartet. Anera war Ende dreißig und ca. 1,55 Meter groß. Mit ihren pink gefärbten Haaren und giftgrünem Overall zog sie die Blicke der zwei jungen Männer auf sich. Sich ihrer auffälligen Erscheinung bewusst, zwinkerte sie Hans' Kollegen kess zu. Gebieterisch, aber mit einem Lächeln, schickte sie alle ins Wohnzimmer, um sich zu stärken. Platz genug war ja noch da. Anera hatte lecker belegte Brötchen und verschiedene Säfte mitgebracht. Das war ihr Beitrag zum Umzug ins neue Heim. Seltsamerweise war sie beim Essen nicht dabei. Niemand hatte bemerkt, wie sie verschwand. Überraschend stand sie plötzlich wieder in der Tür, in jeder Hand eine große Kübelpflanze.

„Liebe Judith, diese zwei Pflanzen schenke ich euch für euren Garten. Dank deines Gespürs werden sie im Garten wachsen und gedeihen. Es sind Pflanzen ganz nach deinem Geschmack, ein duftender Flieder und eine rosafarbene, duftende

Pfingstrose. Noch eines möchte ich loswerden: Hans, du hast einen Goldschatz geheiratet. Ich weiß das, ich arbeite mit ihr zusammen."

Dann stellte sie die Pflanzen mitten im Wohnzimmer ab, ging auf Judith zu, die aufstand, und beide Frauen umarmten sich herzlich.

In derselben herzlichen, gelösten, anhaltenden Stimmung war alles schnell aus dem Umzugswagen ausgeladen.

Am frühen Abend, die Möbel waren bereits aufgebaut, schauten Maria und Josef herein. Natürlich hatten sie, wie meistens, etwas zum Essen dabei: selbstgebackenes Brot, zweierlei Salate, und im Korb waren Geschirr und Besteck.

„Das Brot duftet wunderbar", meinte Judith und bat alle ins Wohnzimmer zum Essen. Maria verabschiedete sich sogleich.

Mit dem leckeren Essen war das Ende des Umzugstages eingeläutet. Danach verabschiedeten sich alle herzlich, und Judith und Hans setzten sich, wie so oft, auf die Terrasse und ließen den Tag Revue passieren.

Judith sah auf die Waschbetonplatten: „Die müssen wir dringend austauschen. Ich finde die einfach nur hässlich."
Hans nickte erschöpft.

Das Thermometer zeigte 36° Celsius Außentemperatur und die Luft im Blumenladen war sehr stickig.

Judith hatte am Nachmittag Kreislaufprobleme. So wurde sie von Anera nach Hause geschickt. Dort kochte Judith Ingwertee und legte sich auf die neu angeschaffte, beigefarbene, aus Bambus gefertigte Kuschelcouch. Sofort schlief sie ein.

„Hallo, hier bin ich!", rief Hans vom Flur aus und Judith schreckte hoch.

Hans stand vor ihr, und statt einem freudigen Gruß stammelte sie: „Bin eingeschlafen, hatte Schwindel – Anera schickte mich heim. Oh, Mist, mir geht es nicht gut."

Hans war besorgt und fuhr zum Einkaufen, um Hühnersuppe zu kochen.

Judith war mit ihrer schlechten Verfassung absolut nicht einverstanden und sagte dem Ungeziefer in ihrem Körper den Kampf an. „Eine Sommergrippe braucht wirklich kein Mensch", maulte sie vor sich hin und hörte nicht, wie Hans vom Einkaufen zurückkam.

„Du bist Pflanzenexpertin, aber keine Ärztin", wurde sie von Hans gerügt.

Dank Hans seiner Fürsorge, seiner Hühnersuppe und Ingwertee war Judith nach drei Tagen wieder im Vergissmeinnicht und band Blumengebinde.

Zwei Tage später ging es ihr erneut schlecht. Sie klagte beim gemeinsamen Abendessen mit Hans über Bauchschmerzen und Schwindel.

„Morgen gehst du zum Arzt und lässt dich genauestens untersuchen. Vielleicht ist das krankmachende Ungeziefer noch in deinem Körper", sagte er sehr eindringlich. Judith versprach ihm, sich eingehend untersuchen zu lassen. Hans fragte einen Kollegen, ob er ihn in der Früh zur Arbeit mitnehmen könne, sodass Judith das Auto zur Verfügung stand und sie nicht zum Arzt radeln musste.

Am nächsten Tag in der Arztpraxis berichtete sie der Arzthelferin Ricarda ihre Symptome und nahm dann im Wartezimmer Platz.

Wenig später saß sie der Ärztin gegenüber, die sie unverhohlen musterte. Judith schilderte ihre Symptome. Die Ärztin machte sich eine Notiz, überreichte den Zettel Judith und bat sie, sie möge die Notiz Ricarda geben. Judith tat das und verstand die Welt nicht mehr. Denn, als sie Ricarda die zusammengefaltete Notiz gab, las diese sie und schmunzelte. Ricarda griff in eine Schublade und hielt Judith einen kleinen Plastikbecher hin mit der Bitte um eine Urinprobe.

Verständnislos über Ricardas heiteres Verhalten schüttelte Judith den Kopf und ging Richtung Toilette. Den halbvollen Becher platzierte sie in der dafür vorgesehenen Nische und ging lustlos an Ricarda vorbei ins Wartezimmer.

Nach einer Weile wurde sie von Frau Dr. Maier ins Sprechzimmer gebeten und gefragt: „Wie geht es Ihnen beiden?"

„Danke, uns geht es gut, bis auf meine Beschwerden", antwortete Judith wahrheitsgetreu.

„Ich meine Sie und nicht Ihren Mann."

Judith stutzte. Frau Dr. Maier hielt ihr einen Schwangerschaftstest hin und entschuldigte sich vielmals, weil sie Judith nichts von dem Test erzählt hatte.

„Ich sah Sie, hörte mir die Symptome an und zählte eins und eins zusammen, und heraus kam: Frau Raiche wird wohl schwanger sein. Um die Spannung zu erhöhen, bat ich Sie um die Urinprobe. Liebe Frau Raiche, Sie werden bald Mama sein." Frau Dr. Maier stand vom Stuhl auf und gratulierte Judith zu ihrer Mutterschaft.

Judith fühlte sich benommen. An Schwangerschaftssymptome hatte sie mit keinem einzigen Wimpernschlag gedacht.

Überrascht hauchte Judith: „Ich bin schwanger? Ein Baby in meinem Bauch? Ich bin tatsächlich schwanger?"

„Ja", lächelte Frau Dr. Maier liebevoll.

„Wir bekommen ein Baby?" Judith weinte und lachte gleichzeitig. Ihr durchliefen im ersten Augenblick widersprüchliche Gefühle. „Vermutlich kennen das viel Frauen die das erste Mal Mutter werden", lächelte sie in sich hinein. Judith stand auf und verabschiedete sich überwältigt und glücklich.

Im Auto atmete sie tief ein und aus um einen klaren Kopf zu bekommen, denn sie wollte sofort zu Hans fahren und es ihm erzählen.

Auf dem Parkplatz vor der Bank schrieb sie Hans eine Nachricht, er möge bitte zum Parkplatz kommen. Nach wenigen Minuten stand Hans vor ihr und sah sie sorgenvoll an.

„Du wirst Papa", begrüßte sie ihn fröhlich.

Hans' Reaktion war nicht hörbar, aber dafür sichtbar. Große Augen und ein offener Mund, aus dem kein Wort herausdrang. Bewegungslos stand er da und starrte Judith an.

„Judith!", sagte er gedehnt.

„Ja!", rief sie und sprang an Hans hoch, und ihre Beine umklammerten seine Hüften. Er hielt sie fest umschlungen und verbarg sein Gesicht in ihren Haaren. Er war den Tränen nahe. Langsam glitt Judith an ihm herab. Sie sahen sich in die Augen.

Liebevoll küsste er seine Judith. Dann ging er einen Schritt zurück und betrachtete ihren Bauch. Er legte seine Hand auf die Stelle, wo er das Baby vermutete. Judith legte ihre Hand auf seine, und gemeinsam streichelten sie ihr sehr, sehr kleines Baby.

In den nächsten Tagen und Wochen erlebte Judith, wie Hans dieselben Mit-Schwangerschaftssymptome zeigte wie die werdenden Väter, die im *Vergissmeinnicht* Blumen für ihre schwangeren Frauen kauften. Bis dahin hatte Judith für diese Männer nur ein mitleidiges Lächeln übrig gehabt. Jetzt verstand sie das Verhalten der werdenden Väter. Auch ihr Hans packte sie in Watte. Irgendwann, als sie beide auf der Couch kuschelten, wurde ihr das zu viel, und sie reagierte verärgert.

Er klärte sie liebevoll auf: „Denk an die zwei Wölfe, die um dein Herz kämpfen. Momentan fütterst du den Wolf des Ärgers, den du eigentlich verhungern lassen möchtest. Muss das Baby jetzt schon Ärger erfahren?"

Boing, getroffen! Hans hatte Recht. Es war ihr bekannt, dass ein Baby alle Emotionen und Empfindungen der Mutter spürte, und sie nahm das auch sehr ernst. Trotzdem hatte sie es in diesem Moment vergessen, und ihr war ihr eigener Ärger wichtiger gewesen als ihr Baby.

„Liebe Judith, wie gerne würde ich dir einen Teil von dieser großen Verantwortung abnehmen aber leider ist das nicht möglich", er klang traurig.

An ihrem Gesichtsausdruck erkannte Hans, wie leid ihr das tat. Er nahm sie tröstend in den Arm. Dann stand er auf und ging ins Bad. Dort brummelte er vor sich hin: „Immer dieser Kloß im Hals. Verdammt, ich kann die drei Worte nicht aussprechen! Judith werfe ich ihren Ärger vor, weil sie die große Verantwortung für unser Baby hat, aber ich bin keinen Deut besser. Ich weiß genau um meinen Wolf: Gefühle nicht artikulieren, ja gar nicht erst zulassen!"

Judith und Hans sahen sich bald als Ausnahme oder auch als sonderbar, weil sie nicht schon jetzt das Geschlecht des Kindes wissen wollten. Alle guten Ratschläge diesbezüglich, wie zum Beispiel, dass sie die Kleidung farblich abstimmen könnten, wenn sie wüssten, ob es ein Junge oder ein Mädchen würde, schlugen sie in den Wind.

Die große Verantwortung, die Judith für das Baby empfand, wurde durch viele Kunden im *Vergissmeinnicht* auf eine harte Probe gestellt.

„Keine negativen Gefühle und Empfindungen soll das Baby empfangen." Immer wieder machte Judith sich diese Verantwortung bewusst und stellte sich der Aufgabe mit großer Mühe, aber zu ihrem und auch zu Hans' Leidwesen scheiterte sie gelegentlich kläglich.

Einmal gestand er ihr allerdings: „Meine Rolle ist es, einfach so wie vorher zu leben. Ich stehe körperlich außerhalb, und meinen Ärger, zum Beispiel während der Arbeit, bekommt unser Baby nicht ab."

Natürlich taten Judith seine Worte gut, aber letztendlich blieb es ihre alleinige Verantwortung, die ihr niemand abnehmen konnte. Und den innerlichen Kampf, sich nicht zu ärgern, erlebte das Baby ja auch mit. Dennoch überwog die Freude der Schwangerschaft über alles andere, und der Bauch wurde größer und größer.

Oft legte Hans seine Hand oder seinen Kopf auf das Baby und sprach sanft mit ihm. An einem Abend brachte er Judith zum Staunen. Seine Hand lag auf dem Bauch, als er sagte:

„Ich bin glücklich!"

Judith war froh, dass sie auf der Couch lag. Sein Gefühlsausbruch hätte sie sonst glatt umgehauen. Ergriffen brachte sie ein lang gedehntes „H-a-n-s" hervor.

Er neigte den Kopf beschämt und legte ihn auf das Baby. Dies hatte er ganz impulsiv gesagt, ohne vorher darüber nachzudenken. Er war über sich selbst erstaunt, wie einfach es gewesen war, es auszusprechen.

„Weshalb schäme ich mich?", fragte er sich. „In den Augen meines Vaters war dies die größte Schwäche eines Mannes. Schäme ich mich deswegen? Vermutlich!"

Sein Kopf lag noch immer auf dem Bauch, und Judith streichelte sanft seine Haare.

Diesen Augenblick, diese Gefühle, die ihr fast den Boden unter den Füßen weggezogen hätten! Wie gerne hätte sie all das festgehalten! Aber das ging nicht, das war ihr klar. Und doch geschah etwas Neues. Eine große Hoffnung machte sich in ihr breit, eine Hoffnung, dass er ihr irgendwann seine Gefühle offenbaren würde.

Am 19. Mai um drei Uhr morgens war es endlich so weit: Nach vielen Stunden kräftezehrender Wehen wurde ihr Sohn Adrian geboren.

Etwa eine Stunde nach der Geburt lag Judith im Klinikzimmer, mit Adrian auf ihrem Oberkörper. Hans saß auf der Bettkante. Immer noch überwältigt von dem Ereignis und dem Wunder der Geburt schwebten beide in höheren Gefilden, zu denen ausschließlich Mütter und Väter Zugang haben.

Die Krankenschwester kam und erkundigte sich nach Judiths Befinden.

„Uns geht es allen bestens", antwortete Hans für Judith. Beide fühlten sich, als wären sie zum Mittelpunkt der Existenz geworden. Es war unbeschreiblich! Das junge Elternpaar fand keine Worte für diese Erfahrung. Immer wieder sahen sie sich glücklich und wortlos in die Augen und dann zurück zu Adrian, ihrem neugeborenen Sohn. Überaus zärtlich, als könnte er zerbrechen, streichelten sie immer wieder seinen Kopf und seinen Rücken. Sanft sprachen sie zu ihm. Zwei Stunden nach der Geburt waren beide sehr müde.

„Mir fallen die Augen zu. Ich muss leider los. Zu Hause werde ich den Wecker auf elf Uhr stellen, gleich nach dem Frühstück komme ich wieder. Ich werde euch vermissen!"

Judith spürte, wie schwer ihm der Abschied fiel, als er sich von seiner Familie trennte. Noch ein Abschiedskuss für beide, und Hans ging mit wehmütigen Schritten rückwärts, den Blick auf seine Familie geheftet, zur Tür.

„Waren seine Augen feucht?", Judith glaubte, in Hans' Augen einen glänzenden Schimmer gesehen zu haben. Noch nie hatte sie Hans weinen gesehen, weder vor Trauer noch vor Glück.

Bevor er die Türe hinter sich schloss, winkte er Judith und schenkte ihr einen Luftkuss. Die Tür fiel zu, und Judith beugte sich zu Adrian um an ihm zu riechen. Weshalb sie das tat, wusste sie nicht. Sie folgte einfach einem Impuls. Und nochmals atmete sie tief die Luft ein, die seinen Kopf umgab. Überrascht wegen dieses Geruchs, der in ihre Nase stieg, war sie nun hellwach.

„Nein, das ist kein Geruch; das ist ein wunderbarer, außergewöhnlicher, unglaublich betörender Duft! Und er geht von meinem Sohn aus. Von unserem Sohn!"

Judith war hingerissen. Immerfort senkte sie ihre Nase zu Adrian und sog tief seinen Duft ein. Dann legte sie entspannt ihren Kopf auf das Kissen. Sie musste schmunzeln, als sie dachte: „Ich kann dich gut riechen."

Wie aus heiterem Himmel schoss ihr ein Geistesblitz durch den Kopf:

„Ein duftendes, neugeborenes Baby.

Ich habe neues, duftendes Leben geboren.

Neugeborenes Leben duftet.

Adrian strömt den Duft des Lebens aus.

Adrians Duft ist der Lebensduft."

Diese Erkenntnis!... Judith fühlte sich wie benommen. Mit geschlossenen Augen schüttelte sie den Kopf, als würde dadurch ihre Benommenheit verschwinden. Doch sie fühlte sich immer noch wie berauscht. Sie riss die Augen auf und begann mit einer Atemübung; tief ein- und ausatmen, um wieder in die Normalität zu gelangen. Nach vielen Atemzügen wich ihre Benommenheit. Sie fühlte sich wieder klar und murmelte vor sich hin: „Wow! So etwas habe ich zuvor auch noch nie erlebt." Immer noch hellwach, legte sie ihre Hand auf ihren duftenden Adrian und lächelte selig vor sich hin.

Zu Hause lag Hans ebenfalls wach im Bett. In seinem Kopf lief die Geburt wie ein Film ab, mit allen Emotionen und Anspannungen. Das Bewusstsein, Vater zu sein, erfüllte ihn mit großer Freude und Stolz. Mit geschlossenen Augen begann er zu fantasieren, wie er mit seinem Sohn, Abenteuer bestehen würde –

eben wie richtige Männer. Wie diese Abenteuer aussahen, davon hatte er keine Ahnung; allein das erhebende Gefühl war ihm völlig ausreichend und die Gewissheit: Wir werden das tun! Mit diesen Gedanken und Fantasien schlief er endlich zufrieden ein.

Judith hingegen traute sich nicht, ihre Augen zu schließen und einzuschlafen. Fragen hielten sie wach: „Was ist, wenn ich einschlafe – höre ich Adrian? Weiß ich, wann er Hunger hat? Wenn ich schlafe – kann es sein, dass ich ihn erdrücke? Was passiert mit ihm, wenn ich mich im Schlaf umdrehe? Soll ich Adrian in das Babybett legen? "

„Nein!" Das kam für sie überhaupt nicht in Frage! Das erschien ihr viel zu kalt im Vergleich zu ihrer Körperwärme. Außerdem wäre Adrian so gefühlte Millionen Lichtjahre von ihr entfernt. Hundemüde wie sie war, fielen ihr dennoch die Augen zu. Ihr Körper wurde immer schwerer. Nicht mehr lange, und sie würde den Kampf, wach zu bleiben, verlieren.

Dann spürte sie eine Berührung auf ihrer Schulter, und sie hörte eine Stimme, die sanft ihren Namen sagte. Schlaftrunken öffnete Judith die Augen und sah die Schwester am Bettrand stehen. Sie erzählte ihr von ihren sorgenvollen Gedanken wegen des Einschlafens mit Adrian auf ihrer Brust.

Verständnisvoll und geduldig erklärte ihr die Schwester, sie müsse sich keine Sorgen machen. Sie könne bedenkenlos einschlafen, da sie sich nicht umdrehen werde; auch würde sie Adrian hören und seine Bewegungen spüren, wenn er wach werde und Hunger habe. All das würde so sein, da bereits tief in ihrem Bewusstsein abgespeichert war: „Dein Baby liegt auf deiner Brust."

Judith hörte aufmerksam zu. Die Schwester sprach ruhig und erklärte ihr alles mit einer Sicherheit, der Judith einfach nur vertrauen konnte. Mit diesem Vertrauen schlief sie ein.

Wenige Stunden später wachte Judith verwirrt auf. Gedankenblitze: „ … Krankenhaus … Adrian, Oberkörper … schlafen …"
Erst jetzt registrierte sie: Adrian ist unruhig! Wie auf Knopf-
druck war sie hellwach.

„Was nun?", Judith fragte Adrian in Gedanken, ob er Hunger hätte, und sogleich fügte sie gedanklich hinzu: „Ich weiß,
diese Frage kannst du nicht beantworten. Das muss ich herausfinden. Oh je, Adrian, auch wenn ich in einem Vorberei-
tungskurs auf Elternschaft Grundkenntnisse über Neugeborene erhalten habe, bedeutet das noch lange nicht, dass ich
blitzschnell erfasse, weshalb du unruhig wurdest. Die Wahr-
scheinlichkeit liegt nahe, du bist oder wirst hungrig. Ich lege
dich an meine Brust, und dann sehen wir weiter."

Adrians Mundbewegungen deuteten auf Hunger hin. Judith
half ihm, und er begann zu saugen mit einer Kraft, die sie ihm
nicht zugetraut hätte.

Fasziniert beobachtete sie Adrian beim Trinken. „Einfach,
zweifach, millionenfach genial! Stillen! Nie und nimmer war je
ein Mensch imstande, sich so etwas Geniales auszudenken.
Keine Erfindung reicht an das heran, was wir zwei erleben."
Zart und sanft streichelte sie ihn, während er trank. Erneut
beugte sie ihren Kopf, um seinen Duft einzuatmen.

„Ja" flüsterte sie ihm ins Ohr: „Du verströmst den Lebensduft." Sie lehnte sich zurück und gab sich dem wohltuenden
Gefühl hin: „Ich nähre meinen Sohn!"

Judith sprach ihre Bettnachbarin Leonie an. Leonie war Mitte
dreißig, hatte lange dunkle Haare und war pummelig. Ihre
neugeborene Tochter lag auf ihrem Oberkörper. Die kleine
Selina war ein paar Stunden älter als Adrian. Judith vertraute
Leonie ihre Erkenntnis vom Lebensduft an.

Leonie bestätigte, mit leuchtenden Augen, den individuellen
Duft eines neugeborenen Säuglings und plapperte gleich los:

„Schön, dass du das erkannt hast. Wenige Menschen haben diese Erkenntnisfähigkeit und diese sensible Wahrnehmung. Ich weiß das. Selina ist unser drittes Kind, und immer wieder erzählte ich vom individuellen Duft der Neugeborenen, vom Lebensduft, aber bisher fand ich wenig Gehör und Verständnis dafür. Beim ersten Kind war ich genauso wie du, benommen und fasziniert. Um mir Gewissheit zu verschaffen, dass jedes Kind einen individuellen Duft verströmt, schlich ich mich ins Säuglingszimmer, beugte mich zu ein paar Säuglingen runter und stellte fest: Ja! Jedes Neugeborene strömt seinen individuellen Duft aus. Und manchmal unterscheidet er sich in kaum wahrnehmbaren feinen Nuancen. Dass eine blinde Mutter ihr Baby am Duft erkennt, war für mich fantastisch. Judith. Du hast absolut Recht, das alles ist überwältigend!"

"Oh ja, das ist es!", seufzte Judith ergriffen.

Verschwörerisch, augenzwinkernd sah Leonie Judith an und schlug ihr vor:

„Wenn du möchtest, könntest du ins Säuglingszimmer gehen, um dich vom individuellen Säuglingsduft zu vergewissern. Ich passe derweil auf und sage dir Bescheid, falls jemand kommt. Das bedeutet: für dich würde ich Schmiere stehen", dabei gluckste Leonie übermütig und ihr ganzer Körper schien vor Freude zu beben.

Lächelnd antwortete Judith: „Nein, danke! Ich glaube dir auch ohne Beweise."

Leonies Aussage, dass wenige Menschen diese Erkenntnisfähigkeit und diese sensible Wahrnehmung haben, sagte Judith innerlich und unbewusst den Kampf an. Sie konnte und wollte nicht glauben, dass eine besondere Fähigkeit erforderlich ist, um den betörenden, individuellen Duft eines Neugeborenen wahrzunehmen. Trotzig dachte sie: „Hans wird es können! Er wird ebenso wie ich, Adrians bezaubernden Säuglingsduft wahrnehmen!"

Ihre Auflehnung verflog langsam, und sie lächelte selbstsicher in sich hinein, während sie sich Adrian widmete.

Eine grauhaarige Säuglingsschwester kam herein, um die Betten aufzuschütteln. Judith erzählte ihr begeistert vom Lebensduft der Neugeborenen, und dass sie alle Säuglingsschwestern beneide, weil sie tagtäglich von duftenden Babys umgeben sind.

Die Schwester antwortete freundlich: „Tut mir leid, Frau Raiche, aber Ihre neue Welt als Mutter kann ich nicht teilen, da ich es nie erleben durfte, Mutter zu werden und zu sein."

Judith war irritiert und dachte: „Eine Säuglingsschwester, sogar mit langjähriger Berufserfahrung, versteht mich nicht?!" Judith sah Leonies Blick, der ihr mitleidig sagte: „Hab ich doch gesagt!" Sie war froh, dass ihre Bettnachbarin sie nur ansah und sich jeglichen Kommentar verkniff.

Sie dachte enttäuscht: „Das, was ich erkannt habe, und meine Begeisterung dafür möchte ich mit allen Menschen teilen. Sie sollen dasselbe wunderbare, erfüllende und faszinierende Gefühl erleben wie Leonie und ich. Und nun?" Judiths Augen wurden feucht. Sie sah Leonies mitfühlenden und liebevollen Blick. Sanft streichelte sie Adrians Rücken und sog seinen Duft ein.

„Hans wird mich verstehen, und es wird ihm genauso ergehen wir mir. Da bin ich mir sicher." Dieser Gedanke gab ihr Hoffnung und verwandelte ihre Enttäuschung in Wiedersehensfreude.

Sie sinnierte vor sich hin: „Für dich bin ich die alleinige Nahrungsquelle. Wer ernährt dich, wenn mir etwas zustößt?" Diese Vorstellung verursachte ihr Unbehagen.

„Fläschchen! Genau, das ist die Lösung! Dein Papa gibt dir allabendlich eine kleine Menge Babynahrung aus der Flasche!" Erfreut über ihre Idee, fieberte sie Hans' Besuch entgegen.

Kurz nach dem Mittagessen klopfte jemand an die Zimmertür und öffnete sie gleichzeitig.

„Hans!", rief sie entzückt.

„Judith, ich habe euch so vermisst!" Dann folgte der Begrüßungskuss für seine Familie. Judith berichtete ihm von ihrer Besorgnis und von der idealen Lösung. Darüber war Hans sehr angetan.

„So bin ich nicht ausschließlich der finanzielle Ernährer – schöne Vorstellung! Und meine Vaterrolle wird nicht auf Windeln wechseln und spazieren fahren reduziert", lächelte er stolz und streichelte Adrian sanft über den Kopf.

„Hätte nicht gedacht, dass dieser kleine Mann uns so sehr einnimmt und unsere Leben mit einem Schlag verändert."

Das kleine Wörtchen ‚uns' bedeutete Judith sehr viel. So fühlte sie sich wie in einer kleinen Einheit, in der sie zu Hause war, in der sie ihre Heimat hatte.

„Judith, sieh mal wie selig er schläft. Am liebsten würde ich ihn an mich nehmen und herzhaft drücken."

„Na ja, für ein herzhaftes Drücken ist er noch zu klein. Aber von seinem Papa auf den Arm genommen zu werden, wird er sicherlich genießen."

Etwas unbeholfen nahm Hans seinen Sohn auf den Arm und betrachtete ihn mit liebevollem Blick. „Ich wage kaum zu atmen", gestand er Judith und setzte sich auf die Bettkante. Um Adrian nicht zu wecken, flüsterte er: „Nach dem Aufwachen war es mir, als schwebe ich durch Raum und Zeit. Keine Bodenhaftung war zu spüren."

Er verstand selbst nicht, weshalb er Judith den wahren Grund für den Verlust seiner Bodenhaftung nicht mitteilte, nämlich, weil er in Tagträume verfiel, in denen er mit Adrian Abenteuer bestand.

„Bei der Geburt dabei zu sein war eine wundervolle Erfahrung! Mitzuerleben, wie Leben geboren wird! In Windeseile wurde ich Vater, mit einer wunderbaren, großen Verantwortung. Mit mir geschah etwas, ich kann es nicht in Worte fassen."

Er sah Judith fragend an: „Verstehst du, was ich damit ausdrücken möchte?"

„Ja – sehr gut sogar. Und es gibt noch mehr, was ein Neugeborenes in dir aufrütteln kann."

Judith verriet ihm begeistert ihre Erkenntnis vom Lebensduft in allen Details. Gespannt wartete sie auf seine Reaktion. Als sie kam, war sie alles andere als was Judith erwartet hatte.

„Ja, der Duft, den Adrian ausströmt, ist fast betörend." Mehr sagte er nicht dazu.

„Verstehst du denn nicht?" Judith war enttäuscht. Fragend sah sie Hans an. Sein Gesichtsausdruck sprach Bände. Er verstand sie nicht. Ihre Erkenntnis begeistert zu teilen, war ihm in keiner Weise möglich.

„Hans, mein großer Hans, mein Vorbild! Zu dem ich immer aufsah – und er versteht mich nicht?!" Das sprach sie nicht aus. Er hätte es nicht verstanden, dies war ihr nun klar.

„Wir müssen unseren Lebensduft in unserem Leben neu entdecken!", dachte sie und war über ihre eigenen Gedanken erstaunt.

Darüber sann sie kurz nach und wusste, Hans würde sie das nicht sagen können.

„Bin ich denn so viel anders als alle anderen? Bin ich ein größerer Außenseiter, als ich bisher annahm?" Selbstzweifel stiegen in ihr hoch.

Hans unterbrach sie abrupt in ihren Gedanken. „Heute Nachmittag fahre ich zur Bank und informiere meine Kollegen, dass wir Eltern eines gesunden Sohnes sind."

„Ja, tu das", war Judiths knappe Antwort. Dabei beobachtete sie ihn eindringlich. „Er ist für meine Erkenntnis leider nicht offen. Weshalb auch immer!", stellte sie fest, aber sie sah in seinen Augen aufrichtige Liebe für seinen Sohn.

„Ob ich will oder nicht, letztendlich bleibt mir nichts anderes übrig, als Hans so anzunehmen, wie er ist", war ihr trauriges Resümee, und diese Erkenntnis verwahrte sie in einer Schublade in ihrem Kopf.

5.
Die rote Bank

Die nächsten drei Stunden schwelgten Judith und Hans im Familienglück. Nach dieser Zeit verabschiedete sich Hans von seiner Familie mit dem Versprechen, nach dem Besuch in der Bank wiederzukommen.

Zum ersten Mal in ihrer Beziehung spürte Judith eine innere Distanz zu ihrem Mann, weil er ihre Erkenntnis vom Lebensduft nicht nachempfinden konnte. Sie fühlte, wie sich ihr Herz traurig und vor Enttäuschung zusammenzog.

Eine Stunde später saß Hans wieder auf Judiths Bettkante und erzählte ihr vom Besuch bei seinen Kollegen. „Zuerst einmal liebe Grüße von allen mit den besten Wünschen für uns, und besonders ausdrücklich von Nico."

Vor wenigen Monaten war Nico, ein junger Arbeitskollege von Hans, zum ersten Mal Vater geworden. Als er nach der Geburt seiner Tochter in die Bank gekommen war, um seinen Kolleginnen und Kollegen zu berichten, hatte ihn Hans belächelt. Nico hatte auf ihn zerstreut und seltsam realitätsfremd gewirkt. Er hatte fortwährend gelächelt. Obwohl Nico davon erzählt hatte, wie glücklich er war, und alle angestrahlt hatte, konnte Hans ihm nicht das Verständnis entgegenbringen, das ihm zugestanden hätte als frisch gebackenem Vater. Judith hörte Hans aufmerksam zu.

„Und dann stehe ich vor Nico, und er versetzt mir schmunzelnd einen Hieb auf den Oberarm. Ich entschuldige mich bei ihm, weil ich ihn vor ein paar Monaten belächelt habe!"

Was Hans erzählte, kam Judith bekannt vor. Auch sie hatte gelegentlich junge Väter belächelt, wenn sie für ihre Frauen Blumen kauften und verträumt wirkten. Sie hatte sich keinerlei Mühe gegeben, sich in die jungen Väter hineinzuversetzen.

„Es ist mit Mühe verbunden, sich in Menschen hineinzuversetzen. Hans, was denkst du, ist es erstrebenswert, die Fähigkeit zur Empathie zu entwickeln?" Die Frage hätte sie sich verkneifen können.

Wie sie erwartet hatte, beantwortete Hans ihre Frage mit: „Ja, selbstverständlich!" Dieses Thema erörterten sie die nächsten Minuten intensiv.

Judith nutzte die Zeit im Krankenhaus um sich zu entspannen, ausnahmslos für Adrian da zu sein und ihn kennenzulernen. Alltagssorgen gab es keine, und das Personal war zuvorkommend und freundlich.

„Es war fast wie Urlaub", empfing sie Hans, als er seine kleine Familie nach Hause holte.

In den ersten Monaten nahm Hans Elternzeit und konnte Judith bei der Pflege von Adrian unterstützen. Sie zwinkerten sich immer wieder mal zu, wenn Adrian ihnen den Unterschied zwischen *Eltern werden und Eltern sein* deutlich vor Augen führte.

Judith wechselte im Bad Adrian die Windel, und Hans sah zu. Sie schaute Hans in die Augen. Und wie jedes Mal ging ihr das Herz auf, wenn sich in seinen Augen die innige Liebe zu Adrian spiegelte. Zärtlich streichelte Hans über Adrians Kopf.

Judith legte ihn sanft in Hans' Arme. „Ich lege mich ins Bett, ich möchte mich ausruhen."

Besorgt fragte Hans: „Ist alles in Ordnung?" Bislang hatte sich Judith immer ins Bett verkrochen, um nachzudenken. Hans verstand sie nicht.

„Es ist alles in Ordnung", versicherte Judith und trottete ins Schlafzimmer. Sie brauchte räumliche Distanz zu Hans. Traurigkeit hatte sie überfallen, weil er den Lebensduft nicht verstand und auch Adrian gegenüber seine Gefühle nicht äußerte.

Hans wusste, dass irgendetwas nicht stimmte; Judiths Stimme verriet es ihm. Er wollte allerdings nicht weiter nachbohren. Mit Adrian ging er runter ins Wohnzimmer. Dort legte er seinen Sohn auf die Couch und nahm neben ihm Platz. Eine Hand streichelte seinen Bauch, und Adrian bewegte unkoordiniert und freudig seine Arme und Beine.

Hans beobachtete ihn und sann laut nach, an Adrian gewandt: „Es dreht sich alles um dich. Du bist unser Lebensmittelpunkt geworden. Es ist, als ob sich für uns eine neue Welt eröffnet hat, und was uns vorher wichtig war, ist nun nichtig. Du bist mein Sohn, und wenn es sein müsste, würde ich für dich kämpfen. Es ist eine starke Kraft in mir, und noch etwas ist neu, das ich durch dich erfuhr: Mein Gefühl für dich – es ist unbeschreiblich."

Jetzt hörte Hans auf, Adrian seine Gedanken mitzuteilen, denn die folgenden Gedanken sollte er nicht hören:

„Mein Vater empfand sicherlich dasselbe auch bei mir. Doch er ließ es nicht zu. Er muss wohl sehr dagegen angekämpft haben. Just kommt mir das vor wie eine Vergewaltigung seines Selbst. Grauenvoll! Und das tat nicht nur er mit sich. Viele Millionen Väter unterdrückten ihre väterlichen Gefühle, weil angenommen wurde, solche Gefühle wären eines richtigen Mannes unwürdig."

Ein kalter Schauer lief über seinen Rücken. Er sah zu Adrian und wusste: „Während das alles in mir vorgeht, möchte ich dich nicht auf den Arm nehmen. Diesen Schauer würdest du ganz gewiss spüren und das will ich dir nicht zumuten. Du sollst meine Zuneigung spüren und nicht die Kälte, die mich soeben umgab."

Eine Erkenntnis schoss in seine Gedanken hinein: „Zuneigung beinhaltet alles und nicht einzelne Fragmente." Nachdenklich zog er die Stirn in Falten und schüttelte leicht den Kopf. Ungläubig sah er Adrian an, legte ihn auf seine Oberschenkel und wiegte ihn auf seinen Beinen. Ganz deutlich sah er vor Augen, dass er sich aus den Vateraufgaben die Rosinen herauspickte.

„Judith gegenüber ist das unfair. Ich verbringe viel Zeit mit Adrian, aber ich habe mir die Aufgaben sorgfältig ausgewählt. Und da hatte bislang Windeln wechseln keinen Platz." Er schalt sich einen Egoisten.

Judith kam die Treppe runter, sah auf die Uhr und war überrascht, wie schnell die Zeit vergangen war – es war schon eine Stunde später. Sie wirkte verschlafen und kuschelte sich an Hans. Er legte den Arm um sie und beide beobachteten Adrian. Schweigend flogen die Minuten dahin – bis Hans jäh die Stille unterbrach.

„Ich möchte ihn wickeln. Bitte zeig es mir – jetzt gleich." Ruckartig setzte sich Judith aufrecht hin und sah ihn perplex an. Sie streckte die Arme nach Adrian aus, um ihn hochzunehmen. Hans kam ihr zuvor, nahm Adrian auf den Arm und schenkte Judith einen Blick, der keine Widerrede duldete.

„Hm – habe ich was verpasst? Wie wäre es mit Aufklärung?", forderte ihn Judith geduldig auf.

„Nach dem Wickeln." Hans war kurz angebunden und nahm, bei der Treppe angekommen, zwei Stufen auf einmal. Natürlich verstand ihn Judith nicht – wie auch.

Als sie in der Badezimmertüre stand, winkte Hans sie ungeduldig herbei. Adrian lag bereits auf der Wickelmatte und Hans stand davor.

„Stell dich bitte neben mich und sieh mir zu. Greife nur ein, wenn ich nicht weiter weiß. Ich werde es dir aber sagen."

„Gut, dann stehe ich stumm daneben und warte einfach ab", murmelte sie. Judiths Augen wurden immer größer. Geschickt wickelte er Adrian, als hätte er nie etwas anderes gemacht. Judith sah zu Adrian, der seinen Papa mit großen Augen ansah.

„Sieh nur, ihm gefällt es, von dir gewickelt zu werden."

Judith sprach laut ihre Gedanken aus: „Hans, ich muss mich bei dir entschuldigen. Ich bin wieder mal einem Vorurteil aufgesessen, weil ich dachte, dass du als Bürohengst zwei linke Hände hast. Und wie es so mit Vorurteilen ist, ist dies auch gleichzeitig eine Vor-Verurteilung die beide Parteien einschränkt und deren Freiheit nimmt. Es wird wirklich höchste Zeit, meine Vorurteile auszumerzen, um diesem Wolf mein Herz zu verweigern. Bitte verzeih mir!"

Hans lächelte sie verständnisvoll an und antwortete: „Wenn du dir selbst dein Verhalten verzeihst, werde ich dir auch verzeihen. Außerdem möchte ich dir erzählen, weshalb ich unbedingt Windeln wechseln wollte. Aber nicht hier im Bad. Komm wir gehen ins Wohnzimmer."

Dort erzählte er ihr freudig: „Ich hab's geschafft! Für mich wurde Windeln wechseln zu einem sehr großen Schritt, indem ich aktiv das Verhalten meines Vaters ein Stückchen mehr abstreifte. Oder denkst du, er hat seine Kinder gewickelt?"

„Das hat er zweifellos nie getan."

„Genau. Und ab diesem Moment teilen wir uns auch diese Aufgabe." Hans gestand ihr, so wie sein Vater sich ihm gegenüber verhalten hatte, so verhielt er sich auch als Vater Adrian gegenüber, und das möchte er auf keinen Fall mehr. „Auf das stieß ich aber erst, als ich mir das Verhalten meines Vaters genauer betrachtete und mit meinem verglich. Ich will für Adrian der Vater werden, den ich mir immer gewünscht habe."

Judith sah einen Tränenschimmer in seinen Augen und wusste nun ganz genau, wie wichtig ihm seine Vaterrolle war.

„Judith, deine Wahrnehmung ist tief, und ich bitte dich, mich dabei zu unterstützen. Nein, falsch ausgedrückt, natürlich unterstützt du mich. Es ist eine andere Bitte: Würdest du mich bitte auf meine übernommenen Verhaltensmuster aufmerksam machen? Vermutlich ist es keine leichte Aufgabe. Ich könnte gekränkt reagieren. Dennoch versichere ich dir, ich werde mich stets bemühen, das abzulegen, was nicht meinem innersten Wesen entspricht. Wirst du mir dabei helfen?" Das klang bedrückt und fast flehentlich.

„Natürlich! Fiel es dir schwer, darüber zu reden?"

„Teils, teils. Immerhin gebe ich meine Unzulänglichkeit preis."

Entschieden wies sie ihn zurecht. „Mittlerweile solltest du das abgelegt haben und mich als deine dich liebende, verstehende Frau sehen. Ich bin nicht dein Vater, der keine Fehler und Schwächen erlaubt", Judiths Stimme klang verärgert. Blitzartig lenkte sie ein, da ihr in dem Moment ihre eigene Unzulänglichkeit bewusst wurde. Das war ihr sprühendes Temperament, das sie zu zügeln versuchte, ebenso ihre vorschnelle Zunge. Sie hielt die Hand vor den Mund, um im wahrsten Sinne des Wortes *den Mund zu halten* und lächelte Hans an.

„Upps! Erwartest du jemanden?", fragte Judith. Es hatte geklingelt. Hans schüttelte den Kopf. Da Adrian auf Hans seinen Oberschenkeln eingeschlafen war, sprang Judith auf und flitzte zur Tür. Nach einigen Minuten stand sie mit einem in Geschenkpapier eingewickelten Päckchen im Wohnzimmer vor dem fragend dreinblickenden Hans.

„Von Herrn Kunze, dem Fliesenleger", antwortete Judith.

Hans hakte ein: „Er fliese alles im Haus und war von uns sehr angetan, weil wir gelegentlich tiefgreifende Gespräche führten, und ihn und seine handwerkliche Arbeit stets wertschätzten."

„Ja, genau!", und Judith ergänzte: „Besonders von dem Gespräch an, in dem wir sagten, es geht nicht ohne Handwerker. Und nun stand Frau Kunze mit dem Päckchen vor der Türe. Ihnen wurde zugetragen, dass wir Eltern geworden sind, und spontan beschloss sie, für Adrian als Dankeschön etwas zu kaufen. Sie sagte, wir hätten ihrem Mann bei seiner Arbeit nicht auf die Finger gesehen und ihm unser Vertrauen geschenkt. Ich wusste nicht, dass wir damit wieder mal aus der Reihe tanzten", grinste Judith und begann das Päckchen auszupacken. Zum Vorschein kamen eine Kleinkinder-Jeanslatzhose und ein Gutschein, geschrieben auf einer Fliese in einem Bilderrahmen:

„Lieber Adrian, solltest du irgendwann einmal einen Ferienjob suchen, darfst du jederzeit bei uns klingeln, und du wirst als Ferienjobber eingestellt.

Herzliche Grüße, Deine Familie Kunze."

Und weil Adrian immer noch auf Hans' Beinen schlief, nahm Judith Hammer und Nagel und hing die Fliese in Adrians Zimmer auf. Danach kuschelte sie sich wieder neben Hans. Glücklich und zufrieden sahen beide schweigend dem schlafenden Adrian zu.

Judiths Gedanken flogen in die Zeit, als sie ihre Erkenntnis vom *Lebensduft* gehabt hatte. Seither nahm sie die unterschiedlichsten Düfte intensiver wahr was ihr anfangs nicht bewusst gewesen war. Wenn Hans Kaffee trank, empfand sie den Kaffeeduft als überaus aromatisch. Blütenduft, wie zum Beispiel vom Flieder und von der Pfingstrose im Garten, die sie von ihrer Chefin Anera bekommen hatte, mochte sie schon immer. Es schien, als ob die Blüten intensiver dufteten als vorher. Natürlich stimmte das nicht, zumindest sagte ihr das der Verstand.

„Aber irgendetwas hat sich bei mir verändert. Sonst würde ich viele Düfte nicht mit dieser Intensität aufnehmen." Judith fing an zu grübeln, kam jedoch dem Geheimnis nicht auf die Spur.

„Vielleicht ein andermal", tröstete sie sich, und Tage später auf der Couch steckte sie ihre Nase in Hans' Haarschopf. „Ich liebe den Duft deiner Haare", hauchte sie ihm ins Ohr.

Stunden später legten beide Adrian zum Schlafen in sein Bett. Das Bettchen war ein alter, aus Weide geflochtener Wäschekorb, den sie auf dem Flohmarkt ergattert hatte. Zum ersten Mal wurde Adrian aus dem elterlichen Schlafzimmer in sein zukünftiges Kinderzimmer umquartiert – wenigstens für eine Stunde oder mehr. Judith stand vor seinem Bett und sah ihm beim Schlafen zu, während Hans hinter ihr stand, ihre Haare am Nacken hochhielt und ihr einen Kuss auf den Nacken hauchte. Ein erregender Schauer durchlief ihren Körper. Langsam drehte sie sich um und sah Begehren in seinen Augen. Lächelnd zog er alle Register, um sie zu verführen, und Judith schmolz dahin. Sie schenkte ihm einen vielsagenden Blick, der ihm Zustimmung verriet. Die Luft schien zu knistern und die Erde zu beben.

Nach dem Beben und dem Knistern lagen sie glücklich und eng umschlungen im Bett. Judith musste schmunzeln. Hans' gleichmäßiges Atmen verriet ihr, dass er eingeschlafen war.

Der leuchtende Vollmond erhellte den Schlafraum, und sie betrachtete liebevoll Hans' Gesicht. Mit dem Zeigefinger strich sie zärtlich alles nach, was ihre Augen sahen.

„Dein Gesichtsausdruck ist absolut entspannt, nein, mehr noch, ich sehe einen Schimmer, den ich mit ‚selig' beschreiben würde." Ihr Blick blieb auf Hans' Gesicht gerichtet. In ihrem Herzen hielt sie alles fest; am liebsten wäre ihr, sie könnte den Augenblick für immer bewahren.

„Das ist selbst mir nicht möglich", stellte sie melancholisch fest. „Hans, ich liebe dich von ganzem Herzen. Keine Worte können beschreiben, was du mir bedeutest."

Judith setzte zu einem gedanklichen Höhenflug an, der ihr bisher unbekannt gewesen war. „Ich möchte in die Tiefe deines Herzens eintauchen. Deinem Herzen möchte ich näher sein, als du es jemals warst. Mich ganz in dich fallen lassen und mein Innerstes mit deinem Innersten vereinigen, so dass uns nichts mehr trennen kann – ist das alles ein Traum? Kann das Wirklichkeit werden?"

Sie erwartete keine Antwort auf diese Fragen. Wichtig waren ihr der Moment und die Nähe zu seinem Herzen. In ihren Liebesflug hinein meldete sich ihr Mutterherz zu Wort: „Gib Acht, dass du nicht zu weit weg fliegst, Adrian wird bald hungrig sein." Sie holte Adrian wieder ins Schlafzimmer und stillte ihn einige Minuten später. Dann schlief auch sie ein.

Judith war es, als würde sie von den Sonnenstrahlen geweckt. Verschlafen blinzelte sie und streckte sich ausgiebig. Beim Ausstrecken breitete sie ihre Arme aus und hielt inne. Der rechte Arm fiel ins Leere. Ungläubig sah sie auf Hans' Seite. Sein Bett war leer! Sie griff unter die Decke. „Das Bett ist noch warm. Lange ist er noch nicht auf." Dass Hans vor ihr aufstand, war absolut untypisch für ihn. Judith machte sich im Bett lang und suchte nach einem Grund, weshalb Hans vor ihr aufgestanden war.

„Er wird mich mit einem gedeckten Frühstückstisch überraschen. Das wird es sein!" Sie lauschte in den Gang hinaus und hörte Hans die Treppe hoch schleichen. „Gleich kommt er zur

Tür herein", freute sie sich. Als er kam, trällerte sie: „Einen wunderschönen guten Morgen, mein Liebster."

Hans erwiderte ihr Lächeln. Allein für dieses Lächeln hätte sie ihn am liebsten wieder ins Bett gezogen. Wegen Adrian war dies nicht möglich, so begnügte sie sich mit dem Gefühl der inneren Berührung, die sein Lächeln auslöste. In diesem Augen-Blick lag etwas Zauberhaftes.

Für Adrian war dies allerdings bedeutungslos. Sein Gesichtsausdruck zeigte deutlich, dass er Hunger hatte. Judith nahm ihn auf und gab ihm sein Frühstück.

Hans hockte derweil auf Judiths Bettkante, beobachtete Adrian versonnen und dachte laut. „Mir ist, als ob ich seit seiner Geburt in einer anderen Welt lebe. Vermutlich hat sich mir einfach eine neue Welt eröffnet. Und vieles, was mir vorher wichtig erschien, relativierte sich bis hin zum Banalen. Selbst meine Gefühlswelt flog in höhere Sphären, die mir vorher unbekannt waren. Nie zuvor hätte ich auch nur geahnt, dass ich zu solch intensiven Gefühlen für unseren Sohn fähig bin."

Er sah zu Judith, die ihm aufmerksam zuhörte. Alles, was er sagte, bestätigte sie mit einem Kopfnicken. Ihr erging es genauso. Es bedurfte keiner Worte mehr.

„Dies alles verdanken wir deiner Elternzeit. Du erlebst, wie Adrian sich entwickelt. Wir teilen beide die Zeit mit ihm, und du stehst nicht außerhalb. Ist das nicht wunderbar?!"

Hans nickte automatisch.

Judith erkannte seine geistige Abwesenheit und fragte:

„Hans, wo bist du jetzt?"

Natürlich fühlte er sich ertappt. Da er nicht beabsichtigte, Judith seine Gedanken mitzuteilen, schwindelte er ihr vor, er habe an das gedacht, was er kurz zuvor ausgesprochen hatte. Judith zweifelte an seiner Offenheit. Sie wusste nicht, weshalb; es war nur so ein Gefühl.

Adrian war satt und bereits auf Hans' Arm, als Judith ihren Morgenmantel anzog. Gemeinsam gingen sie in die Küche. Im Türrahmen rief sie entzückt aus: „Eine gelungene Überraschung. Wunderbar – danke dir!", und küsste ihn auf die Wange.

Hans hatte Servietten gefaltet, eine blühende Zimmerpflanze auf den Tisch gestellt und hatte alles aufgetischt, was ihre Speisekammer und der Kühlschrank hergaben. Er hatte sogar an gefüllte Weinblätter gedacht, die Judith so gerne aß. Und es duftete herrlich nach Kaffee, Tee und frisch aufgebackenen Brötchen. Judith machte für wenige Momente die Augen zu und sog die Düfte ein.

„Wie in einem Fünfsternehotel", stellte sie dann überschwänglich fest, während Hans Adrian in die Wippe legte und leicht errötete. Judith sah, wie er verstohlen lächelte. Er war sichtlich stolz auf sich, stellte sich hinter Judith, umschlang ihre Taille und legte sein Kinn auf ihre linke Schulter.

„Vergangene Nacht schlief ich tief und fest wie ein Bär. Ausgeruht und erholt wachte ich sehr früh auf und sah dir beim Schlafen zu, als die Sonne aufging. Da entstand die Idee mit dem gedeckten Frühstückstisch." Er knabberte an ihrem Ohr. „Wärst du nicht bereits meine Frau, würde ich dir auf der Stelle einen Heiratsantrag machen." Und wieder knabberte er an ihrem Ohr. Dann gab er sie frei, und sie begannen mit dem ausgiebigen Frühstück.

„Ich habe noch etwas für dich", sagte er geheimnisvoll. Judith sah ihn erwartungsvoll an. Er saß schweigend, verschmitzt lächelnd da.

„Jetzt sag schon", forderte sie ihn ungeduldig auf.

„Warte noch einen Moment. Ich genieße deine Ungeduld."

Judith setzte einen finsteren Gesichtsausdruck auf, der Hans noch mehr amüsierte. „Also gut, ich habe dich genug auf die Folter gespannt."

Judith war schon immer sehr sportlich gewesen. Sie war viel gelaufen und Rad gefahren oder mit ihren Inlinern durch die Stadt gesaust, alles natürlich vor der Schwangerschaft.

„Ich passe auf Adrian auf und mache hier alles fertig, während du Laufen gehst. Und, willst du?"

„Natürlich! Sehr gerne! Wie kannst du nur fragen! Nach dem Frühstück ziehe ich mich gleich um und werde zur roten Bank laufen!" Plötzlich schmeckte das Brötchen noch besser, in das sie genussvoll biss.

Nach einigen Minuten gestikulierte sie mit vollem Mund, sie wolle nach oben gehen, um sich umzuziehen.

Kurz darauf tauchte sie wieder in der Küche auf und verteilte an ihre Männer Abschiedsküsse. Dann verschwand sie in Richtung Rote Bank.

Vor einiger Zeit waren Hans und Judith, die beide sehr naturliebend waren, mit Adrian im Tragetuch bei einer Erkundungstour im Mischwald außerhalb der Wohnsiedlung auf eine rote Bank am Rande einer großen Lichtung gestoßen. Dieser Platz war für beide ein Ort der Ruhe aus dem Alltag geworden.

Nachdem sie ungefähr zwanzig Minuten gelaufen war, saß sie außer Atem auf der roten Bank. Kopfüber rang sie nach Luft. „Mannomann, bin ich schlapp! Hätte nie gedacht, dass meine Kondition so tief im Keller ist."

Nach ein paar Minuten Wehklagen und Selbstmitleid hob sie den Kopf und holte tief Atem. Langsam entspannte sie sich und sah sich um. Sie ließ den Kopf in den Nacken fallen, breitete die Arme aus, legte sie auf die Rückenlehne der Bank und sog die lieblichen und herben Düfte ein.

Mit sich und der Welt im Einklang, zogen ihre Gedanken vorüber wie die Wolken am Himmel. Sie sah Hans vor sich und dachte an die vergangene intime Zweisamkeit, und wie sie mit ihrem Finger seine Gesichtszüge nachgezeichnet hatte. Sie bedauerte, dass er ihre intensive Liebe der vergangenen Nacht nicht gespürt hatte.

Aber dann tauchten verrückte Gedanken auf: „Er hat meine Liebe gespürt! Sie wurde ihm durch Schwingungen oder ähnliches übermittelt! Wie bei einem Telefongespräch von Handy zu Handy. Wow! Das hat ihn beflügelt, und er überraschte mich mit dem gedeckten Frühstückstisch."

Und sie erinnerte sich an einen Donnerstag, als sie noch nicht verheiratet waren: „Ich musste immer wieder an ihn denken und hatte ein mulmiges Gefühl dabei. Die Gedanken an ihn ließen mich nicht los, und immer hatte ich ein unbehagliches Gefühl in der Magengegend. Ich konnte das Gefühl nicht benennen, und auch nicht den Grund. Abends rief er an und erzählte mir, dass er bei der Arbeit erbrochen und Schüttelfrost bekommen habe. Daraufhin sei er nach Hause gefahren, wobei er immer wieder intensiv an mich gedacht habe. Seine Gedanken an mich und mein seltsames Gefühl hängen also zusammen." Über diese Schlussfolgerung war Judith sehr überrascht:

Dann stockte sie. Der nächste Gedanke raubte ihr fast den Atem: „Ich liebe ihn und er mich. Unsere Herz-zu-Herz-Verbindung teilte mir mit, dass es ihm nicht gut geht. Diese Verbindung, die wie ein transparentes Liebesband funktioniert, teilt dem anderen Gefühle, Sehnsucht, Schmerz und vieles mehr mit. Und das über große Entfernungen!"

Judith war baff. Wie ein Mantra dachte sie: „Ein transparentes Liebesband verbindet Menschenherzen."

Judith stierte die Bäume an ohne sie wahrzunehmen. „Das Band funktioniert wie ein Telefon, nur auf Gefühlsebene oder Gedankenebene, selbst über große Distanzen hinweg. Das ist fantastisch! Ich muss es unbedingt Hans erzählen." Und schon rannte sie los.

Erschöpft und vornübergebeugt rang sie vor der Haustüre nach Luft. Sie hob mühsam den rechten Arm und klingelte. Hans öffnete und Judith keuchte: „Ich habe mich übernommen und werde gleich duschen. Dann komme ich zu euch ins Wohnzimmer." Schlapp, wie sie war, schlurfte sie an Hans vorbei zur Dusche hoch.

Wieder bei Kräften, tapste sie im Bademantel mit nackten Füßen und nassen Haaren nach unten und sah ihn auf der Terrasse stehen. „Ein schönes Bild. Der liebende Vater beugt sich zu seinem Sohn herab, der in der Wippe liegt."

Hans sah auf und lächelte sie an. „Es ist ein schönes Gefühl, ein Teil der Familie zu sein", begrüßte er Judith, die auf den Stuhl plumpste und zu erzählen begann.

„Bitte nochmal von vorne. Gedanklich war ich noch bei Adrian", bat er sie.

„Gerne." Judith schilderte ihm begeistert jedes kleinste Detail all ihrer Gedanken, Gefühle und Schlussfolgerung, und vor allem ihre Erkenntnis vom verbindenden, transparenten Liebesband. Ohne Punkt und Komma sprach sie. Als sie fertig war, fragte sie ihn erwartungsvoll mit großen Augen: „Und? Was denkst du?"

Er sah sie liebevoll an und nahm ihre Hand. „Du bist meine große Träumerin."

Judith war es, als hätte er sie geohrfeigt. Eine Klatsche mitten ins Gesicht, genauso fühlte es sich an. Alle Begeisterung wich aus ihrem Körper.

„Er hat nichts verstanden! Nicht mal nachgedacht hat er!" Sie war von seiner Antwort sehr enttäuscht und fühlte sich nicht ernst genommen. Die Erkenntnis der liebenden Verbundenheit durch das transparente Liebesband bedeutete ihr sehr viel.

Beklemmendes Schweigen. Selbst Adrian schien es zu spüren; er verzog sein Gesicht.

"Vermutlich ist er hungrig", sagte Judith barsch und nahm ihn auf den Arm. Der Klang ihrer Stimme war hart, als sie sagte: „Ich stille ihn auf unserem Bett. Danach wechsle ich seine Windel und ziehe mich an."

Hans wusste: „Sie ist gekränkt!" Nur zu gut kannte er diesen harten Blick und den Tonfall. „Hätte ich so tun sollen, als würde ich ihre Gedanken, ihre Begeisterung teilen? Das entspräche nicht der Wahrheit und Judith ist sensibel genug um zu erkennen, ob ich ihr zuliebe die Unwahrheit sage. Oh je, wer behauptet, dass Partnerschaft ein Zuckerschlecken ist, der lügt, dass sich die Balken biegen", murmelte er vor sich hin.

Währenddessen musste sich Adrian auf der Wickelkommode Judiths Enttäuschung und ihren Frust anhören.

Just besann sich Judith und atmete mehrmals tief ein und aus, um entspannter zu werden. In angespannter Stimmung Adrian zu stillen hatte noch nie geklappt.

Entspannt zu sein, kostete sie viel Mühe. Ganz schaffte sie es nicht. Die Kränkung saß tief. „Ist das nicht paradox? Eine tiefgreifende Erkenntnis und eine tiefgreifende Enttäuschung." Judith fühlte sich, als stehe sie neben sich. Während sie im Bett Adrian stillte, atmete sie tief ein und aus – so, als wolle sie die Enttäuschung aus sich heraus pusten. Angezogen, mit Adrian auf dem Arm, ging sie zu Hans, der wie ein Häufchen Elend auf der Couch saß.

Er war ratlos. „Nie und nimmer wollte ich sie derart verletzen. Es ist mir nicht möglich, ihre Erfahrung zu teilen und zu bejahen", pochten die Gedanken in seinem Kopf.

Sie sahen sich an und spürten den Graben, der sich auftat und sie wie gefühlte Lichtjahre von einander trennte.

Den Tag über gelang es ihnen nicht, den Graben zu überbrücken. Die Stimmung war eisig und beide litten darunter. Das Reden reduzierten sie auf Smalltalk und auf Gespräche über Adrian – mehr fand nicht statt.

Ebenso existierte der Graben am nächsten Tag. Judith saß im Schneidersitz auf dem Boden im Kinderzimmer. Adrian lag auf ihrem Schoß, und sie beugte sich zu ihm vor, um seinen unvergleichlichen Lebensduft einzuatmen. Wie vom Donner gerührt sah sie Adrian an.

„Dein betörender Duft ist verflogen! Er ist weg!" Nochmals steckte sie die Nase unter sein Ohr. „Er ist tatsächlich weg. Adrian, du duftest nicht mehr! Seit wann duftest du nicht mehr?" Judith war frustriert. Sie nahm ihn auf den Arm und drückte ihn weinend fest an sich.

„Dein Lebensduft ist verflogen. Einfach weg und futsch! Weil der individuelle Duft nur wenige Wochen wahrgenommen werden kann, ist er deshalb so wenigen Menschen bekannt? Dass Babys angenehm riechen, wissen alle, aber – der Lebensduft?" Liebevoll streichelte sie Adrians Rücken.

„Jetzt, wo dein Lebensduft im wahrsten Sinne des Wortes verduftet ist, wird es deine Lebensaufgabe werden, deinen Lebensduft neu zu entdecken. Wie, wann und wo, ist allein deine Aufgabe." Judith war selbst über ihre eigenen Worte erstaunt. Sie sann über ihre zwei letzten Sätze nach und kam zu dem Ergebnis, dass jeder Mensch seinen individuellen Lebensduft finden sollte.

Mit Adrian ging sie in die Küche zum Abendessen. Hans hatte es bereits vorbereitet. Sie bemühte sich nicht, vor Hans zu verbergen, wie unglücklich sie war.

„Weil er sowieso nicht nachfragen wird. Schließlich sind wir immer noch verkracht", dachte sie mürrisch.

Nach einigen Minuten unterbrach Hans das unerträgliche Schweigen und erzählte im Plauderton: „Nico, mein Arbeitskollege, schickte mir eine Nachricht vom neuen Erlebnisbad. Ich dachte, wir fahren morgen dort hin, als Brückenbau über den scheußlichen Graben, der uns trennt."

Judith war gerührt und gestand ihm, wie sie unter der Distanziertheit litt. Hans vertraute ihr ebenso sein Leid über die vergangenen Tage an. Die Brücke war errichtet.

Hans versuchte, ihr nun seine Position bezüglich ihrer Erkenntnisse begreiflich zu machen und seine Gedanken der vergangenen Tage zu erklären.

„Deine Begeisterung, deine euphorischen Ausführungen, deine Erkenntnisse, all das ist allein deines. Ich stehe absolut außerhalb, so sehe ich mich, und so fühle ich mich auch. Das wurde mir in den vergangenen Tagen bewusst. Dann kam mir die Idee zum Meditieren! Aber egal, wie sehr ich meine Kraft einsetzte, egal, was ich tat um dorthin zu gelangen, wo du stehst, es war mir nicht möglich. Keinen einzigen Millimeter kam ich vorwärts. Alles, was du sagtest, scheint mir vom Verstand her logisch. Nur erlangte ich über den Verstand nicht die tiefgreifenden Einsichten wie du. Judith, es ist mir unmöglich, deine Erkenntnisse in dieser Tiefe mit dir zu teilen – tut mir ehrlich leid."

Seine Augen baten Judith um Verständnis. Verstehend nickte sie ihm zu.

„Danke für deine Offenheit", sagte sie ihm und dachte traurig: „Dennoch ist dein Unverständnis wie eine Distanz zwischen uns, auf tiefer Ebene."

Hans nahm Adrian aus der Wippe, um mit ihm zum Wickeln nach oben zu gehen.

„Er wirkt betrübt", stellte sie fest, blieb sitzen und dachte über sein Geständnis nach: „Keinen einzigen Augenblick versuchte ich, mich in ihn hineinzuversetzen. Ich sah nur mich. Und jetzt weiß ich, wie ungeduldig und egoistisch ich bin, und dass ich das schleunigst ändern muss. Er muss seine eigenen Erfahrungen machen, um die Erkenntnisse mit mir teilen zu können. Eine andere Möglichkeit sehe ich nicht. Nur Geduld und die daraus wachsende Gelassenheit ermöglichen mir, entspannter darauf zu hoffen, dass er irgendwann seine Erfahrungen machen wird."

Mit sich selbst zufrieden, stand sie auf und räumte den Tisch ab.

Hans, derweil im Bad, plauderte mit dem fröhlichen, unbekümmerten Adrian. „Was würdest du dazu sagen, wenn wir unsere Familie bald vergrößern, und du zum Spielen, zum Ärgern und zum Streiten ein Geschwisterchen bekommst?"

Hans grinste ihn an. „Dein Lächeln nehme ich als Zustimmung. Jetzt müssen wir noch deine Mama überzeugen. Vielleicht werden wir bald zu viert sein – wunderschöne Vorstellung. Dann geht die Post ab, im Hause Raiche. Wann ich mit ihr darüber rede, weiß ich noch nicht. Wenn die Zeit reif dafür ist, werde ich es hoffentlich erkennen", flüsterte er.

Die nächsten Tage lag Hans auf der Lauer, wie die Katze vor dem Mauseloch, um ja keine Gelegenheit zu verpassen. Leider ergab sie sich nicht. Die Tage verstrichen, und Hans sah keine Gelegenheit, um mit Judith über Nachwuchs zu sprechen.

„Ich möchte, dass sie mit dem Thema anfängt. Schließlich muss sie für ein zweites Kind bereit sein", dachte er.

An einem Abend, sie lümmelten auf der Couch, wurde es Hans zu viel, und er überlegte sich eine Strategie, wie er das Gespräch auf das Thema *Nachwuchs* lenken konnte. Er versuchte geistesabwesend zu wirken. Judith schnappte den Köder und fragte ihn:

„Lässt du mich an deinen Gedanken teilhaben?"

„Sie hat angebissen", freute er sich, lächelte in sich hinein und war bemüht, nach außen hin gelassen zu wirken.

„Ich denke, wir kreisen sehr um Adrian. Meinst Du nicht auch, es wäre bald an der Zeit für ein Geschwisterchen?"

Judith lächelte ihn an: „Wir kreisen sogar sehr um Adrian, er ist unser Lebensinhalt. Aber an Nachwuchs dachte ich noch nicht – und du?"

„Ich dachte nicht darüber nach, sondern sprach es mal in einem reinen Männergespräch an."

Judith war außer sich, schnappte nach Luft und keifte ihn wütend an: „Du besprichst das zuallererst mit jemand anderem als mir!?" Sie war fassungslos und stinksauer!

Hans beschwichtigte, augenzwinkernd: „Nur mit einem. Wir kamen zu dem Entschluss, dass Adrian mit der Schwester oder dem Bruder spielen und auch streiten kann."

Judith schnaubte jetzt wie ein wildgewordener Bulle, und ihr Blick war finster.

Vergnügt klärte er sie auf. „Hey! Was sich liebt, das neckt sich. Adrian ist der andere Mann!"

„Das war nicht lustig! Überhaupt nicht!", fauchte sie ihn an und atmete laut ein und aus, um sich zu beruhigen.

„Sicher?", fragte er überlegen nach.

„Später vielleicht! Und jetzt halt die Klappe! Zuerst muss ich meinen wild gewordenen Bullen wieder in den Stall zurückführen." Sie warf Hans einen mürrischen Blick zu und rächte sich an ihm, indem sie genussvoll, kokett lächelnd, eine Schulter frei machte.

„Jetzt zeige ich dir die kalte Schulter."

„Willst du mich mit deiner nackten Schulter verführen? Du weißt, dass das verführerisch ist."

Judith kostete die Situation aus und entblößte die andere Schulter.

Er sah grinsend seine Niederlage ein. „Eins zu null für dich. Ich gebe mich geschlagen."

Judith fragte nach, wann das Projekt *Die Familie soll größer werden*, in Angriff genommen werden sollte.

„Am liebsten sofort", antwortete Hans augenzwinkernd.

„Wenn du mit sofort ungefähr zwölf Monate später meinst, bin ich damit einverstanden."

Hans lächelte vielsagend und küsste sie.

Abends im Bett, Hans schlief bereits, kamen ihr Hans' Worte wieder in den Sinn: „Was sich liebt, das neckt sich."

Mit dieser indirekten Liebeserklärung schlief sie seelenfroh ein.

6.
Leitwolf

Die Vorstellung, dass sich Hans' Elternzeit von einem halben Jahr in wenigen Tagen dem Ende zu neigte, verursachte bei Judith ein mulmiges Gefühl in der Magengegend. Bekümmert sah sie von der Couch aus Adrian zu, wie er auf seinem Lammfell auf dem Holzboden vergnüglich strampelte.

„Von alledem weißt du nichts", sagte sie ihm.

Überraschend stand Hans in der Tür und fragte nach: „Wovon weiß Adrian nichts?"

„Von meinen belastenden Gedankengängen." Sofort verstummte sie.

„Bitte sprich weiter. Ich kann noch keine Gedanken lesen", lächelte er sie aufmunternd an.

Eigentlich wollte sie ihm gegenüber das Thema nicht ansprechen. Sie vermutete, es würde ihn zu sehr belasten und sie weckte damit eventuell schlafende Hunde.

„Nun sag schon!" Er begriff ihr Zögern nicht.

„Nicht mehr lange, und deine Elternzeit ist vorbei. Die Vorstellung, den ganzen Tag ohne dich zu sein, bedrückt mich. Und auch der Gedanke, dass du Adrians Entwicklung nur bruchstückweise erleben wirst, da du ja dann überwiegend in der Bank sein wirst. Es ist wunderbar, alles mit dir zu teilen, als Familie zusammen zu leben und gemeinsame Erlebnisse zu haben – und sei es nur frühstücken – und das wird bald vorbei sein. Vielleicht bin ich einfach nur in einer sentimentalen Stimmung – vielleicht."

Hans kniete auf dem Boden neben Adrian, der ihm sein zauberhaftes Lächeln schenkte.

„Hast du gehört, was deine Mama alles überlegt? Sie macht sich viel zu früh Gedanken über etwas, das noch in weiter Ferne liegt." Jetzt sah er zu Judith. „Rechne bitte die Zeit, die uns noch verbleiben wird, in Stunden um. Das sind eine Menge!

Und nun zur nächsten Aufgabe: Da jede Stunde kostbar ist, sollten wir die Zeit bewusst und intensiv erleben."

„Ja, du hast Recht", antwortete sie und bemühte sich positiv zu denken.

„Gut, dann beginnen wir gleich und erleben die nächste Stunde bewusst. Ach übrigens, bekamst du nicht von der Hebamme einen Flyer mit Treffen von Babygruppen oder ähnlichem?"

Judith ahnte nicht, dass Hans längst dieselben Gedanken hatte und nach Lösungen für sie suchte. Natürlich kannte er Judith nur zu gut, um zu ahnen, dass sie sich mit seiner Abwesenheit schwer tun würde.

„Gute Idee! Das ist eine Möglichkeit, jemanden kennen zu lernen. Auf diesem Wege wird möglicherweise das Loch gestopft, in das ich zu fallen drohe."

Sie ging nach oben ins Arbeitszimmer, um nach dem Flyer zu suchen, und wurde im Ordner *Adrian* fündig. Mit dem Flyer setzte sie sich neben Hans auf den Fußboden.

Er unterbrach das Spiel mit Adrian und sah sie erwartungsvoll an.

„Ich möchte das Blatt mit dir besprechen."

Die Hebamme hatte alle Stillgruppen und Treffen von Kleinstkindergruppen im Umkreis von 45 Kilometern aufgelistet.

„Hier im Ort existiert nur eine einzige Kleinstkindergruppe ohne Altersangabe. Sie trifft sich jeweils Dienstag- und Donnerstagvormittag auf dem nahe gelegenen Spielplatz. Und bei regnerischem Wetter und im Winter finden die Treffen im Nebenraum der Gaststätte von Nassim und Günter statt. Eine Telefonnummer zur Kontaktaufnahme ist auch angefügt", erzählte sie ihm, nachdem sie den Flyer durchgelesen hatte.

"Was willst du mehr?", fragte Hans.

„Dass du nicht arbeiten musst!", war ihre trotzige Antwort.

„Du machst es mir mit deiner Haltung schwerer, als es ohnehin für mich ist. Oder denkst du, mir fällt es leicht, in wenigen Wochen ohne euch zu sein?", platzte es aus ihm heraus.

Judith fühlte sich überrumpelt. Wieder hatte sie es versäumt, sich in ihn hineinzuversetzen. Das sagte sie Hans und fügte schnell eine Entschuldigung hinterher.

„Ach Judith, ihr seid mein Zuhause, mein Hafen, in dem ich verankert bin. Diesen täglich für viele Stunden verlassen zu müssen, ist sehr schwer für mich – glaub mir. Gewiss werde ich dich um die Zeit mit Adrian beneiden. Aber ich kann leider überhaupt nichts an der Tatsache ändern, dass die Elternzeit bald vorbei sein wird. Und weil das so ist, wie es ist, muss ich es akzeptieren, auch mit schwerem Herzen. Auch wenn mir anfangs das Herz bluten wird."

„Und ich war wieder ein dummer Egoist!", schalt sie sich gedanklich. „Das muss ich dringend ändern! Ich darf den egoistischen Wolf nicht mehr füttern. Meine Bemühungen um Empathiefähigkeit ließ ich schleifen. Das Gespräch mit Hans wäre anders verlaufen, hätte … hätte … wenn …, aber ich habe es nicht!"

Sie erkannte, wie unglücklich er war. Liebevoll legte sie eine Hand auf seine Schulter. Sie fühlte mit ihm, denn sie wusste, dass er in den sauren Apfel beißen musste, weil sein Gehalt höher war als ihres.

Ihr kam in den Sinn, was Hans gesagt hatte: „Jede Sunde bewusst und intensiv erleben."

So machte sie ihm einen Vorschlag: „Ich fahre zum Großeinkauf und du verbringst die Zeit mit unserem Krümelchen."

„Ich danke dir herzlich für diesen Liebesbeweis."

Am Abend vor Hans' erstem Arbeitstag, stellte Judith mit Hilfe von Autosuggestion ihre innere Uhr darauf ein, um 5.30 Uhr wach zu werden.

Und tatsächlich, es funktionierte wieder mal. Als sie auf den Wecker sah, zeigte der 5.37 Uhr. Vor Hans aufzustehen, war ihr wichtig. Sie beabsichtigte, ihn mit einem Frühstücksbuffet zu überraschen.

Ehe sein Wecker um 6.30 Uhr piepte, hatte sie das Frühstück bereit und schlich ins Schlafzimmer, wo sie sich achtsam ins Bett legte und Hans beim Schlafen zusah. Zwei Minuten vor dem grässlichen Pipton küsste sie ihn wach.

Schläfrig öffnete er die Augen und sah ihr fröhliches Gesicht.

„Du bist wach?", fragte er verschlafen. Statt einer Antwort schmiegte sie sich eng an ihn.

„Haben wie noch Zeit, um ein bisschen zu kuscheln?"

„Ja, ein bisschen", hauchte sie und machte die Augen zu.

Nach ein paar Minuten kroch er aus dem Bett, zog sich an und ging nach unten. Blitzschnell zog Judith den Bademantel über und setzte sich auf die oberste Treppenstufe. Kurz darauf hastete Hans aus der Küche zur Treppe und sah sie da sitzen. Er bedankte sich mit einem beschwingten Luftkuss und winkte sie runter. Als sie unten war nahm er ihre Hand. So gingen sie die wenigen Schritte zur Küche.

Amüsiert stellte Judith nach ein paar Minuten fest: „Du isst, als hättest du zwei Tage lang gehungert."

„Kann ich was dafür, wenn alle meine Leibspeisen aufgetischt sind?", rechtfertigte er sich nuschelnd mit vollem Mund. Etwas später war Adrian wach. Judith holte ihn in die Küche und stillte ihn.

„Hast du dir für heute etwas vorgenommen?", erkundigte sich Hans, als er sich über seinen vollen Bauch strich.

„Ja", sie plante bei der ortsansässigen Kleinstkindergruppe anzurufen.

„Gut", kommentierte er und verschwand nach oben ins Bad. Judith räumte den Tisch ab und erzählte dabei Adrian von diesem besonderen Tag, der nun Alltag werden würde. Dass Hans im Türrahmen stand und sie beobachtete, bemerkte sie nicht.

„Judith ..." Weiter kam er nicht, denn sie schrie erschreckt auf und hielt für einen Augenblick die Luft an.

Er entschuldigte sich und fing von vorne an.

„Wusstest du, dass du duftest?"

Entgeistert schüttelte sie den Kopf. „Hast du was in deinen Kaffee getan?"

„Quatsch, und das weißt du." Er sah sie bedeutungsvoll an und redete weiter. „Das fiel mir schon öfters auf, nur sprach ich es nie an. Es ist, als ob dich etwas umgibt. Es ist mehr, als wenn jemand sagt: Das ist ein dufter Typ. Es ist anders als eine positive Ausstrahlung. Mir scheint, als käme das aus deinem tiefsten Wesen. Judith, ich kann es dir nicht erklären, mir fehlen die Worte." Er hielt kurz inne. „Es gibt keine Worte, die das verständlich ausdrücken. Ich erlebe dich einfach so." Traurig fügte er hinzu: „Vielleicht färbt es auf mich ab." Dann ging er ins Bad nach oben.

Zum Abschied küsste er sie und Adrian, schnappte die Arbeitstasche, und weg war er. Zurück ließ er eine verwirrte Judith.

„Fuhr der Lastwagen weiter, der mich soeben überrollte?", fragte sie Adrian, und wie ferngesteuert erledigte sie die Küchenarbeit. Danach ging sie mit Adrian ins Bad, um sich und ihn für den Tag fertig zu machen. Als sie die Windeln wechselte, von Adrian angelächelt wurde und er sich an den nackten Beine freute, gluckste und heftig strampelte, wurde Judith von Melancholie übermannt. Sie dachte an Hans. „Sehr gerne hätten wir beide halbtags gearbeitet, er vormittags und ich nachmittags. Somit hätte jeder von viel Zeit mit unserem Baby verbringen können. Leider wird mein typischer Frauenberuf zu schlecht bezahlt, von daher war das überhaupt nicht möglich und Hans wurde der Alleinverdiener." Judith wusste, wie sehr er Adrian vermisste und ihn gerne in allem begleitet hätte.

„Und jetzt? Jetzt sind wir alleine", sagte sie traurig zu Adrian. Dann fiel ihr ein, dass sie noch anrufen musste. Wenige Minuten später tat sie das.

Nachdem sie mit der hiesigen Kleinstkindergruppe Kontakt aufgenommen hatte, notierte sie in ihren Terminkalender: Donnerstag ab 8.00 Uhr, Treffen bei Nassim und Günter.

Judith ging in ihrer Mutterrolle auf, und das Hausfrau sein erfüllte sie voll und ganz. Das Haus und den Garten in Schuss zu halten war ausreichend Arbeit. Aber jetzt, nachdem Hans wieder arbeitete, fehlten ihr Kontakte, so dachte sie jedenfalls. Die hoffte sie, in der Kleinstkindergruppe zu finden. Die Vorstellung, sie würde Hans irgendwann mit Alltäglichem langweilen, behagte ihr ganz und gar nicht.

„Jetzt wird das Thema abgehakt, und wir machen es uns im Garten gemütlich", sagte sie zu sich und lächelte Adrian aufmunternd zu.

„Nein! Hilfe, das will ich nicht! So schnell geht das, und ich führe Selbstgespräche!" Schleunigst nahm sie Adrian aus dem Kinderstuhl, schnappte sich das Buch, das sie derzeit las, und steuerte auf die Terrasse zu.

„Frische Luft wird uns gut tun. Mist! Schon wieder führe ich Selbstgespräche!"

Sie wollte gerade Adrian in den Kinderwagen legen, als sie vom Nachbargrundstück hörte: „Hallo, wünschen dir einen guten Tag."

Sie sah sich um. Maria und Josef saßen auf ihrer Terrasse und winkten sie herüber. Judith legte das Buch auf den Tisch, ging zu ihren Nachbarn, und mit Adrian auf dem Schoß setzte sie sich zu ihnen. Nach ein bisschen Smalltalk schien Judith schier zu platzen. Sie musste den beiden einfach erzählen, was Hans über sie nach dem Frühstück gesagt hatte. Weiter erzählte sie von ihrer Erkenntnis vom Lebensduft und vom transparenten Liebesband.

„… und für alles gibt es keine Worte", endete sie.

Weil die beiden sie nur ansahen, ratterte es in ihrem Hirn, und Fragen tauchten auf, die alle darauf hinaus liefen, dass sie mal wieder zu schnell losplapperte. Sie dachte schon, sie habe sich zum Affen gemacht, als Josef sie aus ihrer Ungewissheit erlöste.

„Hans hat Recht! Wir erleben dich auch so. Und zu seinem Schlusssatz ‚Vielleicht färbt es auf mich ab' fällt mir ein, dass in seiner dahingesagten Aussage der Wunsch zum Ausdruck kam, er möge duften wie du."

„Der LKW wurde zu einem Fahrrad", sinnierte Judith. Vier fragende Augen sahen sie verständnislos an. Judith erklärte ihnen, was sie damit meinte. Beide atmeten verstehend auf.

„Das kann ich nachfühlen", bestätigte Maria. „Was meines Erachtens noch wichtig ist: Dir ist es fast unmöglich, dich so zu sehen, wie es Außenstehende tun. Du steckst ja in dir drin."

Judith nickte und fragte: „Und wie geht es weiter?"

Josef grinste und antwortete: „Du lebst weiter wie bisher, mit all deinen Vorhaben wie: nicht nachtragend sein, auf deine Wölfe achten, Steigerung deiner Empathiefähigkeit und so weiter. Manche erkennen dich, so wie Hans und wir, und manche Menschen eben nicht. So ist das Leben."

Josef und Maria erzählten Geschichten aus ihrem Leben, in denen sie manchen Außenseitern begegnet waren, und wie sie von diesen Menschen lernten.

Skeptisch fragte Judith, was sie denn lernten.

„Sich weiter zu entwickeln und das Leben bewusst zu erleben. Ansonsten wird man gelebt und erschrickt eines Tages, wenn die Fragen auftauchen: War das alles, und wer bin ich?"

Judith rauchte der Kopf. Sie brauchte eine Denkpause und verabschiedete sich, auch weil sie Adrian ins bringen Bett musste.

Bereits nach fünfzehn Minuten schlief Adrian, und Judith sann über die Äußerungen von Hans, Maria und Josef nach.

„Ich glaube ihr seid alle verrückt, wenn ihr tatsächlich meint, ich würde duften! Und jetzt werde ich die ganze Sache in eine imaginäre Schublade stecken und keinen Gedanken mehr daran verschwenden." Sie war felsenfest davon überzeugt, das Richtige getan zu haben.

Wenige Tage später, beim Frühstück, sagte Judith zu Hans frohgelaunt: „Bei deinem ersten Arbeitstag war Tag X angebrochen, und für mich ist heute der Tag Y angebrochen. Der Tag, der vielleicht meine Zukunft verändert."

Hans ahnte, was Judith andeutete. „Bei deinem Vorhaben, in der Kleinstkindergruppe neue Kontakte zu knüpfen, wünsche ich dir viel Glück, und sieh nur, ich drücke dir beide Daumen."

Er lächelte und fuhr fort: „Ist wohl praktischer, ich drücke die Daumen später, jetzt brauche ich sie zum Brötchen streichen", grinste er.

Hans war aus dem Haus, und eine Stunde später war Judith mit Adrian auf dem Weg zu Nassim und Günter. Die Gaststätte der beiden war im Erdgeschoss eines dreistöckigen, altrosa angestrichenen alten Hauses mit grünen Fensterläden. Zur Eingangstüre musste sie sieben Steinstufen hoch, dann stand sie in einem langen Flur mit viel zu vielen Türen links und rechts. Die zweite Tür links schien ihr der richtige Eingang zu sein, denn sie hörte dahinter Geschirr klappern.

„Guten Morgen", wurde sie von einer grauhaarigen, pummeligen Frau begrüßt.

„Das ist wohl Nassim", dachte Judith, erwiderte freundlich den Gruß und fragte nach dem Nebenraum. Nassim führte sie auf den Flur, den Gang entlang, an die letzte Türe rechts, und öffnete diese.

„Wenn Sie Getränke möchten, kommen Sie bitte in die Gaststätte", verabschiedete sich Nassim.

Zwei Mütter mit Babys in Adrians Alter, waren bereits da und packten aus einer Holztruhe Holzspielzeug und Decken aus, die sie auf dem Boden auslegten. Alle Tische und Stühle waren bereits an der Wand gestapelt, sodass im Raum für die Kinder genügend Platz war. Danach kamen beide Mütter auf Judith zu und stellten sich vor. Eine hieß Petra, die andere Kim.

Eine halbe Stunde später waren dreizehn Mütter mit ihren Kindern im Alter von vier Monaten bis eineinhalb Jahren da.

Die meiste Zeit über beobachtete Judith die Mütter und hörte ihnen zu. Gelegentlich wurde sie von der einen oder anderen angesprochen, wohl eher mehr oder weniger ausgefragt.

Nach neunzig Minuten, Adrian war müde, verabschiedete sich Judith mit dem Versprechen, nächsten Dienstag wiederzukommen.

Kaum war Hans am Abend zur Türe herein gekommen, als er schon im Flur die Frage so laut stellte, dass es Judith hören musste: „Und, wie war es?"

Mit Adrian auf dem Arm kam sie aus der Küche und berichtete ihm von der Oberflächlichkeit und dem Smalltalk.

„Begeisterung sieht anders aus", stellte er lakonisch fest.

„Gib den Müttern eine Chance", bat er Judith, die unglücklich drein sah. „Oder hast du vielleicht zu viel erwartet?"

„Höchstwahrscheinlich", gab sie kleinlaut zu.

Beide beließen es dabei und gingen in die Küche zum Abendessen.

Beim nächsten Treffen am Dienstag erinnerte sich Judith an Hans' Worte: „Gib den Müttern eine Chance."

Sie war freundlich zu allen, beteiligte sich jedoch nur mäßig an den Gesprächen, die sich wie zuvor hauptsächlich um Kinder, Männer, Neuigkeiten und Tratsch, drehten.

„Leider kreisen sie um dieselben Themen. Und nach ihrer Meinung sind alle Väter egoistische Machos", beschwerte sie sich bei Hans, als dieser nach Hause kam und nachfragte.

„Es fühlt sich unfrei an. Einmal hatte ich den Gedanken, dass sie zwanghaft reden, weil sie keine Stille ertragen können. Wobei – möglicherweise sind sie ja unzufrieden und kompensieren das durch Gespräche, gleich welcher Art."

Auf Hans wirkte sie wie ein Häufchen Elend. Er nahm sie tröstend in den Arm und hielt sie fest.

„Dass mir bei den Treffen vieles schwer fällt, hat eigentlich nur einen Grund: Ich vermisse dich!" Sie schmiegte sich fest an ihn.

„Hab Geduld", flüsterte er ihr ins Ohr und biss sich auf die Zunge, um ihr nicht zu sagen, wie sehr sie auch ihm fehlte.

Anders als Judith, flößte es ihm jedoch Energie ein, dass er sie vermisste. Voller Elan bewältigte er jede Aufgabe. Die Freude, bald wieder zu Hause bei seiner Familie zu sein, verlieh ihm ungeahnte Kräfte und wurde für ihn zur größten Motivation. Aber es schien ihm der falsche Zeitpunkt zu sein, ihr das mitzuteilen.

Beim nächsten Treffen informierten Nassim und Günter die Frauen über die Schließung des Nebenraums von Januar bis März. Ihnen waren die Heizkosten zu hoch. Alle, außer Judith, bedauerten das. Es herrschte jedoch Einstimmigkeit darüber, dass sie den Raum bis zur Schließung dankbar nutzen wollten. Petra meinte, sie könnten in der Schließzeit eine Winterpause einlegen.

„Falls die Pause für jemanden zu lang wird, dürft ihr mich gerne besuchen", bot sie an.

Impulsiv schlug Judith vor, dass sie sich an den Heizkosten beteiligten, weil sie ja schließlich den Raum nutzten. Aber die Resonanz empfand sie als erbärmlich. Die Rudelführerin, wie Judith Petra bezeichnete, war vehement dagegen, so dass manche schwiegen, und die anderen sich wegdrehten.

„Wahrscheinlich traut sich niemand, dagegen zu sprechen. Petra ist ihnen anscheinend zu dominant", folgerte Judith enttäuscht.

Auch an diesem Tag stellte sich kein Wohlfühlgefühl bei ihr ein, was hauptsächlich an Petras Leitwolfverhalten lag, mit dem Judith nicht klar kam, und an den Gesprächsthemen. Zuweilen kam es vor, dass aus Tratsch üble Nachrede wurde. Judith platzte der Kragen, und sie donnerte dazwischen:

„Fangt doch bitte mal an, *mit* den Menschen zu reden und nicht unentwegt *über* sie!"

Für einen kurzen Moment herrschte bedrückendes Schweigen. Dann packte Petra wutentbrannt ihre Tochter und schwirrte ab, und ein paar andere Mütter folgten ihr.

„Der Leitwolf verlässt das Rudel", platzte es aus Judith heraus. „Mist! Das hätte ich nicht sagen dürfen! Aber, nun ist es gesagt."

Sie bat die Frauen um Entschuldigung. Kim, die jüngste Mutter, konnte sich nicht zurückhalten und brach in schallendes Gelächter aus, und Maya kicherte: „Eins zu null für dich".

Verdutzt sah Judith die Mütter an.

Rebecca, die älteste der Gruppe, klärte sie auf. „Petra gründete diese Mutter-Kind-Gruppe vor sieben Jahren, als ihr Sohn ein Jahr war. Seither beansprucht sie unangefochten die Stellung als Oberhaupt. Und jetzt bist du da und stellst ihre Position in Frage, weil du die Haltung vermittelst: Gleichwertigkeit und Gleichberechtigung von allen in allem. Petra kommt damit nicht klar. Sie fühlt sich vom Thron gestoßen."

„Woher weißt du das?", fragte Judith interessiert.

„Von ihr selbst. Petra erwähnte das, bevor du heute kamst. Sie fühlt sich in deiner Gegenwart unwohl und sieht dich als Rivalin", klärte sie Astrid auf.

„Nie und nimmer war das meine Absicht!" Judith war entrüstet und sah alle anwesenden Frauen hilfesuchend an.

„Wir glauben dir", antwortete Astrid und zeigte auf die anderen, die sie mit dem Wörtchen „wir" mit einbezog.

Dann fuhr sie fort: „Wir sind Petra für ihre Ideen, ihre Tatkraft und für vieles mehr dankbar, aber wir bemühen uns, ihre Dominanz und ihre Herrschsucht zu ignorieren."

Judith sprach die Frauen auf die bevorzugten Gesprächsthemen an, wie zum Beispiel Tratsch. Auch in diesem Punkt vertrat Astrid eine andere Sichtweise der Dinge:

„Ist dir nie aufgefallen, dass wir uns größtenteils zurückhalten und es Petras Harem ist, der diese Themen breittritt?"

Judith gab zu, dass sie das nicht erkannt hatte.

„Vermutlich war ich zu sehr auf Petra und ihre Freundinnen fixiert", gab sie zu.

Astrid lachte, als sie Judith antwortete: „Ja, das warst du." Das zu hören, war Judith peinlich.

Astrid schien Judiths Verlegenheit zu bemerken, denn sie antwortete: „Das sollte dir nicht unangenehm sein. Auch wir müssen uns immer wieder von Petra und ihrem Harem distanzieren, um von ihr nicht eingenommen zu werden. Sie ist wirklich sehr dominant."

Das hörte sich für Judith gut an. Sie wusste somit, dass sie nicht allein auf verlorenem Posten war, und sie verabschiedete sich jetzt, weil sie mit Adrian dringend nach Hause musste.

„Wenn er den Schlaf übergeht, ist er unausstehlich", erklärte sie. Zur Antwort erhielt sie verstehende, mitfühlende Blicke.

Am Abend, als Adrian bereits schlief, berichtete Judith ihrem Mann ausführlich vom Treffen und beteuerte ihm, dass sie nie im Leben für irgendjemanden eine Rivalin sein wolle.

„Das glaube ich dir. Das würde auch nicht zu dir passen. Doch für Petras Gefühle und Gedanken bist du nicht verantwortlich."

Natürlich wusste das Judith. „Trotzdem nehme ich es immer noch persönlich – leider, zumal ich der Auslöser war."

Für Hans schien das Thema erledigt zu sein, und er blätterte in seiner Fachzeitung. Judith verschwand aus der Küche, aber sie tauchte Minuten später wieder auf und goss die Pflanzen. Sie spürte, wie Hans sie dabei beobachtete, und sie hörte, wie er seine Zeitung auf den Tisch legte.

Unvermittelt fragte er sie: „Was beschäftigt dich? Mitunter bist du geistesabwesend und erweckst den Eindruck, als wärst du am Grübeln."

Judith wägte ab, ob sie ihm von all dem erzählen sollte, was sie beschäftigte. Mitten in ihre Überlegung hinein sagte er ungeduldig:

„Jetzt sag schon. Ich bin ein großer Junge und verkrafte einiges."

Sie gab sich einen Ruck und sprach von der gesellschaftlichen Anerkennung und Bestätigung, die er als Mann, als Berufstätiger und als Vater erhielt. Mutter und Hausfrau sein dagegen bliebe vergleichsweise auf der Strecke. Natürlich stimmte er zu. Somit war für Judith das Thema beendet, und sie ging mit der Gießkanne ins Wohnzimmer. Nach wenigen Minuten stand sie wieder in der Küche und kramte im Schrank. Wieder fühlte sie Hans' Blicke auf ihrem Rücken.

„Es ist noch mehr, das in dir wühlt. Deine Augen haben ihr Leuchten und ihr Blitzen verloren. Du bist auch nicht mehr frech zu mir, so wie früher. Also, sag schon."

Jetzt brach Judiths Knoten. „Ich möchte mit jemandem über Gott und die Welt reden, so wie mit dir. Austausch soll stattfinden, und nicht nur von Kochrezepten. Ich möchte mit jemandem tiefgehende Gespräche führen, so wie mit dir, und gemeinsam Lachen und Quatsch machen. Ich möchte einfach jemanden vertrauen und alles anvertrauen können, so wie dir."

Nach einer kurzen Pause fragte sie: „Will ich zuviel?"

Hans schüttelte nachdenklich den Kopf. „Nein, glaube ich nicht, schließlich sind wir uns ja auch begegnet. Vermutlich wirst du irgendwann und irgendwo diesen Menschen finden, der deinen Erwartungen entspricht. Ob das bei der Kleinstkindergruppe sein wird, wird sich zeigen."

Judith war mit seiner Antwort unzufrieden, es klang zu allgemein.

Er sprach weiter: „Vielleicht solltest du mal mit der Tür ins Haus fallen und bei den Treffen Themen ansprechen, die dir wichtig sind. Nimm du das Zepter in die Hand. Dann ärgerst du dich auch nicht mehr über die Oberflächlichkeit."

„Gute Idee", stimmte sie zu und überlegte welche Themen ihr auf dem Herzen lagen. Es gab nur eine Antwort: das transparente Liebesband und der Lebensduft. Das sagte sie ihm, und er sah sie verdutzt an.

„Ich denke, das sind zwei schwierige Themen. Sollte es nicht leichtere Kost sein?", fragte er nachdenklich.

Darüber dachte Judith nach und kam zu dem Entschluss: „Nein, mir sind diese Themen zu wichtig."

„Verstehe ich nicht, aber das ist deine Entscheidung."

Judith verschwand aus der Küche und Hans las weiter in seiner Zeitung.

7.
Herzenseingebung

Die nächsten Tage schien es Judith, als bedrücke Hans etwas. Sie hoffte, er würde sich ihr anvertrauen. Als sie Samstagabend ins Bett gingen, hatte er ihr noch nichts erzählt. Hans schlief bereits und ihr purzelten Gedanken durch den Kopf.

„Nein, ich werde ihn nicht fragen. Er soll von sich aus kommen. Bisher ging der erste Schritt meistens von mir aus, indem ich ihn darauf ansprach. Doch diesmal nicht!", dachte sie trotzig. „Aber Trotz fühlt sich schlecht an. Deshalb muss ich diese Trotzhaltung auch endlich mal aufgeben. Bin ja schließlich kein Kind mehr."

Kaum war sie zu dieser Erkenntnis gekommen, fing sie an zu spekulieren.

„Hat er vielleicht Probleme bei der Arbeit? Oder mit Kollegen? Vielleicht mit seinen Vorgesetzten? Oder mit meinen zwei Themen?"

Jäh hörte sie mit den Gedanken auf.

„Spekulieren bringt mich auch nicht weiter. Auch das muss ein Ende habe. Mutmaßen ist reine Zeitverschwendung und führt zu überhaupt nichts!" Sie war hundemüde, aber wegen ihrer Gedanken war sie unfähig einzuschlafen.

Sie fühlte sich wie eine Närrin, weil sie sich im Kreis drehte, und fasste jetzt einen Entschluss: „Ich warte ab bis morgen Abend. Sollte er bis dahin nicht den Mund aufgemacht haben, werde ich ihn fragen. So, liebe Judith und jetzt wird geschlafen!", befahl sie sich und schob alle Gedanken bewusst beiseite.

Am Sonntag war alles unverändert. Judith sah ihm zu, wie er schweigsam und ruhelos durch die Wohnung schlurfte. Nur mit Adrian war er fröhlich.

Abends auf der Couch, als Adrian schlief, kuschelte er sich an Judith, die in ihrem Buch las. Judith spürte seinen inneren Kampf.

„Mach endlich den Mund auf und rede mit mir!", rief sie ihm gedanklich zu, indem sie auf das transparente Liebesband und die Macht und Kraft der Gedanken vertraute.

Und siehe da, er begann stockend und leise zu erzählen. „Ich bin ratlos und drehe mich im Kreis. Gelegentlich werde ich von Kollegen und Kunden darauf angesprochen, wann wir Adrian in eine Krippe bringen, schließlich würde er bald ein Jahr werden. Niemand nimmt uns in unserem Entschluss ernst, Adrian erst mit vier Jahren im Kindergarten abzugeben, da ihm niemand so viel Liebe geben kann wie wir – seine Eltern. Ich verstehe die Menschen nicht, die unsere Entscheidung in Frage stellen und mir und auch dir suggerieren, wir wären schlechte Eltern, wenn er zu Hause bleibt. Ich genieße jeden Abend die Bilder und die Videos, die du tagsüber für mich aufgenommen hast."

Hans wirkte sehr bedrückt. Judith verstand ihn nur all zu gut. Auch sie erfuhr genau dasselbe wie er, mitunter schüttelten die Leute verständnislos den Kopf. Sie sahen sich mitfühlend an.

„Es sollte mir genügen, dass du mich als Mutter und Hausfrau achtest und das, was ich im Haus und Garten arbeite, wertschätzt, und dass du mir deine Anerkennung gibst. Aber das reicht mir leider nicht immer. Die Kraft der öffentlichen Meinung ist sehr stark, und immer wieder unterliege ich ihr und möchte auch die gesellschaftliche Bestätigung als Mutter und Hausfrau. Doch ich erhalte nur minimale Anerkennung von der Gesellschaft. Vermutlich wäre das anders, wenn ich arbeiten ginge, im Sinne von Geld verdienen."

Hans lächelte gequält. „Ja, ich weiß, was du meinst. Was Adrian betrifft, sind wir wieder in der Außenseiterrolle. Und das wird in den nächsten Jahren nicht einfacher. Erst durch den Kindergartenbesuch wird es zu Ende sein – oder auch nicht."

„Meiner Meinung nach erfahren wir die einzige Stärkung durch uns selbst und mit uns. Das möchte ich mir als Ziel setzen. Denn, wenn ich an diesem Ziel angelangt bin, benötige ich keine Bestätigung mehr von außen", antwortete Judith nachdenklich. Sie sah Hans an, und sein liebevoller Blick sprach Bände.

Als Judith am darauf folgenden Dienstag lustlos auf dem Weg zu Nassim und Günter war, blieb sie nach ein paar Hundert Metern plötzlich, wie von der Tarantel gestochen, stehen. Ihr war jäh die Geschichte mit den Wölfen eingefallen, und wie sie sich um den heiteren, liebevollen, höflichen Wolf bemüht hatte. Und jetzt war sie nur noch griesgrämig.

„Da passt ja rein gar nichts zusammen!", gestand sie sich ehrlich ein. Sie hielt kurz inne und schlug den Weg zur nächsten Bäckerei ein.

„Ein kleiner Umweg, der sein muss", informierte sie Adrian.

„Tue das Unerwartete! Und das bedeutet in diesem Augenblick: Ich kaufe für die Mütter einen Kuchen. Dann spendieren wir noch für alle Tee oder Kaffee, und ich bemühe mich, meine miese Laune abzuschütteln."

Sie betrat die Bäckerei, sah direkt in Astrids freudige Augen und fragte überrascht, dümmlich: „Du hier?"

Judith war ihre Frage peinlich, und sie war froh, dass Astrid ihr als Antwort weiterhin zulächelte.

Astrid hatte sie ein einziges Mal in der Mutter-Kind-Gruppe getroffen. Sie hatte ihr von Petra erzählt.

Nachdem Astrid zwei Kunden bedient hatte, war Judith an der Reihe. „Die einfallslose Frage tut mir leid. Ich war total überrascht, dich hier zu sehen. Freue mich aber dich zu treffen."

„Dito", und Astrid lächelte Judith an.

„Gesprächig bist du nicht wirklich." Trotzdem musste Judith schmunzeln.

„Ich habe dich hier noch nie gesehen", sagte Judith und hätte sich am liebsten auf die Zunge gebissen, weil dieser Satz auch nicht besonders geistreich war.

„Dito", antwortete Astrid erneut und lachte.

Judith schwankte hin und her zwischen: „Astrids Humor ist sehr eigenwillig und ... keine Ahnung."

Judith erzählte in wenigen Worten, dass sie auf dem Weg zum Kleinstkindertreffen sei und die Mütter mit dem Kuchen überraschen wollte.

„Das ist eine schöne Idee", kommentierte Astrid nickend und packte den Marmorkuchen ein. Judith bezahlte und marschierte weiter zu Nassim und Günter.

Einige Minuten später betrat sie das Nebenzimmer und begrüßte lächelnd die anwesenden Frauen. Dabei schwenkte sie den Kuchen.

Gelassen überhörte sie Petras schnippischen Kommentar: „Die Bankiersfrau schleimt sich ein."

"Tja, wenn das so ist, werde ich heute meine Themen nicht ansprechen", dachte Judith und blieb dabei immer noch entspannt. Aber trotz ihrer Ruhe verstrichen die Minuten wie gefühlte Stunden, und als das Treffen endlich beendet war, atmete Judith erleichtert auf.

Auf dem Nachhauseweg dachte sie: „Wenn die Frauen Kuchen bekommen, verwöhnen wir auch Hans mit einem Kirschkuchen!"

Judith war jetzt die einzige Kundin und sah wieder zu der langen, dünnen Astrid hoch, die mindestens 1,80 Meter lang war. Provokant, mit ernster Miene, stellte Judith ihr zwei Fragen:

„Wie erging es dir mit dem Babyduft? Bedauerst du ebenso wie ich, dass der betörende, individuelle Säuglingsduft verflog? Ich muss das wissen! Es ist mir überaus wichtig!"

Astrid schien ernsthaft darüber nachzudenken. Statt einer Antwort reichte sie Judith einen Zettel, auf den sie zuvor etwas notiert hatte.

„Hier ist meine Handynummer. Schreib mir bitte eine SMS, dann speichere ich deine Nummer ab und wir vereinbaren ein Treffen, falls dir das Recht ist. Ach ja, es reicht völlig aus, wenn du nur ‚Duft' schreibst. Deine Fragen hier zu beantworten, finde ich sehr ungünstig."

Jetzt war Judith sprachlos. Sie steckte den Zettel in ihre Geldbörse, bezahlte den halben Kirschkuchen und verabschiedete sich.

Auf dem Nachhauseweg erzählte sie ihrem Söhnchen von der eigenartigen Astrid, die sie nicht einzuschätzen vermochte.

„Dass ich dir vieles erzähle, ist eigentlich nur eine Ausrede, um von mir und meinen Selbstgesprächen abzulenken." Dabei grinste sie über sich selbst.

Zu Hause angekommen, erledigte sie Hausarbeit und verbrachte Zeit mit ihrem Adrian. Beides unterbrach sie immer wieder, denn in ihrem Kopf hämmerte es:

„Ich muss loslassen, um das Ziel, *es wird geschehen was geschehen soll* zu erreichen."

Ihr fester Entschluss, das durchzuziehen, wirkte befreiend, und die restliche Zeit, bis Hans nach Hause kam, gehörte dem Kleinen.

„Es dauert nicht mehr lange, dann kommt dein Papa nach Hause." Ihr war, als ob Adrian verständnisvoll nickte. „Du bist mein kleiner Schatz." Zum Beweis küsste sie ihn auf die Wange. „Mein kleiner Schatz deshalb, weil dein Papa mein großer Schatz ist. Immerhin hat er es bis über eins achtzig an Länge geschafft, und du bist noch nicht mal einen Meter lang", lachte Judith, und Adrian lachte mit. Auf der Couch knuddelte und kitzelte sie Adrian – und er gluckste vor Freude.

Hans hatte eine halbe Stunde früher mit der Arbeit aufgehört und stand nun, von Judith unbemerkt, im Türrahmen und beobachtete die beiden.

„Ein Bild der absoluten Geborgenheit und Liebe. Und ich darf daran teilhaben – wie schön!", dachte er.

Als ob Judith seine Anwesenheit spürte, drehte sie sich um und lächelte ihn an.

„Du hast gemerkt, dass ich euch beobachte – stimmt's? Das hat *Mann* davon, wenn *Mann* mit einer hochsensiblen Frau verheiratet ist." Er setzte sich ebenfalls auf die Couch und begrüßte beide mit einem Kuss.

Einige Augenblicke später erkundigte sich Hans nach ihrem Tag.

„Ach, nichts Besonderes."

Hans stutzte über ihre Antwort und fragte nach, ob sie denn nicht bei dem Treffen war.

„Natürlich war ich da." Sie sagte das in einem Ton, als hätte er sie gefragt, ob sie heute schon mal ihrem Nachwuchs die Windeln gewechselt habe.

„Und du bist nicht enttäuscht oder verärgert?", fragte er ungläubig.

Keck antwortete sie: „Nö! Wieso sollte ich! Ich habe nichts zu verlieren."

Sie erklärte ihm, dass sie nur gewinnen kann, wenn sie sich nicht ärgert und alles so annimmt, wie es ist. Dabei reckte sie frech ihr Kinn in die Höhe und schenkte ihm einen kurzen, verführerischen Blick. Sie wusste sehr genau um die Wirkung bei ihrem Mann.

Seine Retourkutsche kam prompt: Er setzte sein unwiderstehliches Lächeln auf und wartete auf die Wirkung auf Judith.

„Hör auf damit. Du weißt sehr genau, dass ich dahinschmelzen könnte – wenn ich wollte. Doch ich will nicht", konterte sie spitzbübisch.

Hans drückte Adrian an sich und begann einen Monolog mit seinem Sohn: „Was denkst du, mein Großer, wenn ich heute Abend deine Mama zum Essen ausführe? Ich denke da an Sergio; bei dem waren wir lange nicht mehr. Und für dich fragen wir bei Selina nach, ob sie Zeit hat, auf dich aufzupassen, falls sie nicht für ihren Hauptschulabschluss lernen muss. Natürlich bringen wir dich ins Bett und gehen erst, wenn du eingeschlafen bist. Und, was denkst du?"

Judith übernahm Adrians Antwort: „Ich stimme dem voll und ganz zu. Wird auch höchste Zeit, dass du Mama ausführst."

„Prima, dann sind wir Männer uns wieder mal einig", strahlte Hans.

„Ihr Machos!", lachte Judith und versuchte Hans zu küssen, was nicht einfach war, da er auf der Couch saß, mit Adrian auf dem Arm.

Judith stand auf. „Ich frage bei Selina nach", und ging mit verführerischen Bewegungen aus dem Wohnzimmer in die Küche, wo ihr Handy lag. Sie wusste: Hans sah ihr nach.

„Hast du die Bewegungen deiner Mama gesehen? Wow! Vielleicht sollten wir lieber zu Hause bleiben. Tja, nun ist es zu spät", teilte er Adrian mit und bereute für Augenblicke seinen Vorschlag.

Adrian war schon eingeschlafen, als Selina eintraf. Selina war die Tochter von Hans' Kollegen. Gelegentlich kam sie abends zum Babysitten und besserte so ihr Taschengeld auf.

Hans war zum Ausgehen fertig umgezogen. Er hatte eine hellblaue Jeans, ein marinefarbenes Hemd und ein graues Sakko gewählt. Die Krawatte, sein Feind, wurde immer sofort nach Arbeitsschluss in die Hosentasche gesteckt und zu Hause in die unterste Schublade verbannt. So saß er mit Selina am Esstisch und gab ihr Instruktionen für den Fall, dass Adrian aufwachen sollte.

Judith kam in die Küche und umarmte Selina zur Begrüßung herzlich. Danach ging Selina mit ihrem Laptop ins Wohnzimmer.

Mit Blick auf die Uhr und auf Judith meinte Hans herausfordernd grinsend: „Typisch Frau, immer etwas zu spät."

Mit wiegenden Hüften schritt sie auf ihn zu. „Gib zu, das Warten hat sich gelohnt", kokettierte sie in ihrem kurzen, figurbetonten, türkisfarbenen Kleid.

Wiederum bereute Hans seine Einladung. Er reichte ihr galant den Arm. Gemeinsam verabschiedeten sie sich von Selina und standen draußen vor der Eingangstür.

„Zu Fuß oder mit dem Auto?", fragte Hans.

Kurzentschlossen entschied Judith: „Lass uns gehen. Ich möchte den Abend mit allen Sinnen auskosten, und dazu gehört deine Hand spüren, deine Schritte hören, die Abendluft tief einatmen, den Sternenhimmel betrachten und mit dir plaudern."

Hans küsste sie auf die Nasenspitze, und sie zwickte ihn leicht in die Seite. Wie von der Tarantel gestochen schrie er laut, frech grinsend, auf.

„Blödmann!", betitelte sie ihn und versetzte ihm einen Schlag auf den Hintern.

Fröhlich und entspannt flanierten sie zu Sergio. Nach gut fünfzehn Minuten Fußweg erreichten sie den vollbesetzten Parkplatz.

„Nie im Leben bekommen wir einen Sitzplatz!" Missmutig wollte Judith umdrehen, aber Hans hielt ihre Hand fest und zog sie mit. Sie folgte ihm widerwillig.

„Wieso ziehst du mich mit? Du siehst doch selbst, alles ist voll. Komm, lass uns nach Hause gehen." Judith war enttäuscht.

Aber Hans grinste überlegen: „Keine Bange, ich habe für uns einen Zweiertisch reserviert."

Judith streckte ihm die Zunge raus und kniff ihn in die Seite. Diesmal schrie er nicht auf, sondern lächelte sie entschuldigend an.

„Sorry, das war gemein von mir, ich weiß. Aber Judith, ich führe dich nicht zum Essen aus ohne Tischreservierung."

„Das hätte ich mir eigentlich denken können", gab sie zu.

Im Restaurant nahm Hans ihre Jacke ab und hängte sie an die Garderobe. Beide sahen, wie ihnen Sergio vom Tresen aus freudestrahlend zulächelte und ihnen nun entgegenkam.

„Welche Freude, euch zu sehen! Sehr lange musste ich auf euch als Gäste verzichten. Mein Gewissen plagte mich längst, und ich sagte mir: Sergio, du hast sie vergrault, weil du miserabel gekocht hast." Dabei verriet sein Lachen, dass das ein Scherz war.

„Doch, ich weiß Bescheid. Mit einem kleinen Bambino ist es nicht einfach, den alten, grauhaarigen Sergio zu besuchen."

An Judith gewandt: „Bella Judith, du siehst bezaubernd aus! Hans, ich glaube, du musst auf sie Acht geben, nicht dass ein feuriger Italiener dir deine Bella Judith wegschnappt."

Genervt von den Übertreibungen rollte Hans die Augen, und Judith lächelte. Nun geleitete Sergio beide an den reservierten, bevorzugten Zweiertisch, zog für Judith einen Stuhl zurück und bat sie, sich zu setzen. Dann zündete er die Kerze an und rückte das kleine Rosengesteck zurecht.

Hans fand, dass es nun gut sei mit der Aufmerksamkeit. Sicherlich warteten andere Gäste auf ihre Getränke. Sergio hatte kapiert und verschwand.

Judith beugte sich nach vorne und flüsterte Hans zu: „Täusche ich mich, oder entdeckte ich soeben einen Anflug von Eifersucht." Mit einem frechen Grinsen ließ sie sich an die Rückenlehne fallen.

„Dich amüsiert wohl das Ganze?", fragte er etwas brummig.

„Ja, weshalb auch nicht? Ich finde es schön, zuweilen hofiert zu werden. Und genauso wie ich weißt auch du, dass Sergio seine Johanna über alles liebt – so wie ich meinen Mann."

Dabei wurde ihr Blick weich und liebevoll. Sie beugte sich abermals nach vorne und flüsterte:

„Hans, ich liebe dich von ganzem Herzen."

Sie legte ihre Hände mit geöffneten Handflächen auf den Tisch, als Zeichen für Hans, seine Hände in ihre zu legen. Behutsam umschloss sie seine Hände und sah ihm tief und lange in die Augen.

Keiner der beiden bemerkte Sergio, wie er mit den Speisekarten auf ihren Tisch zusteuerte. Wenige Schritte vor dem Tisch nahm Sergio die Situation wahr und blieb abwartend stehen.

Aus dem Augenwinkel heraus sah Judith Sergio, wie er seltsam da stand. Sie gab Hans ein Zeichen, und er drehte sich um. Beide sahen noch, wie Sergio ein schelmenhaftes Lächeln über die Mundwinkel huschte.

Nun kam er an den Tisch, überreichte die Karte und begann theatralisch: „Für meine langvermissten Gäste, Romeo und Julia. Ihr beide habt gut gewählt."
Dabei zwinkerte er ihnen vielsagend zu und fuhr fort:

„Ich erlaube mir, euch die köstlichsten, italienischen Hochgenüsse zu empfehlen, das wären …"

Weiter kam er nicht. Hans unterbrach ihn kopfschüttelnd, schmunzelnd:

„Herzlichen Dank, Sergio. Du bist heute echt in Form, temperamentvoll ebenso wie diskret und äußerst charmant. Aber meine Julia und ihr Romeo möchten in romantischer Zweisamkeit die Speisen selbst auswählen."

Gespielt gekränkt trottete Sergio hinter den Tresen.

Für Judith und Hans wurde es ein zauberhafter Abend, umhüllt von einer sinnlich romantischen Atmosphäre.

Nach mehr als einer Stunde winkten sie von der Garderobe aus Sergio zum Abschied zu und schlenderten Hand in Hand, meist schweigend, sich ohne Worte verstehend, nach Hause.

Judith dachte an das transparente Liebesband mit Hans und wünschte sich, es möge niemals zerreißen und ihre Verbundenheit möge immer spürbar sein und stärker werden. Ihr Wunsch war, dass ihre Liebe ihm und Adrian Halt, Sicherheit und Heimat sein sollte. Fast unmerklich schüttelte sie den Kopf und lächelte in sich hinein.

„Ich bin nahe am Kitsch. Jedoch, kann tief empfundene Liebe Kitsch sein? Wohl kaum, sonst wären meine Gedanken oberflächlich und würden nicht mein Herz erwärmen."

Vor ihrer Haustüre nahm Judith Hans in den Arm und beide hielten sich fest, ohne am anderen festzuhalten.

Ein paar Minuten vergingen, bis sie die Umarmung lösten und Judith die Tür aufschloss. Im Wohnzimmer gab Hans Selina ihre Taschengeldaufbesserung, und beide verabschiedeten Selina mit herzlichem Dank.

„Ich gehe nach oben und ziehe etwas Bequemeres an", sagte Judith, und weg war sie.

Rasch schlich ihr Hans hinterher und blieb im oberen Drittel der Treppe abwartend stehen. Er hörte, dass Judith die Schlafzimmertüre öffnete – und dann ein entzückter Aufschrei. Er ging schnell zu ihr.

Mit weitaufgerissenen Augen sah sie ihn an. „Das ist unglaublich!", rief sie überrascht aus.

Sie starrte nochmals ins Schlafzimmer. „Hans, zwick mich – ich glaube es nicht!"

Und er zwickte sie in den Hintern.

„Autsch! Doch nicht so fest!", schimpfte sie gespielt laut, lächelte ihn an und sah wieder ins Schlafzimmer.

„Es ist kein Traum, es ist immer noch alles da. Wie hast du das gemacht? Sag schon!"

„Die Idee kam mir, als wir beschlossen hatten, zu Sergio zu gehen. Unbemerkt von dir rief ich bei Anera, deiner ehemaligen Chefin, an und bat sie, gegen 20.30 Uhr neunzehn Rosen zu bringen. Als ich den Tisch reservierte, erklärte ich Sergio, was ich vorhabe und bat ihn, er möge, wenn wir sein Restaurant verlassen, bei uns zu Hause anrufen, so dass Selina alles vorbereiten kann. Sie zündete die vielen Kerzen an und legte die Rosen aufs Bett, und drei Rosen stellte sie auf deinen Nachtisch."

Judith stand immer noch mit offenen Augen im Türrahmen. Hans war hinter ihr und legte seine Arme um ihre Taille. Sie lehnte sich an ihn.

„Wie kommst du denn auf diese zauberhafte Idee?", fragte sie ihn, immer noch überwältigt.

„Mein Herz gab es mir als Eingebung, und ich hörte darauf", flüsterte er ihr ins Ohr.

Judith war von Hans' Überraschung ergriffen. Es berührte sie, dass er vom Herzen sprach.

Übermütig nahm er Judith auf den Arm, trug sie zum Bett und legte sie behutsam auf die Bettdecke.

Einige Zeit später lag Judith glücklich an Hans gekuschelt und erzählte ihm:

„Als ich in der Pubertät war, musste ich bei Liebesfilmen weinen und schwelgte in romantischen Gefühlen. Mit dem angeblichen Erwachsenwerden empfand ich romantische Filme nach außen hin als kitschig, aber in meinen Träumen gab es meinen Traummann, der mich auf Rosen bettet. Dann, als Erwachsene sah ich alles realistischer und eben nur als eine realitätsferne Filmproduktion. Und jetzt erlebe ich mehr, als ich je bei einem Film gesehen habe. Eine Verschmelzung unserer Körper. Ich fühlte mich eins mit dir und dir so nahe, wie noch nie zuvor. Es war, als ob ich in dich eintauchte. Hans, es übersteigt meine Fähigkeit, das zu beschreiben, was ich soeben empfand. Mir fehlen die Worte. Und du?"

Es dauerte ein Weilchen, bis Hans zu Reden begann. Judith ahnte, was in ihm vorging und wie schwer es für ihn war, die Antwort zu artikulieren.

„Ich denke, ich bin auf einem guten Weg, auf dem ich lerne, über Gefühle zu sprechen. Ich weiß, dass ich noch nie ausgesprochen habe, wie viel du mir bedeutest und was ich für dich fühle, das tut mir auch leid. Ob ich die Hürde jemals überspringen werde, kann ich dir nicht versprechen. Ich wünsche mir von dir, dass du diesen Abend und unsere tief empfundene Zweisamkeit fest in deinem Herzen bewahren wirst als Zeichen dafür, wie mein Herz für dich schlägt."

Judith legte ihren Kopf auf seine Brust. „Ich höre deinen Herzschlag und mag deinen Duft."

„Du und deine Nase. Ihr seid ein erstklassiges, unschlagbares Team!", lachte er.

„Ich weiß. Mit deinem Lächeln ist es ein und dasselbe. Es ist erstklassig und nach wie vor bezaubernd."

Beide wurden müde. Noch ein Gutenachtkuss, „Schlaf gut" und sie tauchten in die reale Traumwelt ein.

8.
Die lange Astrid

Am nächsten Morgen wachte Adrian mit schlechter Laune auf.

„Er erklärt sich mit dem Schmuddelwetter solidarisch", stellte Hans lakonisch nach dem Frühstück fest, ehe er zur Arbeit fuhr.

Urplötzlich fiel Judith die Handynummer von Astrid aus der Bäckerei ein, und sie schrieb ihr umgehend die aussagekräftige SMS „Duft". Kurz darauf erhielt Judith eine Nachricht von Astrid.

„Ich habe heute frei und würde dich gerne mit Josina besuchen. Wäre das möglich? So gegen 10 Uhr? Lieben Gruß Astrid"

Judith dachte kurz nach, schaute Adrians weinerliches Gesicht an und entschied: „Ja, sie soll kommen. Das ist für dich eine Abwechslung, und du zeigst dich vielleicht von deiner Sonnenseite, auch wenn es regnet."

Sie schrieb Astrid zurück: „Ja, gerne. Bis dann. LG Judith".

Sie fügte noch die Adresse hinzu und schickte die Antwort ab. Dann beschloss sie die untere Etage noch schnell auf Vordermann zu bringen.

„Äh, wie wäre auf Vorder*frau* zu bringen?", lachte sie Adrian an, der nicht zurück lachte und nur auf den Arm genommen werden wollte. Judith erfüllte ihm diesen Wunsch. Gedanklich war sie bei Astrid. „Irgendwie sieht sie aus wie ein Storch im Salat, so dünn wie sie ist."

Adrians Laune hatte sich nicht gebessert, und Judith konnte deshalb die untere Etage nicht so gründlich aufräumen, wie sie es vorhatte. Es war bereits 9.30 Uhr und Judith bedauerte es, dass sie nur Kekse anbieten konnte. Sie rief bei ihrer Nachbarin Maria an und berichtete ihr von ihrem Dilemma, und fragte sie hoffnungsvoll:

„Hast du selbstgebackenen Kuchen für mich?"

Als Maria bejahte, fiel Judith ein Stein vom Herzen. Kurz darauf stand auf ihrem Küchentisch ein halber Käsekuchen.

„Jetzt nur noch den Tisch decken, und Astrid kann kommen", dachte sie laut.

Minuten später klingelte es an der Tür. Judith nahm Adrian auf den Arm und öffnete Astrid, die ihr eine weiße Rose entgegenhielt und sich für Judiths spontane Zusage bedankte.

„Ich bekam noch nie eine Rose von einer Frau", sagte Judith und wusste nicht so recht, wie sie das verstehen sollte.

„Astrid fällt wohl auch aus dem Rahmen", dachte sie und nahm die Rose entgegen.

„Schöner, schulterlanger Pagenkopf", bemerkte Judith ehrlich.

„Danke", mehr sagte Astrid nicht.

Im Flur holte Astrid für sich und ihre kleine Tochter Josina Hausschuhe aus der Stofftasche und zog sie an.

„Wow, nochmals ein Pluspunkt für Astrid. Sie ehrt die Gastgeber und ihre Hausarbeit – schön. Das Positive im Menschen zu sehen, fühlt sich einfach, zweifach ... gut an." Judith glaubte, alle seltsamen Gedanken über Astrid begraben zu haben und freute sich darüber.

Gemeinsam gingen sie in die Küche und setzten sich an den festlich gedeckten Tisch. Hastig stand Judith auf und holte im Wohnzimmer eine Vase für die Rose und stellte sie auf den Tisch.

„Die Krönung der gedeckten Tafel", lächelte sie.

Astrid nickte zustimmend. „Möchtest du jetzt über deine Frage sprechen, oder soll ich zuerst den selbstgebackenen Kuchen essen und loben?", fragte Astrid.

„Du bist offen und direkt – das gefällt mir", meinte Judith anerkennend.

„Frau tut was Frau kann", lachte Astrid herzlich und redete weiter: „Lächle wieder! Das steht dir viel besser als dieser ernste Gesichtsausdruck. Du darfst auch gerne noch meine Frage beantworten: Sollen wir zuerst den Kuchen essen und loben, oder sollen wir über Duft sprechen?"

Judith überlegte kurz. „Weil ich sowohl interessiert als auch hungrig bin, bitte beides. Wobei ich nur Kuchen essen meine, bitte nicht loben. Den Kuchen hat meine Freundin Maria gebacken."

Judith erzählte ihr, wie sie zu dem Kuchen gekommen war, und von ihrem noch latenten Backtalent, das immer noch in ihr schlummerte.

„Astrid, jetzt bist du dran. Leg los", forderte Judith sie auf und war gespannt, was sie nun über Duft zu hören bekam.

Jäh wich Astrids freudiger Gesichtsausdruck.

„Du hast bei dem Treffen mit leuchtenden Augen von deinem Mann erzählt, und ich musste an Jonas denken – was ich sonst auch oft tue. Jonas ist Josinas Papa. Er brachte mich immer zum Schweben, zum Staunen, und er zeigte mir die Sonnenseite des Lebens. Er starb an ihrem Geburtstag, bei einem

Verkehrsunfall. Er war auf dem Weg ins Krankenhaus, als bei uns die Wehen einsetzten."

Judith unterbrach sie. „Deine Formulierung *bei uns setzten die Wehen ein*, eröffnet mir eine andere Sichtweise, die ich bis heute nicht hatte. Das Wörtchen *uns* ist die Einheit von Kind und Mutter. Bitte verzeih die Unterbrechung."

Astrid nickte und erzählte von Jonas. Sie tauchte in Erinnerungen ab, und Judith ließ sie gewähren.

„Sie erzählt vom Lebensduft, den Jonas wohl versprühte", dachte Judith verblüfft.

„Jonas war ein verrückter Kerl." Dabei lächelte Astrid versonnen und machte eine Pause. Dann sprach sie traurig weiter:

„Leider haben wir nicht viel Zeit miteinander verbracht. Es waren gerade mal 19 Monate, bevor er starb."
Erneut machte Astrid eine Pause, bevor sie weitersprach.

„Er zeigte mir, was Leben bedeutet. Obwohl er 39 Jahre war, sprühte er über vor Lebendigkeit und manchmal auch vor Übermut. Er war wie ein großer Junge, der sich vor dem Erwachsenwerden scheute. Und genau das liebte ich an ihm. Er konnte mich frech angrinsen, und ich schmolz dahin, oder er streute mir Rosenblätter aufs Bett. Ein andermal veröffentlichte er in der Tageszeitung eine Liebeserklärung an mich."

Astrid schmunzelte. „Ich weiß nicht, ob du dir vorstellen kannst, wie peinlich mir diese Anzeige war. Natürlich wurde ich auf der Straße darauf angesprochen. Aber Jonas scherte sich einen Dreck darum, was die Leute über ihn sagten oder tratschten. Und das lernte ich von ihm so nach und nach auch."
Sie hielt wieder inne.

„Es war eine wilde, leidenschaftliche Zeit mit ihm. Eben – leider nur 19 Monate." Astrid sprach leise weiter und senkte ihren Kopf. „An dem Tag, bevor die Wehen einsetzten, besuchte er seinen Schulfreund. Er wohnte ca. 40 km von unserer

Wohnung entfernt. Zum errechneten Entbindungstermin waren es noch 10 Tage. Somit dachten wir uns nichts dabei, als Jonas losfuhr. Unser Baby wusste vom sorgfältig errechneten Geburtstermin nichts und meldete sich an dem Tag mit Wehen an. Sogleich rief ich ihn an. Er setzte sich sofort ins Auto und fuhr los. Er kam nie bei uns an. Auf der Landstraße platzte bei hoher Geschwindigkeit ein Vorderreifen. Er geriet ins Schleudern, der Wagen überschlug sich und donnerte gegen einen Baum. Jonas war sofort tot."

Judith hatte Schwierigkeiten, die Schlussworte zu verstehen, und beobachtete aus den Augenwinkeln heraus, wie Josina, Astrids Tochter, zu Essen aufhörte, vom Stuhl stieg, zu Astrid ging und ihre kleinen Hände tröstend auf ihre Oberschenkel legte. Astrid sah ihre Tochter wie durch einen traurigen Schleier liebevoll an und nahm sie auf den Schoß.

Judith dachte über das nach, was sie soeben sah und es schoss wie ein Geistesblitz durch ihren Kopf. Josina ging zu ihrer Mama, um sie durch ihre körperliche Nähe und ihren liebevollen Blick zu trösten, weil sie die Trauer ihrer Mutter spürte. Von dem Moment an war Judith felsenfest davon überzeugt, dass Kinder, auch wenn sie noch so klein waren wie Josina, für ihre Mami und auch ihren Papi ein tiefes, sehr feines Gespür haben und erkennen und fühlen, wenn sie traurig sind und Trost brauchen. Dies bestätigte ihr, das verbindende, transparente Liebesband, dass die Gefühle, Empfindungen und Gedanken dem anderen übermitteln – wie hier bei Mutter und Tochter.

Josina babbelte los. Judith verstand kein Wort.

„Das ist auch unwichtig. Wesentlich ist, dass sich Mutter und Tochter verstehen", erkannte Judith, sprach es jedoch nicht aus.

Beide Frauen schwiegen und beschäftigten sich mit ihren Kindern. Adrian und Josina waren auf dem Schoß ihrer Mütter. Über diese Unterbrechung war Judith dankbar. Sie überlegte, welche Worte für Astrid tröstend wären.

„Du bist dir im Unklaren darüber, wie du auf meine Geschichte reagieren kannst?", fragte Astrid.

„Ja, mir gehen viele Gedanken wild durch den Kopf, aber formulieren kann ich sie nicht. Dasselbe gilt für meine Gefühle. Deine Erfahrung, dein Schicksal berührt mich zutiefst, aber ich weiß dennoch, dass ich für dich keinen Trost habe."

„Du bist offen und ehrlich, und das schätze ich an dir", antwortete Astrid und fuhr sogleich fort: „Ich machte die Erfahrung, dass man dazu – eigentlich – nichts sagen kann. Das sehe ich mittlerweile als gegeben an. Ich finde es wunderbar, dass du dir eingestehst, für mich keine Worte, keinen Trost zu haben. Du machst dir Gedanken darüber, weil es dich tief berührt, und du die Berührung zulässt und wahrnimmst. Das ist viel mehr, als ich von den meisten Menschen bisher gehört habe. Ich ziehe Menschen vor, die lieber nichts sagen als irgendwelche leeren Floskeln, weil sie sich die eigene Sprachlosigkeit nicht eingestehen. Einerseits möchte ich diese Menschen nicht verurteilen, aber andererseits ärgern mich ihre Floskeln manchmal. Weshalb ist es so schwer, sich und mir die Betroffenheit darüber einzugestehen? Das habe ich noch nie verstanden."

Judith hatte darauf keine Antwort. Vielmehr dachte sie an den Trost, den Josina ihrer Mutter spendete, Judith gab sich einen Ruck, sprach ihre Gedanken aus und erzählte Astrid von ihrer Erkenntnis vom Liebesband. Zu ihrem Erstaunen dachte Astrid darüber nach, so zumindest deutete Judith ihren Gesichtsausdruck. Nach kurzem Nachsinnen bestätigte Astrid ihre Erkenntnis. Judith schien es, als mache ihr Herz vor lauter Freude Luftsprünge.

„Du kannst das nachvollziehen?", fragte sie dennoch ungläubig.

„Ja. Weshalb auch nicht?" Astrid runzelte verständnislos die Stirn.

„Na, weil es unglaublich klingt."

Astrid schmunzelte. „Fast unglaublich, jedoch nicht für mich." Wobei Astrid das Wort *fast* extra betonte.

Beide Kinder äußerten ihren Unmut, nur auf dem Schoß zu sitzen. So räumten beide Frauen den Tisch ab und gingen ins Wohnzimmer.

Judith und Astrid unterhielten sich über Gott und die Welt, mal lachend mal nachdenklich, je nach Thema. Beide stellten fest, dass sie auf derselben Wellenlänge waren.

Judith sprach die Frage *Säuglingsduft* nicht mehr an. Sie wusste, dass die Zeit irgendwann reif sein würde, und sie würde erfahren, was Astrid darüber dachte. Als Adrian nur noch müde war und von Judith ins Bett gelegt werden musste, verabschiedete sich Astrid.

Zum Abschied reichten sie sich die Hände. Wäre Judith ihrem Herzen gefolgt, sie hätte Astrid umarmt. Sie unterließ es, weil sie bei Astrid keine Signale erkannte, sie umarmen zu dürfen, und weil sie Astrid nicht überrumpeln oder ihr zu nahe treten wollte.

Kurze Zeit danach war Adrian im Bett. Judith lag auf der Couch und sann über Astrid und die Gespräche nach. Ein wohlig warmes Gefühl umgab sie.

„Bis heute dachte ich immer, Hans sei der einzige Mensch, außer meiner Oma, der ein ungewöhnliches Verständnis für mich hat. Falsch gedacht, liebe Judith, du bist noch lange nicht der einzige Mensch, der nicht mit der Menge mit schwimmt."

Judith schmunzelte über ihr Selbstgespräch und stand auf. Sie sah auf die Uhr und erschrak zweifach, zum einen, weil die

Zeit davon flog, und zum anderen, weil Adrian schon seit zweieinhalb Stunden fest schlief.

Ein unruhiges Gefühl beschlich sie, das sie nach oben trieb und im Kinderzimmer nachsehen ließ, ob er tatsächlich noch schlief. Ein Blick in sein Bett, und sie hatte die Gewissheit, er schlief selenruhig.

Sie schlich aus dem Zimmer und nahm nebenan auf dem Bürostuhl im Arbeitszimmer Platz und schimpfte sich laut eine Närrin und maulte vor sich hin: „Hättest auf dein Gefühl gehört, wärst du nicht nach oben getrottet und hättest nicht ängstlich in sein Bett gesehen. Hast Glück gehabt, dass er nicht wegen deiner unbegründeten Angst aufgewacht ist." Dann fing sie an nachzudenken: „Hätte, wenn und aber … all das nützt überhaupt nichts. Jedoch, hätte ich imstande sein müssen ihn zu fühlen, zu spüren und somit zu wissen, dass er schläft und das alles in Ordnung ist? Ich glaube nicht. Ich bin mir noch zu unsicher, um mich auf mein Gefühl uneingeschränkt zu verlassen."

Sie grübelte und kam zu der Schlussfolgerung: „Erst die Übung macht den Meister. Und ich bin noch nicht mal ein Auszubildender. Ich schickte erst mal die Bewerbung für *auf das Gefühl hören* ab."

Momentan wusste sie nicht so recht, was mit sich anzufangen. Sie war auf dem Sprung, Adrian aus dem Bett zu holen, doch er bremste sie gnadenlos aus, weil er noch schlief. So tigerte Judith durch das obere Stockwerk, allzeit bereit, ins Kinderzimmer zu stürmen um Adrian freudig aus dem Bett zu holen. Abermals sah sie auf die Uhr.

„Drei Stunden schläft er nun schon!"

Judith war Lichtjahre von Gelassenheit entfernt. Sie trat wieder leise ins Schlafzimmer, riss die Arme hoch und freute sich kolossal. Adrian lag wach im Bett und lächelte sie an. Ein besonderer Duft, der von Adrian ausging, stieg ihr in die Nase.

„Düfte sind an und für sich etwas Wunderbares, wie zum Beispiel Kaffeeduft, Rosenduft und noch viele andere Düfte, aber dieser spezielle Duft – ich denke nicht, dass ich mich jemals daran gewöhnen werde, du duftendes Blümchen. Also ab mit dir zum Windeln wechseln", sagte sie Adrian und nahm ihn mit ins Bad.

Einige Stunden später strahlte Adrian bis über beide Ohren. Sein Papa kam von der Arbeit und nahm ihn glücklich auf den Arm. Der weitere Abend verlief größtenteils wie üblich. Hans nahm sich Zeit für Adrian, und Judith sah den beiden zu. Gemeinsam kochten sie und gemeinsam brachten sie Adrian ins Bett. Meistens verbrachten sie die wenige Zeit bis zum ins Bett gehen auf der Couch, mit Lesen, Diskutieren oder Fachsimpeln über Kindererziehung, mal mit Musik hören oder mit Gesellschaftsspielen.

Diesmal hingen beide, eng aneinander gekuschelt, ihren Gedanken nach. Judith ließ den Vormittag Revue passieren und nahm an, Hans tat dasselbe.

„Judith", sagte Hans, und gleichzeitig sprach Judith seinen Namen aus.

Nach ein paarmal „Du zuerst", fing Judith an und erzählte ihm von ihrem Vormittag. Der Beginn mit der SMS von Astrid, die sie überrumpelt hatte, und das Ende mit dem wohlig warmen Gefühl auf der Couch, und fast alles dazwischen. *Fast* alles dazwischen, denn sie verschwieg ihm das Gespräch über das Liebesband und dass für Astrid die Existenz des Bandes selbstverständlich war. Ihre Intension war, Hans keinen Hauch von Neid zu geben, weil sie mit Astrid etwas teilte, zu dem er nicht fähig war. Auch wollte sie ihn nicht bloßstellen, indem sie ihm seine Unfähigkeit aufzeigte.

„Nun verstehe ich deine heutige Veränderung. Du hast einen Menschen mit derselben Wellenlänge gefunden, vergleichbar mit Heinrich und mir. Schön für dich."

„Ja, es fühlt sich gut an", antwortete Judith. „Und mit viel Glück ist das keine Seifenblase, die schnell platzt", ergänzte sie. Sie vergaß völlig, Hans nach seinen Gedanken zu fragen.

Und er war froh, dass sie nicht fragte, weil er ihr seine Gedanken verschweigen wollte und bereits am Überlegen war, was er ihr stattdessen erzählen könnte.

„Weshalb ich ihr von meiner Fantasie, mit Adrian Abenteuer zu bestehen, nichts erzählen möchte, weiß ich selbst nicht."

Einen Tag vor Adrians Geburtstag putzte Judith die Wohnung, dass alles nur so blitzte.

Dann war es so weit, Adrians erster Geburtstag war da, und Judith und Hans schwelgten beim Frühstück in Erinnerungen an seine Geburt. Über all die Freude erkannte Judith, wie sich plötzlich ein trauriger Schleier auf Hans' Augen legte.

„Hätte ich all die Bilder und Videos von dir nicht, bekäme ich noch weniger von seiner raschen Entwicklung mit."

Judith nickte verständnisvoll. „Leider habe ich keinen Trost für dich. Ich kann dir nur versichern, wie dankbar ich bin, dass das, was du verdienst, für uns alle ausreichend ist."

Judith fühlte mit ihm und stand auf, um ihn zu umarmen. Er drehte sich zu ihr und küsste sie.

Nun forderte Adrian die Aufmerksamkeit seiner Eltern ein. „Unser Geburtstagskind ist heute nicht so gut drauf", stellte Judith fest, nahm ihn aus seinem Kindersitz und setzte ihn auf ihren Schoß. Sie sah, wie Hans seinen Sprössling traurig anschaute.

„Ich hätte für seinen Geburtstag Urlaub nehmen sollen. Der Abschied fällt mir heute besonders schwer. Schließlich ist unser Zwerg jetzt ein Jahr. Gerne wäre ich bei seiner ersten Feier dabei."

Judith schaffte es nicht, ihn aufzumuntern, und in trauriger Stimmung verabschiedete sich Hans.

Im Laufe des Vormittags kamen Maria und Josef zum Gratulieren. Bald darauf brachte der Paketdienst zwei Päckchen von Adrians Großeltern. Ab und zu beschäftigte sich Judith mit dem Geburtstagkind, und schon war es an der Zeit, ihn für den Mittagsschlaf ins Bett zu legen.

Während er schlief, legte sich Judith auf die Couch, um sich auszuruhen. Adrian war noch im Traumland, als Judith Astrid rufen hörte:

„Hallo Judith, wir suchen dich!"

„Ich bin auf der Couch."

Frech erwiderte Astrid: „Gut, dann bleib nur dort. Wir essen inzwischen den selbstgebackenen, herrlich duftenden, mitgebrachten Apfelkuchen. Dieser wunderbare Duft! Mir läuft das Wasser im Munde zusammen. Sehr bedauerlich, dass du auf der Couch liegst."

Judith ging in den Flur und sah die frech grinsende Astrid.

„Du Biest. Mich vom Nichtstun abzuhalten! Stell bitte den Kuchen ab, sodass ich dich endlich umarmen kann!"

Fröhlich umarmen sich beide Frauen. Danach gingen sie frohgelaunt in die Küche.

Gerade in dem Augenblick, als Astrid etwas sagen wollte, rannte Judith nach oben, um das soeben aufgewachte Geburtstagskind zu holen. Wieder in der Küche, stellte Astrid fest: „Du hast erneut die Türe offen gelassen"

„Ja, für dich! Oder stehst du lieber wartend vor einer verschlossenen Tür, bis dir endlich jemand öffnet?"

„Nein, natürlich nicht! Na ja, außer dir kenne ich niemanden, der den Spruch an der Tür *Herzlich Willkommen* so ernst nimmt."

„Wie soll sich jemand bei verschlossenen Türen herzlich willkommen fühlen?", fragte Judith.

Auf diese Frage hin philosophierten beide über verschlossene Türen und wie es wäre, wenn es keine Schließvorrichtung mehr gäbe, weil unter den Menschen endlich Vertrauen herrschte.

„Sollte die Menschheit für offene Türen bereit sein, werden wir die ersten sein, die die Schlüssel wegwerfen", beschlossen beide einstimmig und ausgelassen.

Im Laufe des Nachmittags konnte Judith ihre Neugier bezüglich Josinas außergewöhnlichen Namens nicht mehr zurückhalten und fragte gerade heraus nach. Bereitwillig antwortete ihr ihre lieb gewonnene Freundin.

„Jo-Jo gefiel dieser Name außerordentlich gut", erklärte ihr Astrid, und Judith unterbrach sie augenblicklich mit einer Verständnisfrage: „Ist das korrekt, wenn ich davon ausgehe, das Jonas und Jo-Jo ein und dieselbe Person sind?"

Astrid lachte und gluckste: „Du kannst dich aber vornehm, ja geschwollen, ausdrücken! Und ja, Jo-Jo ist Jonas. Also, Jo-Jo erklärte den Namen Josina folgendermaßen: Der erste Buchstabe in Josinas Namen, das J, ist der väterliche Teil im Namen, weil Jonas ebenso mit einem J beginnt. Und das A, der letzte Buchstabe in ihrem Namen ist der mütterliche Teil, da mein Name mit dem Buchstaben A beginnt. Alle Drei bilden somit eine Einheit. Ehrlich gesagt, mir sagte der Name nie zu, aber als Jo-Jo verunglückte, entschied ich mich für Josina, im Gedenken an Jonas. Heute finde ich den Namen wunderschön, und die Bedeutung, die Jo-Jo ihm gab, ist immer präsent."

„Jo-Jos Namenssuche war sehr tiefsinnig. Hans und ich hörten lediglich auf den Klang. Wichtig war uns noch, es sollte kein alltäglicher Name sein. Die Bedeutung meines Namens Judith ist: Die aus Judäa Stammende. Das trifft wohl nicht ganz auf mich zu." Dabei lächelte Judith.

Astrid, angeberisch und überlegend grinsend: „Ich weiß die Namensbedeutung von Hans beziehungsweise von Johannes", sang sie. „Johannes bedeutet: Gott ist gnädig."

Eine kräftige Männerstimme mischte sich vom Flur aus in das Gespräch ein:

„Womit bewiesen ist, bei Frauengesprächen dreht sich alles um die lieben Männer."

Lässig, lächelnd lehnte Hans nun am Türrahmen. Judith sprang auf ihn zu, umarmte und küsste ihn.

„Wir sprachen über einen tollen Mann. Und dieser charmante Mann ist mit mir verheiratet. Ansonsten ist das Thema Mann, außer bei Adrian, überhaupt nicht aktuell", versicherte sie ihm augenzwinkernd.

Galant stellte sich Hans Astrid vor. Astrid stand auf und reichte ihm die Hand. Er reagierte mit einem verblüfften Gesichtsausdruck.

„Deine unausgesprochene Frage beantworte ich gerne. Ich bin 1,82 Meter lang."

„Bitte verzeih meinen überraschten Gesichtsausdruck." Dabei zeigte er einen formvollendeten Diener. „Judith sprach nie über deine Größe."

„Bist du dir sicher, dass ich nie über Astrids Größe gesprochen habe?", fragte Judith nach. Dabei zwinkerte sie ihm zu, was er jedoch nicht deuten konnte.

„Hast du nicht. Ich hätte mich gewiss daran erinnert!", verteidigte er sich und kniete, mit ausgebreiteten Armen auf den Boden, und Adrian krabbelte munter auf ihn zu. Hans nahm ihn hoch.

Judith klärte ihn auf: „Ich sprach oft über Astrids Größe. Lediglich ihre Körperlänge erwähnte ich nicht."

Erwartungsvoll blinzelte sie ihn an. Er war irritiert und sah verdutzt drein, freilich nur für einen Augenblick, dann erhellte sich sein Gesicht. Anerkennend lächelte er Judith zu.

„Du hast Recht. Ich denke, wir sollten mehr auf unsere Wortwahl und auf den Sinn achten."

Judith spürte seine Bewunderung für sie und seinen tiefen Augen-Blick. Hans griff nach Judiths Hand und erklärte Astrid: „Ich muss raus aus der Berufskleidung und gehe nach oben. Bis gleich."

Judith beobachtete des Öfteren, wie Astrid mit ihrer Länge souverän umging, und fragte sie danach. Dass das mit Jo-Jo zu tun hatte, ahnte sie. Der tiefere Grund brachte sie zum Nachdenken.

„Jo-Jo zeigte mir auf, dass Menschen, die mit anderen Menschen Probleme haben, zum Beispiel weil jemand eine andere Hautfarbe, Gesinnung, Herkunft oder ähnliches hat, das Problem in sich selbst haben und der andere nur der Auslöser ist. Das bedeutet: Ruft mich jemand Bohnenstange oder Storch im Salat, dann sagt der andere über sich etwas aus. Dem anderen fehlt zum Beispiel Toleranz, oder Selbstbewusstsein, oder Selbstwertgefühl, oder Achtung und Wertschätzung und vieles mehr. Vielleicht hat jemand auch private oder berufliche Probleme und lässt dieses am anderen aus."

Judith stoppte Astrid, weil sie zuerst mal darüber nachdenken wollte, was sie soeben gehört hatte. Natürlich erinnerte sich Judith daran, dass sie Negatives über Astrid gedacht hatte, bevor sie sich das erste Mal trafen. Jetzt wurde ihr bewusst, was das über sie alles aussagte. Sie dachte: „Wie gut, dass nur ich das weiß. Ich habe mich ja total zum Affen gemacht."

Judith sann noch etwas darüber nach, dann bat sie Astrid weiter zu sprechen.

„In meiner Arbeit als Verkäuferin habe ich ein umfangreiches Lernfeld. Kommt jemand mürrisch oder ungeduldig in die Bäckerei, frage ich mich zuerst: Liegt das an mir? War ich zu unhöflich? Wenn es nicht an mir lag, sehe ich mir den Kunden an und sehe oft, dass der Kunde zum Beispiel unter Zeitdruck steht, oder einfach mies gelaunt ist, oder Schwierigkeiten mit meinem Äußeren hat, was reine Spekulation ist. Das jedoch hat nichts mit mir persönlich zu tun. Schließlich habe ich mir das nicht ausgesucht."

Judith fühlte sich fast erschlagen von dem, was sie hörte.

„So sah ich das noch nie! Und wenn ich mein Verhalten, meine Äußerungen reflektiere, dann hat es einige Situationen gegeben, in denen ich mich nicht unbedingt positiv meinen Mitmenschen gegenüber gezeigt habe."

„Letztendlich fällt es auf uns selbst zurück. Allerdings wissen das nur sehr wenige Menschen", antwortete Astrid.

Hans, der seit wenigen Minuten dabei stand und zuhörte, kam ebenfalls ins Nachdenken. „Solche tiefen Gedanken hatte ich auch noch nie. Astrid, das, was du uns soeben sagtest, eröffnet eine neue Sichtweise auf uns selbst und unsere Mitmenschen."

Astrid sprach weiter: „Jo-Jos Wundermittel für mich ist in zwei Wörtern zu erklären: bedingungslose Liebe! Er liebte mich, so wie ich bin. Wobei das nur einen Teil davon aussagt. Er liebte mich, und aus dieser Liebe heraus erhielt ich die Kraft, mich zu verändern. Ich wurde Selbstbewusster und fand mehr zu meinem Selbstwertgefühl …"

Astrid wies Judith und Hans auf das Wort Selbstwertgefühl hin und zerlegte es in drei Teile: Selbst im Sinne von ich, Wert im Sinne von wertvoll, Gefühl im Sinne von sich selbst lieben.

„Wobei das nicht narzisstisch gemeint ist", ergänzte Astrid.

Judith dachte laut: „Sei zu allen Menschen freundlich. Denn du weißt nie, wer dein Freund wird."

„Bleibst du zum Abendessen?", fragte Hans Astrid spontan.

„Ja, sehr gerne!" Das kam wie aus der Pistole geschossen. „Oh, tut mir leid. Ich war mit der Antwort etwas zu schnell. Das liegt daran, dass ich mich bei euch pudelwohl fühle und zuvor einen aufkommenden Abschiedsschmerz verspürte."

Verschmitzt lächelte Hans sie an und antwortete: „Das sollte dir nicht leidtun. Du hast mein vollstes Verständnis. Auch ich fühle mich bei uns sehr wohl." Dabei zwinkerte er Judith zu. Hans übergab ihr ihren Sprössling und komplimentierte die Damen bestimmend aus der Küche. „Ich werde hier bleiben und das Essen zubereiten."

Die Frauen machten es sich mit ihren Kindern auf der Terrasse bequem.

Astrid schwärmte Judith von Jo-Jo vor und verglich die Beziehung von ihr und Jonas mit der von Judith und Hans. „Mit dem Partner lachen, sich selbst und den anderen auf den Arm nehmen, tiefgreifende, aufbauende Gespräche führen, Trost spenden und getröstet werden, gemeinsames Erledigen der Hausarbeit, und noch vieles mehr erlebe ich mit Jo-Jo. So schätze und erfahre ich euch ebenso."

Astrid erzählte von ihrer Zeit mit Jo-Jo, und danach unterhielten sich die beiden erneut über Gott und die Welt.

„Schön, dass wir uns begegnet sind", sagte Judith und umarmte ihre Freundin.

In dem Moment kam Hans aus der Küche und wollte sie zum Essen bitten, als er sie in Umarmung sah. Er blieb stehen und beobachtete sie.

„Sie strahlen Verbundenheit und tiefe Freundschaft aus. Die Zwei haben sich gefunden." Er freute sich sehr für Judith.

Nach dem köstlichen Abendessen verabschiedete sich Astrid herzlich.

9.
Eigenwillige Vorgehensweise

Die nächsten Tage war es regnerisch, und Judiths Laune passte sich dem Wetter an. Deshalb war Judith jedes Mal froh, wenn Hans von der Arbeit heimkam und Abwechslung in ihren Tag brachte.

„Schön, dass du da bist. Mir knallte heute die Decke mit voller Wucht auf den Kopf."

Sie berichtete ihm kurz vom ihrem Tag, zeigte Bilder von Adrian und freute sich, weil er zu Hause war. „Und gemeinsam werden wir den Tag beschließen", trällerte sie.

Hans erinnerte sie unsanft an den Vortrag von Frank, den er um 19.00 Uhr besuchen wollte.

Viele Fragezeichen in Judiths Gesicht.

„Du erinnerst dich nicht mehr daran", stellte er lakonisch fest. Sie aktivierte sämtliche Gehirnzellen, trotzdem sagten ihr der Vortrag und Frank überhaupt nichts.

Hans half ihr auf die Sprünge. „Wir waren in unserer Jugend befreundet und wohnten in derselben Straße. Frank ist etwas älter als ich und verbrachte das vergangene Jahr in Afrika. Seit wenigen Wochen ist er zurück, und heute Abend zeigt er Bilder und Videos von seinem Aufenthalt und berichtet darüber. Und weil wir uns seit einigen Jahren aus den Augen verloren haben, möchte ich an die alte Freundschaft anknüpfen und den Vortrag besuchen. Aber, auch aus Interesse an das, was er zu berichten hat."

Verschwommen erinnerte sich Judith.

„Und – wirst du mich begleiten? Als ich dir den Flyer zeigte, warst du noch unschlüssig."

Judith überlegte. Frank kennen zu lernen, dazu hatte sie keine Lust – und Afrika interessierte sie eh nicht.

„Vermutlich wird Hans die ganze Zeit über mit Frank reden, um auch an alte Zeiten anzuknüpfen, während ich nur daneben stehe. Ich spüre keinerlei Verlangen danach", dachte Judith und druckste um eine Antwort herum.

„Sag einfach nein, und ich weiß Bescheid", sagte er mit einem leicht gereizten Unterton.

„Tut mir leid, ich habe es schlichtweg vergessen", versuchte sie einzulenken.

Doch Hans' Laune verbesserte sich dadurch nicht. Er blieb schlecht gelaunt, bis er sich um 18.30 Uhr verabschiedete. Judith brachte Adrian ins Bett und fing aus Frust an, das Bad zu putzen. Gelegentlich tat sie das, wenn sie mit Ärger oder ähnlichem nicht umgehen konnte.

Gegen 22 Uhr lag sie auf der Couch und versuchte wach zu bleiben, bis Hans heimkam. Doch die Müdigkeit übermannte sie, und sie schlurfte hundemüde ins Bad und ging dann ins Bett.

Eine Stunde später schlich Hans ins Schlafzimmer, hauchte Judith einen Gutenachtkuss auf die Stirn und legte sich ins Bett. Gedanklich war er noch bei Frank und seinen begeisterten Erzählungen von seiner Reise. Er fragte sich, ob das die Art von Abenteuer war, die er mit Adrian bestehen möchte?

Noch lange war er wach, schweifte mehrfach zu Frank ab und sann über seinen Wunsch nach, mit Adrian Abenteuer bestehen zu wollen. Nachdenklich sah er zu Judith.

„Ihr Wandel ist unübersehbar. Meiner Meinung nach hat das mit der Freundschaft mit Astrid zu tun. Sie ist offensichtlich sehr ausgeglichen. Sicherlich erhält sie durch die Freundschaft mit Astrid die soziale Anerkennung als Hausfrau und Mutter, die sie braucht. So zumindest scheint es mir. Und so wie ich Judith vor mir sehe, ist sie mit ihrem Leben zufrieden." Und er fragte sich, ob er das auch sei.

Dann tauchte, wie aus dem Hinterhalt, in großen roten Buchstaben das Wort

ABENTEUER

auf und schien ihn fast zu erschlagen. Er schüttelte den Kopf, als wollte er das Wort aus seinem Hirn werfen.

„Hey, du heimtückisches Unterbewusstsein, ich bin mit meinem Leben absolut zufrieden!", wetterte er dagegen und fragte sich trotzdem: „Wieso taucht das jetzt auf? Fehlt mir etwas?!" Er war hundemüde und bemühte sich, an rein gar nichts mehr zu denken. Er wollte Ruhe haben und einfach nur einschlafen.

Er begann, auf Einhundert zu zählen, und während des Zählens schlief er ein.

Als Judith Wochen später an einem Mittwochnachmittag Ende August von ihrer Freundin und deren Tochter Besuch hatte und sie sich auf der Terrasse gemütlich machten, stellte Judith unvermittelt eine Frage, die ihr seit geraumer Zeit auf der Zunge brannte.

„Dich hörte ich noch nie über finanzielle Probleme klagen, obwohl du alleinerziehend bist, keine reichen Eltern hast und nur für ein paar Stunden in der Bäckerei arbeitest."

Astrid nickte nur. Daraufhin bekam Judith ein schlechtes Gewissen, schämte sich wegen ihrer Fragerei und entschuldigte sich.

„Das brauchst du nicht. Ich wartete nur auf eine Frage von dir. Bisher war alles lediglich eine Feststellung."

Nach einem kurzen verwunderten Blick zu Astrid hatte Judith ihre Freundin verstanden und fragte nach, wie sie finanziell über die Runden kam.

Astrid erzählte, dass Jo-Jos Adoptiveltern ihn zu einer Lebensversicherung gedrängt hatten, weil er schon immer ein Haudegen, abenteuerlustig und auch leichtsinnig war.

„Mit 23 Jahren unterschrieb er einen Vertrag und trug seine Adoptiveltern, Hilde und Jan, ein. Nach seinem plötzlichen Tod bekamen sie das Geld und schenkten mir alles. Für beide war ich immer ihre Schwiegertochter, obwohl wir nicht verheiratet waren. Der Lohn als Verkäuferin und die Summe aus der Lebensversicherung müssten, wenn ich sparsam wirtschafte, bis Josinas Schuleintritt ausreichen, also noch vier Jahre. Dass ich nur wenige Stunden arbeiten muss, hat den Vorteil, ich kann mehr Zeit mit Josina verbringen."

Dann geriet Astrid über Oma-Hilde und Opa-Jan ins Schwärmen und beschrieb sie als warmherzige, liebevolle und großzügige Menschen.

„Dass beide ihre Enkelin und mich über alles lieben, muss ich nicht extra erwähnen. Leider bin ich nicht mobil, das kann ich mir nicht leisten, und drei Stunden Zugfahrt und 45 Minuten mit dem Bus ist mit einem Kind auch kein Zuckerschlecken. Für Übernachtungen, bei mir ist meine Wohnung zu klein, und so sehen wir uns viel zu selten."
Astrid schwelgte weiterhin in Erinnerungen und himmelte ihre sogenannten Schwiegereltern an.

Während Astrid begeistert erzählte, plante Judith bereits, mit ihr zu Hilde und Jan zu fahren. Dazu bräuchte sie den Wagen.

„Aber das werde ich mit Hans gemeinsam organisieren. Wichtig ist, dass ich herausfinde, ob Astrid am Samstag frei hat, und ich brauche die Adresse von Hilde und Jan."

Innerhalb der nächsten dreißig Minuten erfuhr Judith durch geschicktes Nachfragen den Wohnort und Astrids freien Tag. Sie hatte tatsächlich am Samstag frei.

„Gut gemacht, Detektiv Judith", lobte sie sich und freute sich darauf, Hans von ihrer Überraschung zu erzählen.

Beim Abendessen berichtete sie ihm von ihrem Vorhaben.

„Samstag passt sehr gut. Du fährst mit Astrid weg, und ich verbringe mit Adrian einen reinen Männertag."

Judith war kurz baff, weil sie wie selbstverständlich davon ausgegangen war, dass Adrian mitkam. „Aber sein Vorschlag ist besser", dachte sie und stimmte gerne zu.

Am Freitagabend rief Judith bei Astrid an und erzählte alles. Natürlich war ihre Freundin total aus dem Häuschen und bedankte sich mindestens achtzehn Mal.

Nach dem Anruf eröffnete ihr Hans eine Veränderung des Männerprogramms am Samstag. „Frank rief mich soeben an, und ich lud ihn für Samstag ein."

"Frank?" Judith hatte viele Fragezeichen im Gesicht.

„Na Frank eben. Er hielt den Vortrag über Afrika", sagte er ungeduldig in vorwurfsvollem Ton.

Nach und nach dämmerte es Judith, wer dieser Frank war.

„Dein Freund aus früheren Tagen, der in derselben Straße wohnte."

„Ja", antwortete er knapp.

Judith sah, wie er gekränkt war, und dachte: „Vermutlich weil ich nicht sofort wusste, wer dieser tolle Kumpel Frank war. Das habe ich mal wieder vermasselt." Doch das war ihr in dem Augenblick einerlei.

Am nächsten Morgen klingelte Judith frohgelaunt bei Astrid und hörte sogleich aus der Sprechanlage: „Komm in den fünften Stock. Der Lift ist am Ende des Flurs links." Astrid klang gehetzt.

Vor der Wohnungstür blieb Judith stehen und freute sich über das große, rote Herz aus Holz, auf dem *Willkommen* stand.

Sie trat ein und begrüßte Astrid: „Wie besprochen hole ich euch pünktlich um acht Uhr ab."

Astrid sah auf ihre Armbanduhr und antwortete vorwurfsvoll: „Du bist siebzehn Minuten zu spät. Und das als Deutsche, die die Pünktlichkeit lieben müsste!"

„Mag sein, dass das die Deutschen lieben. Ich jedoch nicht. Ich liebe meinen Mann, meinen Sohn, meine Freundin Astrid, meine verstorbene Oma …" Sie sah Astrid herausfordernd an und hörte förmlich das Rattern der Gedanken in ihrem Kopf.

Astrid zog nachdenklich die Stirn in Falten, weil sie momentan nichts verstand.

„Ja, du hast Recht. Ich plapperte los ohne darüber nachzudenken. Wie kann der Mensch Pünktlichkeit *lieben*?!"

Jetzt war Astrid für eine herzliche Umarmung bereit und drückte ihre Freundin lange.

Genau zwölf Minuten später saßen alle drei Mädels im Wagen und waren auf dem Weg zu Hilde und Jan.

Hans indessen hatte eine Idee, die ihn selbst enorm überraschte. „Ich werde für uns einen Kuchen backen." Um den Gedanken in die Tat umzusetzen, sprach er ihn nochmal laut aus.

Zwei Stunden später zeigte Hans seinem Nachwuchs stolz seinen ersten selbstgebackenen Rührkuchen mit Rosinen. „Adrian, riech mal. Der Kuchen duftet himmlisch." Vor lauter Begeisterung über seinen ersten selbstgebackenen, duftenden Kuchen, tanzte er übermütig durch die untere Etage.

„Herrlich, dieses Erfolgserlebnis", schwärmte er Adrian vor.

Um 14.00 Uhr stand er mit Frank und Adrian in der Küche und präsentierte stolz seinen, wie er meinte, weltbesten, großartigsten, selbstgebackenen Kuchen.

Kurz darauf waren alle bei dem herrlichen Wetter auf der Terrasse und ließen sich Hans' Kuchen schmecken. Fast bei jedem Bissen hob Hans hervor, wie wunderbar der himmlisch duftende Kuchen schmeckte.

Frank tippte sich an die Stirn und schüttelte lächelnd den Kopf.

Hans erzählte in lockerem Ton von der Vorliebe seiner Frau für angenehme Gerüche und Düfte, und auch von Judiths Erkenntnis vom Lebensduft.

Frank dachte darüber nach und meinte zögernd: „Klingt interessant. Solch eine Erfahrung oder Erkenntnis wünsche ich mir auch."

Über diese Antwort war Hans verdutzt. Nie hätte er gedacht, dass Frank, den er heimlich bewunderte, so etwas sagen würde.

„Und ich habe den Wunsch danach abgehakt, nachdem ich bei allen Versuchen, zu dieser Erkenntnis zu gelangen, kläglich gescheitert bin", dachte er und lenkte vom Thema ab, weil er sich unsicher fühlte.

So fragte er seinen Freund nach seiner Reise aus, und Frank berichtete begeistert darüber. Neidisch nahm Hans sein Leuchten in den Augen wahr. Noch einmal sah er in roten Buchstaben: ABENTEUER und wusste: „Genau das möchte ich erleben!"

Die Zeit verrann wie im Fluge. Gegen Spätnachmittag waren sich beide Männer einig, dass sie von jetzt an freundschaftlichen Kontakt pflegen wollten.

Am frühen Abend verabschiedete sich Frank. Vor der Haustüre umarmten sich die Männer, und genau in dem Moment kam Judith herangefahren. Hans bat Frank noch zu bleiben, er wolle ihm seine liebe Frau vorstellen.

Judith sah die Männer, gab Gas, düste zum Haus und stoppte den Wagen mit quietschenden Reifen vor der Garageneinfahrt. Dann sprang sie schnell heraus und rannte die wenigen Schritte auf Hans zu und küsste ihn und Adrian überglücklich.

„Ich habe euch vermisst!" Dann wandte sie sich an Frank, entschuldigte ihr Verhalten und begrüßte ihn freundlich lächelnd. Nun gesellte sich Astrid mit Josina dazu und stellte sich ebenfalls Frank vor.

Judith stupste Hans in die Seite und flüsterte ihm zu: „Hatte Frank ein Leuchten in den Augen? So wie er Astrid ansah?"
Hans nickte grinsend. Spontan bat Judith alle auf die Terrasse, um gemeinsam den schönen Tag zu beschließen. Alle stimmten zu.

Eine Stunde später waren Judith und Hans mit Adrian allein. Adrian wurde ins Bett gebracht und sie erzählten sich gegenseitig von ihrem ereignisreichen, wunderschönen Tag.

„Astrids Bewunderung für Hilde und Jan kann ich aus tiefstem Herzen teilen. Die beiden sind so, wie Astrid sie beschrieb: warmherzige, liebevolle, strahlende Menschen, vergleichbar mit Maria und Josef."

Judith hörte alles über Franks Reise, allerdings kein Wort darüber, dass Frank den Wunsch geäußert hatte, ebenso den Lebensduft zu erkennen.

Am nächsten Morgen weckte Hans die schlafende Judith, indem er ihr sanft das Haar streichelte.

„Aufwachen du Schlafmütze. Die Sonne scheint, und es wird ein herrlicher Tag. Wenn du Adrian holst, gehe ich in die Küche und bereite das Frühstück zu."

Judiths brummiges Genuschel interpretierte er als „mach ich." Noch im Halbschlaf, verspürte Judith keinen Drang zum Aufstehen. Ganz im Gegenteil, sie zog die Decke über den Kopf und wollte nur liegen bleiben, und alle Welt sollte sie in Ruhe lassen.

Nach einigen Minuten quälte sie sich dennoch aus dem Bett, warf den Morgenmantel über und schlürfte schlaftrunken zu Adrian. Mit ihm auf dem Arm und als hätte sie Blei im Körper tapste sie schleppend die Treppe runter in die Küche. Sie setzte

Adrian in den Kindersitz und ließ sich schlaff auf einen Stuhl fallen. Dann legte sie den Kopf auf den Tisch und brachte die Augen nicht mehr auf.

Erschreckt beobachtete Hans die Szene und ging zu ihr, nahm sie auf den Arm, legte sie auf die Couch und deckte sie zu. Er hörte, wie Adrian quengelte, weil er nichts verstand, ging schnell in die Küche und tröstete ihn. Mit ihm kniete er nun vor Judith und strich ihr liebevoll übers Haar. Mit sanfter Stimme fragte er, ob sie sich erklären könne, was los sei.

Judith spekulierte: „Vermutlich habe ich mich gestern übernommen, zuviele Eindrücke, zuviel Essen … sind aber nur Vermutungen. Ich fühle mich so erschöpft und entkräftet wie noch nie zuvor. Mein Körper fühlt sich an, als wäre er aus Blei. Die Augenlider fallen zu, als hätte ich 24 Stunden nicht geschlafen."

„Sprich nicht weiter. Ich sehe ja, wie dich das anstrengt. Ich koche dir jetzt eine Hühnersuppe und kümmere mich um alles", versprach er und nahm Adrian mit in die Küche. Er machte sich Sorgen um Judith. Noch nie hatte er sie so entkräftet erlebt.

Er dachte bei sich: „Seit der Schwangerschaft kämpft sie mit niedrigem Blutdruck und Eisenwerten, die meist im Keller sind. Zudem stillt sie Adrian noch vor dem Zubettgehen – das zehrt auch. Möglicherweise hat sie ihrem Körper insgesamt zuviel zugemutet und einen Schwächeanfall erlitten. Ohne dass ihr das bewusst war, gab ihr der gestrige Tag womöglich den Rest. Es ist höchste Zeit, dass sie sich eine körperliche Erholungsphase gönnt."

Adrian versicherte er: „Heute verwöhnen wir deine Mama." Gedanklich durchfuhr es ihn: „Weshalb nur heute? Das sollte ich öfters tun und nicht erst, wenn sie zusammenbricht. Immerhin leistet sie sehr viel: Haushalt, Kind, Garten, Bürokram, und ich bin auch noch da, der ihre Zeit und Zuwendung beansprucht."

Judith rief ihm zu, dass sie Hühnersuppe eingefroren hätte. Hans war erleichtert, denn so bekam Judith schneller eine Stärkung. Derweil brachte er ihr Tee und eröffnete ihr sein Vormittagsprogramm.

„Wenn die Suppe fertig ist, werden Adrian und ich zur roten Bank marschieren und dort picknicken. Pünktlich zu seinem Mittagschlaf sind wir wieder daheim, und du hast in dieser Zeit die absolute Ruhe."

„Ich glaube, mir geht es besser und ich kann aufstehen", murmelte sie.

Hans wusste, weshalb sie das sagte. Sie wollte mitgehen. Doch er antwortete: „Es ist besser, du ruhst dich aus und bleibst zu Hause. Du brauchst Erholung und Ruhe, und das verordne ich dir jetzt."

Nachdem der Versuch aufzustehen gescheitert war, gestand sie sich ein: Hans hat Recht! Schließlich war sie ihm für seine Unterstützung und sein Vorhaben dankbar und blieb liegen. Gehorsam löffelte sie die Suppe und trank Tee.

Kurze Zeit später gab Hans Judith einen Abschiedskuss und marschierte mit Adrian zur roten Bank.

Judith dachte an das transparente Liebesband, das sie auf der roten Bank erkannt hatte, und wünschte sich sehnlichst, dass Hans heute auf der roten Bank zu derselben Erkenntnis gelangen möge. Die Zeit wäre reif dafür – so sah sie das zumindest. Dann schlief sie ein.

Nach drei Stunden wachte sie von Kindergebabbel auf und sah Adrian bei ihren Füßen sitzen. Hans kniete vor der Couch, hielt ihre Hand und sah sie voller Mitgefühl an.

„Ich hegte die leise Hoffnung, dich in einem besseren Zustand vorzufinden."

„Allem Anschein nach wird dieser Zustand, wie du ihn nennst, eventuell noch einige Zeit so sein. Du weißt ja, die ersten Wochen …"

Sie hielt inne und wartete auf seine Reaktion.

Sein mitfühlender Gesichtsausdruck verschwand und verwandelte sich in Verwunderung. Nach Momenten der Sprachlosigkeit war er nun zu einem lang gedehnten „Judith" fähig und spielte dabei mit ihren Fingern. Er war den Tränen nahe.

„Bitte weine, bitte lass die Tränen fließen", flehte Judith gedanklich. Aber wie immer unterdrückte er sie.

„Ist mein Flehen zu gering, um ihn zu erreichen? Oder ist das Liebesband geschwächt?", dachte sie enttäuscht, weil er die Tränen weiterhin unterdrückte.

Hans sah sie voller Liebe an, und lächelte. Judith schmolz dahin und hörte auf ihr Herz. Ein warmes Gefühl durchflutete ihren Körper.

„Dein bezauberndes Lächeln – ich liebe dich Hans, danke, dass es dich gibt", hauchte sie.

Hans' Blick sagte „ich liebe dich auch", jedoch nicht sein Mund. In diesem Augenblick spürte sie, wie sehr sie sich danach sehnte, die drei Worte zu hören.

„Über viele Monate hatte ich kein Verlangen danach. Wieso taucht es jetzt auf? Ich will das nicht mehr. Es fühlt sich so schwer an."

Sie blickte tief in Hans' Augen, die sie immer noch voller Liebe ansahen.

„In seinem Lächeln liegt ein Zauber, den nur mein liebendes Herz erkennen kann."

Diese Innigkeit war für beide ein bezaubernder Moment, der viel zu schnell verging. Hans nahm Adrian auf den Arm, und alle drei hielten sich in tiefer Umarmung fest. Die meiste Zeit blieb Judith auf der Couch liegen. Hans war sehr fürsorglich und versuchte, ihr jeden Wunsch von den Augen abzulesen.

Und war er nicht zum Wunschlesen fähig, äußerte Judith ihre Bitten.

Am Abend rief Hans seinen Kollegen Nico an und bat ihn, in der Frühe mitfahren zu dürfen, so dass Judith mit ihrem Wagen zum Arzt würde fahren können.

Am Morgen fühlte sich Judith genauso wie am Tag zuvor. Dennoch versicherte sie Hans: „Ich werde den Tag meistern".

Schweren Herzens, mit mitfühlendem Blick verabschiedete sich Hans von seinen Liebsten und stieg zu Nico in das Auto.

Neunzig Minuten später betrat Judith, mit Adrian an der Hand, die Praxis ihrer Hausärztin, und Arzthelferin Ricarda begrüßte sie munter: „Und – wieder schwanger?"

Judith fiel die Kinnlade runter.

Amüsiert erklärte Ricarda: „Sie waren bis jetzt die einzige Frau, die mich herzlich und dankbar umarmte, nachdem sie von der Schwangerschaft erfuhr. Damals sahen Sie mich mit demselben Blick an. Und – sind Sie schwanger?"

Judith fühlte sich ertappt und räusperte sich. „Ich denke schon. Ich möchte aber die ärztliche Bestätigung, um dann zum Gynäkologen zu gehen."

„Eigenwillige Vorgehensweise", kommentierte Ricarda, zog eine Grimmasse und verwies Judith ins Wartezimmer.

Der Schwangerschaftstest fiel positiv aus. Natürlich erhielt Hans sogleich die freudige Nachricht und antwortete mit vielen symbolischen Herzen.

Völlig entspannt fuhr Judith nach Hause. Minuten später lag sie auf der Couch und betrachtete mit Adrian ein Bilderbuch. Danach glitt Adrian auf den Boden und beschäftigte sich mit allem, was das Wohnzimmer an Spielmaterial bot, während Judith auf der Couch liegen blieb. Sie beobachtete ihn und war sich gewiss, dass sie die Augen schließen konnte.

Sie schlief ein Weilchen, und als sie erwachte, stand Adrian an der Couch und lächelte sie an.

„Hallo mein Großer. Du hast Deine Mami schlafen lassen – lieben Dank."

Sie küsste ihn und ging mit ihm in die Küche, kochte eine Kleinigkeit und brachte anschließend Adrian ins Bett. Sie bedauerte, dass Hans nicht mobil war und folglich seine Mittagspause nicht zu Hause verbringen konnte.

Als Adrian fest schlummerte, krabbelte Judith unter ihre Bettdecke und schloss ebenfalls die Augen.

Ein Kuss auf die Wange weckte sie. Verschlafen blickte sie in Hans' Augen und fragte ungläubig: „Du bist da?"

Als sie ihn sah, wusste sie, dass sein Kommen die Antwort auf ihr rufendes Herz war.

Hans ging nicht auf ihre Frage ein und sagte ergriffen, mit leuchtenden Augen: „Adrian bekommt ein Geschwisterchen."

Judith nickte glücklich, schlang ihre Arme um seinen Hals und zog ihn an sich heran. Eng umschlungen, aneinander gekuschelt und schweigend lagen sie im Bett.

Hans flüsterte: „Meine Mittagspause ist heute fünfzehn Minuten länger, das bedeutet, wir können lange liegen bleiben."

10.
Staub wischen

Die folgenden Wochen plagten Judith Übelkeit und Mattheit. So empfing sie Hans meistens auf der Couch liegend.

Eines Abends schwärmte sie ihrem Hans von Astrid vor und wie schön es war, sich mit ihr über Gott und die Welt unterhalten zu können. „Sie ist wie du. Sie könnte deine Zwillingsschwester sein."

Verblüfft, ungläubig fragte er: „Du nimmst mich als Maßstab?"

Überrascht antwortete sie: „Scheint wohl so. Das war unbewusst."

Während Judith weiterhin von Astrid erzählte, ließ er seinen Gedanken freien Lauf.

„Dass sie mich als Maßstab nimmt, fühlt sich ausgesprochen gut an. Sie ist eine außergewöhnliche Frau, der ich in einigen Dingen nicht das Wasser reichen kann. Trotzdem bin ich ihr Maßstab, obgleich ich unfähig bin, ihre Erkenntnis vom Lebensduft und vom Liebesband zu teilen. Und noch dazu enorme Defizite bezüglich meiner Gefühlswelt aufweise. Sie liebt mich wirklich sehr", dachte er und verschloss ihren Mund mit seinem, um sie auf liebevolle Art am Reden zu hindern.

Die Natur erstrahlte in bunten Herbstfarben, als bei Judith eine Wölbung am Bauch sichtbar wurde. Wöchentlich wurde Judiths Gesundheit stabiler und ihre täglichen Schlafphasen kontinuierlich weniger. Ab und an war ihr noch schwindelig. Hans war bemüht, so oft es ging, seine Mittagspause zu Hause bei Judith zu verbringen, bis sie wieder stabil war. In Absprache mit seiner Chefin baute er einige Überstunden ab, indem er seine Mittagspausen verlängerte.

An einem Dienstag war dies jedoch nicht möglich. Den Grund dafür erklärte er ihr beim Frühstück: „Um 14.30 Uhr steht ein wichtiges Kundengespräch an, für das ich mich vorbereiten muss. So sehen wir uns erst heute Abend."

Das hieß für Judith, dass der Wagen ihr zur Verfügung stand, da Hans mit Nico zur Arbeit fuhr.

Kurz vor Hans' Mittagspause überfiel ihn ein ungutes Gefühl. Seltsamerweise dachte er dabei an Judith. Das Gefühl verstärkte sich und wurde zu einer heftigen inneren Unruhe, immer verbunden mit Gedanken an Judith. Er konnte es sich nicht erklären, aber ihn zog es nach Hause. Anfangs kämpfte er dagegen an, doch die Unruhe, die Gedanken an Judith und der Drang, nach Hause zu fahren, waren bald zu übermächtig.

„Ich muss heim!", hämmerte es in seinem Kopf.

Aufgewühlt berichtete er seiner Vorgesetzten, was ihm widerfuhr, auch auf die Gefahr hin, dass sie ihn für verrückt hielt. Natürlich war sie skeptisch, willigte dennoch ein.

„Ich wäre auch gefahren, falls sie nein gesagt hätte", dachte er, so mächtig waren die Unruhe und der Drang, zu Judith zu kommen. Hastig suchte er Nico auf und bat ihn um seinen Wagen.

„Falls er nein sagt, rufe ich ein Taxi. Ich muss zu Judith! Koste es was es wolle!"

Obwohl er von Nico nicht verstanden wurde, reichte dieser ihm die Autoschlüssel.

Rasant fuhr er nach Hause, rannte in den Flur und schrie sorgenvoll: „Judith!"

Aus dem Wohnzimmer hörte er ein jämmerliches: „Ich bin auf der Couch."

Dort lag sie, hielt einen Lappen an die Schläfe und blickte ihn mit leidendem Gesichtsausdruck an. Judith war erleichtert ihn zu sehen, und Tränen kullerten nun die Wangen hinunter. Ein übergroßer Stein fiel ihr beim Anblick von Hans vom Herzen. Mit belegter Stimme berichtete sie ihm, was geschehen war: „Ich fühlte mich heute kraftvoll und voller Tatendrang. Als Adrian schlief, hüpfte ich vor fast überschwänglicher Energie die Treppe runter. Wie aus heiterem Himmel überfiel mich Schwindel. Ich wollte nach dem Handlauf greifen, griff daneben, geriet ins Schwanken und stolperte die letzten drei Stufen die Treppe runter und knallte auf die Schläfe. Für einen kurzen Moment schien alles dunkel zu sein, dann spürte ich stechende Schmerzen in der Schläfe. Ich quälte mich zur Küche, befeuchtete einen Lappen und legte mich auf die Couch und dachte die ganze Zeit über: „Schade, dass du heute nicht kommst!"

Er nahm sie in den Arm und hielt sie fest, während sie erlösend weinte. Er hoffte inständig, dass das Baby gesund war.

Als ahnte Judith seine Gedanken, antwortete sie ihm: „Dem Baby geht es gut."

„Willst du dich nicht untersuchen lassen?", fragte er besorgt.

„Hätte ich bei Adrian sofort getan. Doch das allererste, was ich wissen wollte, als ich noch auf dem Fußboden lag, war: Wie geht es unserem Baby? Mein Gefühl sagte mir, dass es dem Baby gut geht. Und darauf vertraue ich."

„Ja, das tust du – dich auf dein Gefühl verlassen. Mir ist es leider nicht möglich, mich in deinen Bauch hinein zu fühlen." So akzeptierte er resigniert ihr „nein" zum Arztbesuch.

Minuten des Schweigens verstrichen.

Judith erinnerte sich, dass er gesagt hatte, er hätte heute Mittag keine Zeit und fragte nach: „Bist du hier, weil du Unterlagen für dein anstehendes Gespräch vergessen hast?"

Stockend erzählte er ihr von seiner inneren Erregung, die mit sorgenvollen Gedanken an sie verbunden war.

„Es war das Band! Das Liebesband!", enträtselte sie freudig und sagte gerührt: „Meine Angst um das Baby, meine Schmerzen und mein Herz riefen dich, ohne dass mir das bewusst war."

Hans sah sie mit weit aufgerissenen Augen und offenem Mund an.

Judith sprach weiter: „Du hast auf dein Herz gehört! Auf deine innere, aufgeregte Stimme. Ich wusste, du brauchst die Erfahrung, um mir zu glauben, um fähig zu werden, all das nachzuvollziehen. Diese äußerst wichtige Erfahrung musstest du machen. Heute war die Zeit wohl reif dafür. Wirst du mir nun glauben können?"

Langsam schienen ihn ihre Worte zu berühren. Sie nahm seine aufkommenden Tränen wahr, die er sogleich aufs Neue unterdrückte.

„Wann hörst du mit diesen Kampf auf? Bitte lass deinen Tränen freien Lauf. Loslassen ist das Zauberwort!", dachte sie traurig.

„Wir sind zu vielem fähig, allerdings ist es uns Menschen keineswegs möglich, die Zeit anzuhalten. Judith, ich muss los – leider." Er küsste sie zum Abschied und entfernte sich schweren Herzens von ihr.

Judith war traurig, weil er ihr nicht antwortete. „Vielleicht braucht er noch mehr Zeit."

In der Bank gab er Nico den Autoschlüssel zurück und erzählte stichwortartig vom Geschehen, auch vom Liebesband. Als er in sein Büro ging, ließ er einen verdutzten Kollegen zurück. Nur mit viel Mühe konzentrierte er sich auf die Vorbereitung des Gesprächs. Erinnerungsfetzen tauchten immer wieder auf und ließen ihn seine Arbeit unterbrechen. Die Zeit drückte ihm im Nacken.

Pünktlich betrat der Kunde die Bank und klopfte kurz darauf an Hans' Bürotür. Eilig klappte Hans die Akte zu, um den Kunden zu begrüßen. Nach einer Stunde bedankte sich der Kunde für die erfolgreiche Zusammenarbeit, verabschiedete sich und verließ die Bank.

Mit keinem Gedanken hatte sich Hans diesen erfolgreichen Ablauf des Gesprächs ausgemalt. Er war mit sich unzufrieden gewesen, weil er gelegentlich zum Liebesband abschweifte, jedoch fand er allem Anschein nach immer wieder professionell und kompetent ins Gespräch zurück.

Judiths Sturz und seine Ruhelosigkeit waren jäh wieder präsent. Sein Blick schweifte durchs Büro. „Hier ist es kalt! Modern und in kalten Farben eingerichtet! Verschlossene Aktenschränke! Plakat mit Werbung der Bank an der Wand! Die große Zimmerpflanze ist künstlich, leblos, tot! Keine Gemütlichkeit, in keinem Moment kann Wohlbehagen aufkommen!

Kalt eben", brummte er vor sich hin. Je länger er sich im Büro umsah, desto frustrierter wurde er.

„Wie soll hier Liebe oder das Liebesband entstehen?" Zu gern hätte er ein Fenster geöffnet und frische Luft eingesogen. Doch die Fenster ließen sich nicht öffnen, es gab keine Fenstergriffe.

Er starrte an die Wand. Abermals Erinnerungsfetzen, diesmal von Franks Vortrag. Es geschah ab und zu, dass er Frank um die Zeit in Afrika beneidete. Er vermied aber jede Erinnerung daran, oder er war bemüht diese zu ignorieren, was gelegentlich mit großem mentalem Kraftaufwand verbunden war.

„Frank war zu der Zeit Single, und ich bin Familienvater." Er floh aus dem Büro in die Toilette und klatschte kaltes Wasser ins Gesicht, betrachtete sein Spiegelbild und entschied: „Das ist dein Leben! Lebe damit und komme damit klar! Abenteuer zu bestehen steht nicht auf deiner Liste."

Als er aus der Toilette kam, sah er direkt in das erwartungsvolle Gesicht seiner Chefin.

„Es war ein erfolgreiches Gespräch. Er unterschrieb", sagte er hart, ohne ihre Frage abzuwarten.
Seine Chefin war erleichtert, drehte sich zum Gehen um, machte aber eine Kehrtwendung und stand wieder vor ihm.

„Sie waren heute Mittag zuhause. Würden Sie mir bitte berichten, was passiert ist?"

Hans war über ihr Interesse verblüfft, musterte sie kurz und entschied, ihr alles zu erzählen – wirklich alles, denn er dachte: „Was habe ich zu verlieren? Von ihr abschätzend belächelt zu werden? Das ist mir die Wahrheit wert!"

Sie wartete ungeduldig auf Antwort. Als sie alles erfahren hatte, sah sie ihn nachdenklich an. Dann sagte sie: „Hmmm. Absolut vorstellbar. Sie haben eine Erfahrung gemacht, die in unserer Geschäftswelt keinen Raum hat. Bewahren Sie sich das."

Für einige Augenblicke herrschte Schweigen. Man hätte eine Stecknadel fallen hören.

„Und danke für den erfolgreichen Abschluss. Ich baue auf Sie." Dabei lächelte sie vielversprechend.

Judith lag immer noch auf der Couch und freute sich. „Wunderbar! Traumhaft! Er hat das Liebesband erfahren! Endlich! Er hörte auf sein Herz. Vermutlich hatte er wegen der Lautstärke keine andere Möglichkeit als hinzuhören. So wie ich mich an seinen Gesichtsausdruck erinnere, erlitt er Höllenqualen. Sicherlich musste er diese harte Erfahrung machen. Sonst hätte er es nicht kapiert und wahrgenommen."

Sie musste aufstehen, weil es an der Tür geklingelt hatte. Maria war es, und sie fragte Judith, ob sie ein bisschen Zeit für sie hätte.

„Natürlich, für dich immer und sehr gerne. Als eigener Arbeitgeber nehme ich mir heute Nachmittag frei."

Mit Maria ging sie ins Wohnzimmer.

„Ich habe etwas für euch." Maria lächelte geheimnisvoll, zog ein kleines Päckchen aus der Hosentasche und hielt es Judith hin. Judith mochte Überraschungen und löste schnell das Geschenkpapier. Was sie nun in den Händen hielt überraschte sie sehr. Eine kleine silberne, runde Dose mit einem Durchmesser von ungefähr sechs Zentimetern. Judith hob den Deckel und hörte das Wiegenlied *Guten Abend, gut' Nacht ...*, vertont von Johannes Brahms.

„Eine Spieluhr!", rief sie entzückt und fragte, „weshalb?"

Bevor Maria antworten konnte, nahmen sie auf der Couch Platz.

„Sie ist ein Dankeschön an euch. Noch nie habt ihr über unsere Vornamen geschmunzelt oder getuschelt. Selbstverständlich kennst du die Assoziation bei den Namen Maria und Josef."

„Natürlich assoziierten wir ebenso. Ich denke, das ist zweifellos normal, jedoch beließen wir es bei der Assoziation. Wir ließen keine weiteren Gedanken zu."

Maria nahm Judiths Hand. „Dafür danken wir euch sehr. Sicherlich ahnst du, was wir uns immer wieder anhören müssen, wegen unserer Vornamen. Nach wie vor sind wir mehr als dankbar über euren Einzug. Unsere Freundschaft, unsere tiefsinnigen Gespräche bedeuten Josef und mir sehr viel. Menschen wie ihr mit Mitgefühl, Gerechtigkeitssinn, Empathiefähigkeit, herzlich und so wunderbar erfrischend und noch vieles mehr werden die Zukunft sein."

Marias Augen leuchteten, und sie lobte Judiths und Hans' liebevolles Wesen.

Judith unterbrach Maria unsanft: „Adrian ist wach. Ich habe ihn im Baby Fon gehört. Ich gehe kurz hoch und hole ihn."

Wie abwesend nickte Maria. Kurz danach setzte sich Judith mit dem ausgeschlafenen, frohgelaunten Adrian auf die Couch.

Adrian liebte Maria, rutschte von Judiths Schoß, tapste zu Maria hin und kletterte auf ihren Schoß. Marias Blick deutete auf die Spieluhr. Judith begriff und öffnete den Deckel. Adrians Blick war gebannt auf die Spieluhr gerichtet. Er verlangte sie und öffnete und verschloss unaufhörlich den Deckel.

„Das sind Kinder", fing Maria an, „sie genießen und erfreuen sich sehr lange an etwas und saugen es auf. Wir Erwachsene tun das auch, allerdings nicht mehr mit dieser Intensität und in diesen tiefen Ebenen wie die Kleinen. Auch gönnen wir uns tiefe Freude kaum noch – tja, wir sollten von den Kindern leben lernen und nicht denken: Ich zeige dir alles, denn du musst lernen. Das ist ein Fehler", Maria hielt kurz inne, bevor sie weitersprach. „Und ich muss lernen, mich in Zurückhaltung zu üben. Ich bin schon wieder nur am Reden."

„Aber du hast Recht. Ich werde darüber nachdenken, um es zu vertiefen", antwortete Judith. „Und am Abend spreche ich mit Hans über deine tiefsinnigen Gedanken."

Maria blieb noch eine Stunde, bevor sie sich verabschiedete.

Um 17.45 Uhr hörte Judith Nicos Wagen vorfahren, und sie ging mit Adrian zur Tür, um Hans zu begrüßen. Sein bekümmerter Gesichtsausdruck erschreckte sie.

„Was ist geschehen?", fragte sie besorgt.

Hans stellte eine Gegenfrage und sah sie dabei sorgenvoll an: „Wie geht es dir?"

„Gut, wieso fragst du?" Blitzschnell wusste sie, weshalb er fragte. Sie hatte den Sturz … und die ganze Geschichte vergessen.

„Mist! Ich hätte dir schreiben sollen, dass es mir gut geht. Tut mir leid, ich habe nicht mehr daran gedacht."
Weshalb sie es vergessen hatte, erzählte sie ihm sehr ausführlich.

„Das verstehe ich alles und auch, weshalb Marias Besuch dich erfüllt hat, doch ich war voller Sorgen und gedanklich immer wieder bei dir, und ich hatte keine Antwort auf die Frage wie es dir geht."
Judith entschuldigte sich vielmals bei Hans. Natürlich tat ihr alles sehr leid. Doch Hans' sorgenvoller Blick wich nicht von ihm.

Am Abend auf der Terrasse sprach sie ihn darauf an. Er schien lange zu überlegen, bevor er antwortete.

„Das Band – unser verbindendes Band macht, dass ich mich hin- und hergerissen fühle, trotz der heutigen Erfahrung. Das transparente Band existiert, keine Frage, allerdings – und jetzt mein innerer Missklang: Es fühlt sich alles positiv an, und dennoch schwebt über dem Ganzen ein Hauch von Enge. Enge, weil mich das Band an dich bindet, was ja auch eine Aufgabe eines Bandes ist, nämlich etwas zu binden." Hans wirkte unglücklich.

Den wahren Grund, warum er unglücklich war, verschwieg er ihr. Es kostete ihn viel Mühe, auf Judiths Frage hin eine plausible Erklärung für seinen Gemütszustand zu finden. So dachte er sich die Enge des Bandes aus, und weil er ihr gegenüber nicht offen war, fühlte er sich mies. Doch von seinem Wunsch nach Abenteuer wollte er ihr nichts erzählen. Er hatte immer noch die Hoffnung, dass sich sein Wunsch irgendwann in Luft auflösen würde. So konzentrierte er sich darauf, was ihm Judith erzählte, auch wenn er nur mit halbem Herzen dabei war.

„Enge?", fragte Judith überrascht. Sie dachte darüber nach und versuchte, für etwas Worte zu finden, das sich schwer erklären ließ.

„Liebende Herzen sind wie mit einem Band verbunden. Wäre dem nicht so, hättest du heute Mittag nicht auf dein Herz gehört, und du wärst in der Bank geblieben. Du hast die Existenz des Bandes erfahren, auch wenn es schmerzlich war. Du hast eine innere Unruhe verspürt und den Drang nach Hause zu fahren, und dabei dachtest du fortwährend an mich. Das alles wurde von mir an dich gesendet, ohne dass mir das bewusst war. Für mich ist es ganz klar: Es war das liebende, verbindende Band, das dich zu mir zog, weil es mir schlecht ging."

Judith machte eine Pause, um das zu formulieren, was sie fühlte.

„Wir haben heute erfahren, dass das Band nicht nur liebende Gefühle mitteilt sondern auch Hilferufe, und wir dürfen nicht vergessen, dass es an uns liegt, dieses Band am Leben zu erhalten. Die Grundvoraussetzung dafür ist die gegenseitige, ehrliche, bedingungslose Liebe. Der Umkehrschluss ist, dass die Verbindung zweier Herzen auch gekappt werden kann."

Es war ihr, als strömten alle Wörter ohne nachzudenken auf ihre Zunge, und sie musste sie lediglich aussprechen. Zuerst mal wollte sie jetzt selbst darüber nachdenken, was sie sagte, und es schien ihr, als hätte Hans auch einiges zu verarbeiten, denn er schwieg.

„Du hattest Recht", begann Hans und sprach weiter, "ich benötigte die Erfahrung, die du allerdings schon hattest. Aus deiner Erfahrung wuchs die Erkenntnis. Bei dir verlief es Hand in Hand, fließend ohne Übergang, so wie bei mir auch. Dieser Ablauf ist sicherlich eine Vorgehensweise der Menschen, um etwas glauben zu können, das den Verstand und die Vernunft übersteigt. Und die Erkenntnis des Bandes und des Lebensduftes übersteigt absolut jeden Verstand."

„Ja", hauchte Judith in Gedanken versunken.

„Und was mit dem Band geschieht, liegt an uns", wiederholte Hans, und das bestätigte Judith ebenso mit einem kaum hörbaren „ja".

Am nächsten Abend, als Judith, Hans und Adrian beim Abendessen auf einem misslungenen Kartoffelauflauf herumkauten, äußerte Hans enthusiastisch einen Wunsch: „Ich möchte, dass du Frank kennenlernst! Ich dachte dabei an den kommenden Samstag zum Mittagessen."

Judith war damit einverstanden, und spontan kam ihr in den Sinn: „Wir laden auch Astrid und Josina ein! Denke nur an das Blitzen in Franks Augen, als er Astrid sah. Und solltest du nicht damit einverstanden sein, Astrid auch einzuladen, darfst du eine Woche lang den Haushaltsdienst übernehmen, wie Wäsche waschen, Fenster …!"

„Stopp! Das reicht. Ich gebe mich geschlagen und stimme der Einladung zu."

Judith streckte ihm frech, mit erhobenem Kinn, die Zunge raus.

„Wow! Das hast du sehr lange nicht mehr getan", stellte Hans freudig fest.

„Ich werde erwachsen, und da ist Zunge rausstrecken absolut unschicklich – bis auf wenige Ausnahmen", erwiderte sie kokett und ging hüftewackelnd, stöckelnd wie auf Highheels zu Hans, küsste ihn auf die Wange und stolzierte wieder hüftewackelnd an ihren Platz zurück.

„Adrian, deine Mama ist eine Wucht." Dabei grinste Hans bis über beide Ohren.

Nach dem Essen schrieben beide an ihre Freunde eine Einladung.

Judith dachte an Frank und wie er aussah. „Etwas größer, nö, etwas länger als Hans, braune Locken, die er im Nacken zusammengebunden hatte, breitschultrig, sportlich und O-Beine – und einen schrecklichen Vollbart."

Sie schmunzelte, als sie sich an Franks strahlende Augen erinnerte, nachdem er Astrid gesehen hatte.

„Ist eine gute Idee, die beiden am Samstag einzuladen", sagte Judith.
Während Hans die Spülmaschine einräumte, schlug er vor, das Mittagessen gemeinsam zu kochen und die Freunde bereits für den Vormittag einzuladen. Judith gefiel die Idee und sie einigten sich auf 10.30 Uhr. Sogleich erhielten ihre Freunde eine neue Mitteilung. Judith und Hans berieten noch, welches Gericht sie kochen wollten und wer den Einkauf übernehmen sollte.

Am Samstag klingelte der erste Gast überpünktlich. Hans ging öffnen und rief aufgeregt in das Haus: „Judith, komm schnell!"

Mit Adrian an der Hand kam sie und machte große Augen. „Das ist ja ein Ding!" Mehr fiel ihr nicht ein, sie war baff.

„Seit wann denn das?", fragte Hans verblüfft. Frank und Astrid standen Hand in Hand vor der Tür und Josina hielt Franks Hand.

Frank antwortete glücklich: „Bei euch traf ich Astrid zum ersten Mal und spürte ein supertolles Bauchkribbeln, als ich sie sah. Meine Hoffnung war, sie irgendwann mal bei euch zu treffen, um mit ihr Kontakt aufzunehmen und sie näher kennenzulernen."

Barsch unterbrach Hans und bat alle ins Wohnzimmer.

Dort knüpfte Frank den Erzählfaden weiter: „Es kam anders. Wenn ich euch erzähle, dass ich Brötchen kaufen war, werdet ihr euch nicht mehr wundern", strahlte Frank bis zu den Ohren, und Astrid erzählte weiter: „Der bärtige Frank gefiel mir, jedoch spürte ich keine Schmetterlinge, freute mich aber, ihn in der Bäckerei zu sehen. Das Weitere kennt ihr, Fragen nach der Handynummer, erste Verabredung zum Pizza essen, na ja, halt das Übliche. Und wie ihr seht, war es mir nicht möglich, mich seinem Charme, seiner Zuneigung und seiner Hartnäckigkeit zu entziehen. Anfangs alles ohne Josina. Ihr erzählte ich von einem sehr netten Mann, den die Mama kennengelernt hatte und der uns besuchen würde. Die beiden verstanden sich, und so wurden wir letztendlich ein glückliches, jung verliebtes Paar." Astrid lächelte Frank liebevoll an und er erzählte weiter.

„Bitte verzeiht uns, unsere Geheimniskrämerei. Wir wollten euch überraschen. Und – die Überraschung ist uns gelungen!"

„Und wie!" Judith platzte schier vor Freude und weinte fast vor Glück. Sie hielt es auf der Couch nicht mehr aus, ging zu Astrid, die ebenfalls aufstand, und drückte sie herzlich. Die Männer taten es den Frauen gleich. Alle waren überzeugt: Es wird ein sehr schöner Tag werden!

Um 18 Uhr beim Verabschieden vor der Eingangstüre waren sich alle einig: „Es war ein wunderschöner Tag, und das machen wir ab jetzt jeden Samstag."

Als Hans und Judith ein paar Minuten später wieder in der Küche waren, fragte er: „Weißt du, was ich möchte?"

„Staub wischen", antwortete Judith blitzschnell und grinste schelmisch.

Hans lachte herzhaft und kniff sie in die Seite.

„Vorsichtig! Ich bin zu zweit. Beim nächsten Mal boxt dich unser Bauchzwerg."

„Hilfe, ich ergebe mich." Als Zeichen der Kapitulation streckte er die Arme hoch. „Gegen zwei so starke Gegner bin ich machtlos."

Frech antwortete sie: „Auch gegen mich alleine bist du machtlos!", dabei musste sie über sich selbst lachen, „und jetzt ernsthaft. Was wolltest du?"

Hans kniete vor ihr auf den Boden, legte beide Hände auf Judiths Taille und flüsterte zum Bauch: „Deine wundervolle Mama küssen."

Judith zog ihn zu sich hoch und küsste ihn lange.

„Hans, ich liebe dich."

„Das spüre ich", flüsterte er und lächelte sie liebevoll an.

11.
Sehnsucht

Judith und Hans waren mit ihrem Leben zufrieden. Sie verbrachten viel Zeit mit ihren Freunden Astrid, Frank, Maria und Josef, und sie waren dankbar, dass Judith zu Hause bei Adrian sein konnte.

Es war an einem Abend, als Judith im Wohnzimmer vor der Terrassentür stand und den Schneeflocken zusah, wie sie sanft auf die Erde fielen. In der Glasscheibe entdeckte sie, wie Hans auf sie zukam. Dann stand er hinter ihr und umfasste ihren Bauch. Sie lehnte sich an ihn und dachte laut:

„Ich bin sehr froh, dass du genügend verdienst, so dass ich zu Hause bleiben kann, um Adrian Liebe und Geborgenheit zu geben. Dadurch erhält er das Fundament, um im Leben zu bestehen und es selbstbewusst und verantwortungsvoll bewältigen zu können. Liebe und Geborgenheit wird ihm Halt, Kraft und vieles mehr geben. Mit mir und durch mich, in dieser Eins-zu-eins-Betreuung lernt er auch alles, was zum Alltagsleben gehört. Er ist ja überall und immer mit dabei. Einige Mütter beneiden mich darum. Andere wiederum klagen mich an, weil ich keine pädagogische Fachkraft bin und mir anmaße, unser Kind alleine erziehen zu können. Mir wurde auch mal gesagt, Adrian würde deswegen keine Kleinkinderbildung erhalten, weil ich ja nur Mutter bin. Über diese Aussage musste ich schmunzeln. Ich gehe jede Wette ein, dass unser Knirps bei uns alles lernt, was ein Kind in seinem Alter lernen kann, und mehr dazu. Sehr wichtig ist auch, dass sein emotionales Grundbedürfnis durch meine Liebe und Präsenz voll und ganz gesättigt wird. Das Schönste ist jedoch, dass ich in allen kleinsten Entwicklungsveränderungen und in allen Momenten Adrian kennenlerne und ihn begleite. Keinen Augenblick möchte ich missen. Ich bin da, um ihn wieder auf die Beine zu helfen, wenn er fällt, und vieles mehr. Bedauerlich ist, dass die Menschen jedes Argument in den Wind schlagen. Vielleicht haben sie nie Geborgenheit, Glück und Liebe erfahren. Ist eigentlich schade, denn ich bin nach wie vor felsenfest davon überzeugt: Bedingungslose Liebe und die Zeit, die du und ich mit unserem Kind verbringen, ist die stärkste Kraft, die wir unserem Kind geben können."

Nach kurzem Schweigen, sagte Hans: „Du bist eine wunderbare Frau und Mutter, und ich bin sehr stolz auf dich. Nach wie vor hörst du auf dein Gefühl, was auch wichtig ist für Adrians Erziehung. Bewundernswert finde ich, dass du die Kraft aufbringst, dich gegen den starken, gesellschaftlichen Strom zu stellen, der sagt: Kleine Kinder müssen in eine Krippe. Aus welchen Gründen auch immer das den Eltern suggeriert wird. Toll finde ich auch, wie du zu deinem Vollzeitjob stehst, den Mutter und Hausfrau sein mit sich bringt. Leider haben nicht alle Eltern die finanziellen Mittel, im Gegensatz zu uns."

„Ja, leider! Wobei es allen Eltern ermöglicht werden sollte, so viel Zeit wie möglich mit ihren Kindern zu verbringen, um hautnah die Entwicklung mitzuerleben und um dem Kind ohne Zeiteinschränkungen Liebe und Geborgenheit zu schenken. Das Kind braucht dieses Fundament und die Stärkung des Liebensbandes, dass dem Kind Kraft und Halt gibt."

Judith drehte sich um, umarmte Hans und küsste ihn. Nach dem Kuss drehte sie sich wieder zur Terrassentür um und sah den Schneeflocken zu. Hans umfasste wieder ihren Bauch, streichelte ihn und legte sein Kinn auf ihre linke Schulter.

„Als Adrians Eltern sind wir durch das Liebesband mit unserem Kind verbunden", sagte Judith sehr leise. „Um dieses essentielle, wertvolle Band zu festigen, muss ich als seine Mutter für ihn da sein und meine Verantwortung für seine Erziehung, Entwicklung und vieles mehr sehr ernst nehmen, und diese nicht an andere abgeben. Leider musst du arbeiten und hast wenig Zeit, aber trotzdem nimmst du viele Möglichkeiten wahr, um dieses Band, trotz weniger Zeit, nicht bröckeln zu lassen."

Es war Frühlingsanfang und Samstagvormittag, und Judith, Hans und Adrian waren auf der Terrasse. Das gemeinsame Freunde-Essen fand heute nicht statt, weil Astrid arbeiten musste. Hans hatte den Sandkasten abgedeckt, und Adrian beschäftigte sich mit seinen Schaufeln, Förmchen und kleinen Eimern.

Judith hatte die Augen geschlossen und fing lebhaft an, ihren Frühlingsgefühlen Luft zu machen: „Im Frühling erwacht die Natur zu neuem Leben. Die Blumen blühen in bunten Farben, die Wiesen sind im satten Grün getaucht, die Blätter beginnen zu sprießen und alles hat seinen individuellen Duft. Gemeinsam ergeben die Düfte den unvergleichlichen Frühlingsduft. Dieser bedeutet: Die Natur erwacht zu neuem Leben. Auf geht's, atme den Duft ein", forderte sie Hans auf und sog fortlaufend den Frühlingsduft tief ein, während Hans beim Wort *Duft* zusammenzuckte und an den Duft der großen weiten Welt dachte.

„Den einmal in der Nase zu spüren, mein Gott, das wäre das absolute Erlebnis", dachte er und blieb einige Momente bei seinem Wunschgedanken, bevor er wieder bewusst bei Judith war.

Sie atmete hörbar laut ein und aus, als wollte sie den gesamten Frühling in sich aufsaugen.

„Hör auf damit!", rief Hans schmunzelnd, „lass mir noch etwas übrig."

Augenzwinkernd, schelmisch grinsend, hielt sich Judith die Nase zu und näselte: „Der restliche Duft ist für dich."

Hans lachte schallend und kicherte: „Du bist echt Klasse!"
Sie blieben noch ein Weilchen auf der Terrasse, unterhielten sich über Gott und die Welt und sahen Adrian beim Spielen zu. Anschließend machten sie einen Spaziergang durch ihr Wohnviertel und hielten hie und da ein kleines Schwätzchen. Den restlichen Tag verbrachten sie mit Faulenzen.

Als Adrian im Bett war, packte Judith das schlechte Gewissen, weil sie den Tag über nichts Produktives getan hatte. Um ihr Gewissen zu beruhigen, beschloss sie, im Arbeitszimmer Papierkram zu erledigen.

Derweil las Hans im Wohnzimmer in einer Fachzeitschrift, oder besser gesagt, er versuchte es, denn er war unfähig, sich auf die Inhalte zu konzentrieren. Er schweifte gedanklich ab.

„Eigentlich müsste ich glücklich und zufrieden sein. Judith ist eine schöne, intelligente, starke Frau und eine liebevolle, geduldige, wachsame, sehr empathische Mutter. Ich stehe auf der beruflichen Karriereleiter, und wir sind mit wunderbaren Menschen befreundet – und auf der anderen Seite bin ich unzufrieden, ja bisweilen sogar unglücklich. Was alleine das Wort *Duft* oder der Name *Frank* in mir auslöst – Abenteuer, den Duft der großen weiten Welt – kann ich niemandem erzählen. Doch eigentlich sollte ich all das Judith erzählen – eigentlich!"

Hans dachte kurz darüber nach und fasste einen Entschluss:

„Ich gehe einfach mal davon aus, dass sich mit der Zeit alles in Luft auflösen wird, weil es lediglich eine Phase ist."

Er legte die Zeitung auf den Tisch, begab sich in die Küche und bereitete für Judith und sich Tee zu.

Als Judith den Schreibkram erledigt hatte, ging sie ins Wohnzimmer. Sie lag auf der Couch und las in ihrem Roman, als Hans mit den Teetassen hereinkam.

„Hans, komm schnell her und fühle. Unser Baby bewegt sich."

Hans legte seine Hand auf ihren Bauch, und wie so oft sagte er ergriffen: „Unser großes Wunder ist in deinem Bauch, und ich spüre es."

Einige Augenblicke später, Hans' Hände lagen noch auf Judiths Bauch, sah er sie sehr ernst an und sagte leise:

„Judith vergiss bitte nie, wie wichtig mir meine Familie ist."

„Weshalb sagst du das ausgerechnet jetzt?", fragte sie ihn. Es war ihr, als spräche er nur einen Teil seiner Gedanken aus. Obwohl er ihre Frage nicht beantwortete, fragte sie nicht nochmals nach, beließ es dabei und dachte:

„Hauptsache er hat meine gedankliche Abwesenheit nicht bemerkt." Judith hatte sich schon ausgemalt, wie sie beide nach der Geburt den Duft des Babys einsaugen würden, und Hans ihre Erkenntnis teilen würde.

Beide hingen ihren Vorstellungen und Wünschen nach. Um nicht in Bedrängnis zu geraten und dies dem Partner mitteilen zu müssen, nahmen beide ihr momentanes Alibi zur Hand, Judith ihren Roman und Hans seine Fachzeitschrift.

Am folgenden Nachmittag kamen Astrid und Josina, leider ohne Frank. Er musste eine Mathearbeit vorbereiten. Frank war Gymnasiallehrer und unterrichtete Mathematik und Physik. Judith und Hans luden Astrid ein, um mit ihr den Tag der Geburt zu besprechen. Astrid war an dem Tag als Babysitter für Adrian eingeplant, aber selbstverständlich musste sie zuerst mit ihrer Chefin alles abklären, bevor sie ihren Freunden zusagte.

Tags darauf erhielt Judith und Hans von Astrid die Nachricht, dass sie für das Babysitten spontan frei haben könnte, es sei denn eine Kollegin würde krank werden. Trete dieser Notfall ein, würden Maria und Josef einspringen und die Aufgabe übernehmen.

Hans' Chefin und seine Kollegen wussten ebenso um den bevorstehenden Geburtstermin Mitte April, und er hatte die Zusage erhalten, seinen Arbeitsplatz sofort verlassen zu dürfen, wenn der gewisse Anruf von Judith kam.

Wenige Tage vor dem errechneten Geburtstermin schnellte Hans' Pulsschlag bei der Arbeit jedes Mal in die Höhe, wenn sein Handy klingelte. Nico, sein Arbeitskollege, war einmal Zeuge von Hans' Nervosität beim Klingeln des Handys.

„Im Großen und Ganzen weiß ich ja, was mich erwartet, und dennoch bin ich nervöser als bei Adrian. Meine Nerven sind zum Zerreißen angespannt", informierte Hans seinen Kollegen, der vor Hans' Schreibtisch stand und bemüht war ihn zu beruhigen, wobei sich Nico ein Schmunzeln nicht verkneifen konnte.

„Du hast mir erzählt, dass alles geregelt ist. Eigentlich müsstest du vor Freude platzen. Du wirst bald wieder Vater. Also wo liegt das Problem?"

Mit dem Zeigefinger zeigte Hans auf sich und erklärte entrüstet: „Na, ich bin das Problem!"

Nico lachte herzhaft. „Das sehe ich auch so! Steh mal bitte auf und lass dich drücken, vielleicht beruhigt dich das."

Hans stand auf und ließ sich umarmen.

„Danke, das tat gut", sagte er, obwohl es nicht ganz der Wahrheit entsprach. „Ich bin momentan ein Nervenbündel", dachte er.

„Also, halte du die Ohren steif und ich halte euch die Daumen hoch", lächelte ihm Nico aufmunternd zu. Dann verschwand er in sein Büro.

Einige Tage darauf, am 21. April um 10.18 Uhr, rief Judith Hans bei der Arbeit an und fragte im Plauderton:

„Hallo Hans, wenn du kurz Zeit für mich hast, möchte ich dir etwas erzählen."

Judith wusste haargenau, dass Hans mit etwas anderem gerechnet hatte, als mit so einer Frage. Sie stellte ihm bewusst die Frage, weil sie hoffte, dass er entspannt blieb, bevor sie mit dem Grund ihres Anrufes herausrückte.

Zögerlich antwortete Hans: „Ja. Ich habe kurz Zeit."

„Prima. Doch vorab noch etwas Wichtiges: Falls du einen Stift oder etwas Ähnliches in der Hand hältst, lege es bitte auf den Schreibtisch." Judith sah vor sich seinen fragenden Gesichtsausdruck. Ruhig sprach sie weiter: „Dann steh bitte auf und informiere deine Chefin und deine Kollegen ..."

Weiter kam sie nicht.

„Judith! Ja, sofort, ich bin gleich da. Wow! Ich freue mich riesig!"

„Dann lass uns das Gespräch ..."

„Ja, bis gleich", sagte Hans aufgeregt und unterbrach die Verbindung.

Judith lag auf der Couch und rief nun Astrid an, die wie Hans freudig antwortete und dann mit ihrer Chefin redete, obwohl Astrid die Antwort bereits wusste, denn niemand war krank.

Zeitgleich stand Hans aufgeregt und mit leuchtenden Augen vor seiner Chefin und stammelte: „Judith, - ich muss ..."

„Ja, ja fahren Sie los."

Flugs war er bei seinen Kollegen und sagte immer nur: „Judith ... es geht los!"

Alle wünschten ihm und Judith alles Gute und riefen ihm nach: „Sag uns Bescheid."

Hans nickte nur, winkte zum Abschied und düste nach Hause.

Judith wartete mit Adrian vor der Haustüre, neben ihr der kleine Koffer. Hans zeigte Lichthupe, fuhr vor die Garage und sprang aus dem Wagen.

„Langsam, wir haben noch Zeit. Die Wehen kommen im Abstand von ungefähr sieben Minuten, und Astrid ist noch nicht da. Die Hebamme und das Krankenhaus wurden von mir informiert – alles ist geregelt."

Hans hörte nicht zu, sondern nahm glücklich ihr Gesicht in beide Hände und küsste sie.

Sie standen noch vor der Tür, als Astrid mit Franks Wagen angefahren kam. Josina saß auf der Rückbank. Adrian gesellte sich zu seinen Eltern und hielt Hans' Bein. Astrid, mit Josina auf dem Arm, zwinkerte beiden zu und ging zu Adrian. In Hocke vor ihm, nahm sie seine Hand und erklärte ihm:

„Mama und Papa fahren jetzt ins Krankenhaus, weil das Baby in Mamas Bauch heraus möchte. Aber ich und Josina bleiben bei dir."

„Hat Mama auch gesagt." Dann winkte er seinen Eltern zum Abschied zu. Judith wollte Adrian erklären, dass sie nicht gleich losfahren, doch Hans bremste sie aus, nahm ihre Hand und flüsterte: „Er verabschiedet sich von uns, also lass uns losfahren."

So winkten Hans und Judith Adrian zu und gingen zum Wagen. Astrid, immer noch in Hocke, wartete mit beiden Kindern vor der Türe, bis der Wagen aus ihrem Blickfeld verschwand. Erst danach ging sie ins Haus.

Genau um 12.55 Uhr sagte Hans glücklich zu Judith: „Wir haben einen Sohn!"

Die Hebamme, Frau Meier, hielt Hans seinen Sohn hin. Er nahm ihn achtsam auf den Arm, und sie setzte ihre Arbeit fort. Die Nabelschnur war abgetrennt, und Hans legte Judith ihr Baby auf die Brust.

„Haben Sie bereits einen Namen?", fragte Frau Meier.

„Theodor", kam es von beiden wie aus einem Munde.

„Außergewöhnlicher Name! Noch nie zuvor hat hier jemand seinen Sohn *Theodor* genannt", kommentierte Frau Meier und drückte den Piepser für den Arzt, der kurz darauf Judith und Hans beglückwünschte und Theodor untersuchte.

Bis die Untersuchungen beendet waren, hielt Hans Judiths Hand oder spielte mit ihren Haaren, und sah sie dabei überglücklich an.

Neunzig Minuten darauf schob Hans Judith im Rollstuhl ins Zimmer, und die Krankenschwester brachte Theodor im

Kinderbettchen hinein. Wie einst bei Adrian, nahm Hans Theodor sofort aus dem Bett und wollte ihn Judith auf die Brust legen.

Sie wehrte ab. „Halte du ihn."

Er zögerte und sah sie nachdenklich an.

„Tu es!" Aufmunternd nickte sie ihm zu.

Er nickte, und nun lächelte er stolz und nahm auf dem Stuhl Platz, den die Schwester zuvor an Judiths Bett gestellt hatte.

Die nächsten sechzig Minuten verbrachten sie gemeinsam im Zimmer. Hans sah zu, wie Theodor das erste Mal an Judiths Brust trank, und das berührte ihn sehr.

„Wie gerne würde ich mit dir tauschen", gestand er ihr. „Dir ist es möglich, unser Baby zu nähren."

Er sah sie traurig an. Judith verstand ihn so gut.

„Das ist auch für mich etwas absolut Einzigartiges, Geniales." Zärtlich strich sie über Theodors Kopf.

„Ihr Frauen seid zu beneiden", sagte Hans, „in euch wächst das Wunder *Kind* heran. Ihr spürt, wie es sich bewegt, und ihr dürft es nähren, während wir Väter außerhalb stehen."

Judith streckte ihm verständnisvoll ihre Hand hin, die er hastig, wie einen Rettungsanker, in beide Hände nahm und festhielt. Auch für sie war die Geburt ein Wunder. Dieses Wunder hätte sie sehr gerne mit ihm geteilt. Aber weil das überhaupt nicht möglich war, da es ausschließlich den Frauen vorbehalten war, empfand sie aus vollstem Herzen tiefes Mitgefühl mit ihm.

Nach diesem melancholischen Moment kehrte die Freude über ihren neugeborenen Sohn zurück, und beide waren nur noch glücklich. Beflügelt verabschiedete sich Hans von seiner Familie.

„In einer Stunde wirst du deinen Papa wiedersehen und zum ersten Mal deinen großen Bruder", teilte Judith Theodor mit, obwohl er dies nicht hören konnte, denn er war auf ihrer Brust eingeschlafen.

Judith sog Theos Lebensduft tief ein und stellte fest: „Adrians Lebensduft war anders. So hat jedes Neugeborene seinen individuellen Lebensduft." Judith schloss die Augen, lächelte und flog in andere Sphären.

Auf der Heimfahrt ereilten Hans dieselben Gedanken wie nach Adrians Geburt: Sein unerfüllter Wunsch nach Abenteuer. Diesmal kam hinzu, dass er den Duft der großen weiten Welt einatmen möchte. Die Gedanken ärgerten ihn.

„Muss ich mir den Wunsch erfüllen, damit er mich für immer loslässt? Es ist doch nur der Wunsch eines kleinen Jungen, der von seinem Vater nicht geliebt wurde!", dachte er, doch die Gedanken ließen ihn nicht los. Je mehr er sich ihnen verweigerte, desto hartnäckiger blieben sie und zeigten ihm seine bisherigen Fantasiereisen auf.

Wütend schlug er auf das Lenkrad ein. „Lasst mich los! Verschwindet!", brüllte er.

Per Taste öffnete er beide Seitenfenster um durchzuatmen, in der Hoffnung, endlich Ruhe zu haben. Es gelang ihm nur minimal. Dann bog er in seine Straße ein und war erleichtert, angekommen zu sein. Er stand neben dem Wagen und atmete erneut tief ein und aus, erinnerte sich bewusst und mit vollster Entschiedenheit an die Geburt und an sein Glücksgefühl. Einige Augenblicke später war er wieder fähig zu lächeln und Astrid zu begegnen.

Im Flur rief er: „Hallöchen, ich bin da und wo seid ihr?"

„Wir sind im Kinderzimmer", rief Astrid von oben, und Hans rannte die Treppe hoch.

„Ein Sohn! Wir haben einen Sohn. Er heißt Theodor", strahlte er Astrid im Kinderzimmer glücklich an.

Nachdem er Adrian innig begrüßt hatte, berichtete er Astrid von der Geburt.

Am Schluss fragte sie ihn: „Und, wie duftet er?"

Perplex starrte er sie an und antwortete zögernd: „Keine Ahnung. Keiner von uns beugte sich über ihn, um seinen Duft einzuatmen", gestand er und dachte: „Mist! Schon wieder der Gedanke an den Duft der großen weiten Welt!"

Schnell sagte er zu Astrid, um von seinen Gedanken weg zu kommen: „Fahrt doch mit ins Krankenhaus."

Nach langem Zögern ihrerseits und viele Minuten später fuhr Astrid mit Franks Wagen in Richtung Krankenhaus, Hans hinterher.

Beschwingt gingen sie den Flur entlang, klopften an die Zimmertür, die Hans sogleich öffnete. Fröhlich begrüßten sie Judith, die ihnen verschlafen, lächelnd, mit Theodor auf der Brust entgegensah. Hans küsste sie, und Astrid drückte ihre Wange an Judiths Wange. Astrid und Hans nahmen ihre Kinder auf den Arm, um ihnen Theodor zu zeigen. Adrian, dessen Augen leuchteten, fixierte seinen Bruder.

Astrid deutete Adrians Blick: „Es scheint, als würde er tief in seinen Bruder eintauchen und so eine tiefe, innige Geschwisterverbindung herstellen."

Verblüfft, fragend sahen Judith und Hans Astrid an.

„Seht ihr das nicht so?", fragte Astrid ihre Freunde.

Judith tauschte mit Hans vielsagende Blicke aus und antwortete zögernd: „Eigentlich nicht. Aber, wer weiß, vielleicht hast du Recht."

Astrid quetschte sich an Hans vorbei, direkt vor Judith, beugte sich zu Theodors Kopf und atmete mit geschlossenen Augen ein und aus. Sie stand wieder aufrecht, die Augen immer noch zu, und sagte mit sicherer Stimme:

„Judith du hast Recht. Das ist der Lebensduft."

Judith hätte Astrid am liebsten vor lauter Freude gedrückt und sprach gedehnt ihren Namen aus. „A-s-t-r-i-d! Du hast es soeben erfahren. Wunderbar! Herrlich!"

Astrid sah sie an, und es schien als erwachte sie aus ihrem tranceähnlichen Zustand. Sie zwinkerte ein paar Mal und hauchte ein langgedehntes: „Jaaa!"

Hans erfasste die tiefe Verbindung der beiden Frauen und fühlte sich außen vor, unscheinbar und viele Lichtjahre von den Frauen entfernt. Er wagte nicht, Theodors Duft einzuatmen, weil ihm sein Ego zuflüsterte: „Du wirst das nicht erfahren!"

Dieser Keulenschlag schmetterte ihn nieder. Als ob Adrian das spürte, wollte er von seinem Arm runter. Hans stellte ihn auf den Boden und rang um sein inneres Gleichgewicht.

Wie im Nebel hörte er Astrid sagen: „Jedes Baby hat einen individuellen Duft. Er unterscheidet sich in kaum wahrnehmbaren Nuancen von dem anderer Säuglinge. Das Baby ist neugeboren und duftet. Das Baby lebt! Geboren – Duft – Leben! Duft bedeutet Leben! Das Leben duftet! Wer lebt, hat seinen eigenen Duft! Ist das nicht wundervoll?! Bedauerlich, dass der individuelle, betörende Babyduft bald verfliegt." Astrid hält inne.

„Vielleicht müssen wir unseren Duft, der uns als Säugling umhüllte und nach Wochen verflogen war, wiederfinden?", sinnierte Astrid.

Hans' umnebelter Geist wurde klarer. Er war nun imstande Judith zu zuhören, was sie dazu zu sagen hatte.

„Genau wie meine Gedanken bei Adrian! Und jetzt denke nur daran, was wir alles für wohlriechende Düfte aufnehmen: den Duft der Rosen, den Kaffeeduft, der uns in die Nase steigt, aber auch den Duft eines frisch gebackenen Kuchens, oder beispielsweise wenn die Natur nach dem Winterschlaf erwacht und ihren Frühlingsduft verbreitet. All diese Düfte dringen in unsere Nase und erfüllen uns. Und immer steckt Leben dahinter, so wie bei unserem kleinen, duftenden Theo. Die lebendig gewordene Liebe duftet. Sind diese Gedanken nicht wunderschön?!"

Judith war aufgewühlt und sprach ergriffen weiter: „Hans und Astrid, ich möchte wieder duften. Könnt ihr das nachvollziehen?"

„Ja", stimmte Astrid zu, und Hans schwieg für Momente. Etwas, das die Frauen umgab, riss ihn mit und löste sein Verstummen, so dass er sagte:

„Mein Verstand begreift eure tiefgreifenden Gedanken nicht. Eure Worte berühren mich noch nicht auf diesen tiefen Ebenen."

„Danke", sagte Judith impulsiv und sah Hans direkt in die Augen.

„Weshalb bedankst du dich bei mir?", fragte er verdutzt.

„Für deine Offenheit", antwortete Judith.

Hans schien darüber nachzudenken, jedenfalls sah es für Judith so aus. Aus den Augenwinkeln heraus bemerkte sie, wie Astrid verlegen wegsah und in den Raum blickte, so als wolle sie sich umsehen.

Dabei dachte Judith: „Das kurze Gespräch zwischen mir und Hans war ihr wohl zu intim und deshalb für sie wohl auch etwas unangenehm."

Dass sie Astrid richtig eingeschätzt hatte, zeigten ihr nach wenigen Augenblicken Astrids Worte, als sie sich verabschiedete und fragte, ob sie Adrian mitnehmen sollte.

„Frag ihn", forderte Hans sie auf.

Adrian blickte fragend von Judith zu Hans, und beide nickten ihm aufmunternd zu. So entschied Adrian, mit Astrid mitzufahren, und küsste zum Abschied sanft und liebevoll seinen Bruder und seine Eltern. Astrid bot Hans an, Adrian ins Bett zu bringen, sodass er keinen Zeitdruck hatte.

Er lehnte das Angebot freundlich ab. „Ich komme zeitig, weil ich mit Adrian noch etwas Zeit verbringen möchte."

Astrid, Adrian und Josina verabschiedete sich und winkten an der Tür noch einmal, dann waren alle drei gegangen.

Kurz danach lag Hans seitlich auf Judiths Bettkante. Noch war sie allein im Zimmer. Sein Gesicht verbarg er in ihren Haaren. „Ich mag den Duft deiner Haare."

„Und ich deinen männlichen Duft. Er ist mir sehr vertraut." Sie musste schmunzeln, als sie Hans ihren nächsten Gedanken mitteilte: „Ich kann dich sehr gut riechen."

Judith sah nicht, wie Hans leicht errötete. Um seine Verlegenheit zu überspielen, lenkte er vom Thema ab.

„Du sagtest einmal Theo und nicht Theodor."

Überrascht stimmte sie ihm zu. Sie ahnte, weshalb er das Thema wechselte.

Hans sprach weiter. „Gedanklich ertappte ich mich dabei, wie ich ebenfalls Theo sagte."

Judith drehte ihm ihr Gesicht zu und versuchte, ihn auf die Nase zu küssen. Als das misslang, äußerte sie ihre Gedanken:

„Ist es das Liebesband, das unsere Gedanken übermittelt und uns eins werden lässt?"

„Vielleicht", antwortete er, obwohl er genau wusste, dass sie nur laut dachte.

„Können sich Menschen näher sein?", fragte Judith und antwortete sogleich, ohne Hans eine Chance auf Antwort zu geben. „Vermutlich ja. Indem sich zwei Liebende gegenseitig völlig hingeben."

„Das klingt sehr schön", sagte er nachdenklich. „Mit dir möchte ich das erfahren."

„Dann lass uns auf diese Reise gehen, dann werden wir es irgendwann erleben. Wir haben noch sehr viel Zeit vor uns. Und irgendwann ist die Zeit reif dafür, weil wir es sind."

Schweigend sahen sie sich tief in die Augen und versanken darin.

Irgendwann sah Hans auf die Uhr und verabschiedete sich schweren Herzens. Liebend gerne hätte er die Zeit angehalten und wäre in der gegenseitigen Innigkeit geblieben. Noch ein letzter Kuss und er ging zur Tür. Mit der Klinke in der Hand drehte er sich noch einmal um und schenkte ihr einen Luftkuss.

Dann fuhr er nach Hause. *Nach Hause*, dieses Wort gewann eine tiefe Bedeutung. Als er an den Häusern vorbeifuhr, dachte er: „Überall wohnen Menschen. Dass eine Wohnung oder ein Haus zu einem Wohlfühlort des Zuhause seins wird, muss die Liebe darin wohnen, ansonsten bleibt es ein Haus oder eine Wohnung. Wobei *zuhause sein* an keine Räumlichkeit gebunden ist."

Er lächelte vor sich hin. Dann dachte er wehmütig über das nach, was Astrid und Judith gesagt hatten.

„Duft! Lebensduft! Der Duft der großen, weiten Welt. Werde ich ihn jemals erfahren und ihn mit meinem Atem aufsaugen und tief inhalieren? Vielleicht möchte ich keine Abenteuer bestehen, sondern im Suchen nach dem Duft der großen weiten Welt meinen individuellen Lebensduft neu entdecken? Ist das mein Wunsch oder meine Sehnsucht? Muss ich dem letztendlich nachgeben, um meine innere Ruhe zu erlangen?" Er drehte sich wieder im Kreis und fand abermals keine befriedigende Antwort.

Dann tauchte wieder wie aus dem Nichts das rote Banner ABENTEUER in seiner Erinnerung auf, und er beschloss dem Wunsch nachzugeben, obwohl ihm dies nicht behagte.

Der Wagen war in der Garage abgestellt. Im Flur horchte er, um herauszufinden, wo sich Astrid mit den Kindern aufhielt.

„Ah, sie sind im Garten", stellte er fest.

Da ihm noch nicht nach Gesellschaft zumute war, setzte er sich in die Küche, legte die Beine auf den Tisch und hing seinen unbeantworteten Fragen nach. Jäh zuckte er zusammen, als er Astrid neben sich stehen sah und sie reden hörte. Hastig nahm er die Beine vom Tisch und setzte sich aufrecht hin.

Astrid fragte sogleich besorgt: „Du siehst nachdenklich aus, oder passt betrübt besser? Gab es irgendwelche unerfreulichen Vorkommnisse?"

Hans schüttelte den Kopf, und in Blitzgeschwindigkeit rasten Fragen durch seinen Kopf:

„Ihr von meinen Gedanken erzählen? Nein, weil nicht mal Judith meine Sehnsucht kennt. Aber wem könnte ich mich anvertrauen? Frank! Er brach aus allem aus und floh nach Afrika."

„Komm zurück auf die Erde, lieber Hans!", Astrid schmunzelte frech und stupste ihn an.

Hans haspelte: „Nein, nein, alles in bester Ordnung."

„Du warst sehr weit weg. Solltest du nun geistig anwesend sein, so nicke oder pfeife das Liedchen *Alle meine Entchen*."

Astrid amüsierte sich über Hans' geistige Abwesenheit. Hans war um ein Lächeln bemüht. Und Astrid grinste noch mehr.

„Lass es lieber, sonst erweckst du in mir das Gefühl, ich müsste dich für dein missratenes Lächeln trösten."
Astrids gute Laune war ungebremst, und sie plapperte unaufhörlich weiter:

„Lass dich von mir anstecken und freue dich mit mir über die Geburt des Sohnes meiner liebsten Freundin – deiner Frau. Übrigens, du siehst aus wie der Miesepeter persönlich." Astrid vergnügte sich an Hans' Verhalten.

„Meinst du? Ist vermutlich ganz gut, wenn ich mich von deiner guten Laune anstecken lasse. Komm, wir gehen zu unserem Nachwuchs und ärgern den ein bisschen", zwinkerte er ihr zu und hoffte dabei, sie durchschaute seine aufgesetzte Fröhlichkeit nicht.

Im Garten begrüßte er Adrian, der freudig aus dem Sandkasten stolperte und auf ihn zurannte. Nach der herzlichen Begrüßung entdeckte er Maria und Josef, die ebenfalls auf ihrer Terrasse waren. Er stellte Adrian auf den Boden, informierte Astrid, dass er nun mit Adrian Maria und Josef besuchen möchte, um von der Geburt zu erzählen, und schon ging er zum Nachbargrundstück.

Als er mit seinem ausführlichen Bericht fertig war, sagte Josef lächelnd:

„Danke dir. Es ist sehr schön, alles nochmals zu hören."

Schelmisch lugte Josef dabei zu Astrid, die am Sandkastenrand saß und mit Josina redete.

„Hätte ich mir denken können", sagte Hans lächelnd.

„Haste aber nicht", antwortete Maria frohgelaunt. „Oder glaubst du wirklich, wir hätten bis jetzt warten können, nachdem wir mitbekamen, dass Astrid ohne euch im Garten ist? Natürlich fragten wir bei ihr nach. Und jetzt lass dich herzlich drücken, du junger Papa."

„Und ich muss Adrian gleich ins Bett bringen. Nein! Ich darf Adrian ins Bett bringen."

Nach einem kurzen Plausch verließ Hans seine Freunde und ging mit Söhnchen zu Astrid zurück, die sich bald danach verabschiedete. Hans bedankte sich für ihre Unterstützung und brachte Adrian ins Bett.

Als Adrian eingeschlafen war, legte Hans sich auf die Couch und ließ seine Gedanken wie die Wolken am Himmel vorüberziehen. Ein Schild, das er neulich gelesen hatte, kam ihm in den Sinn, und er schmunzelte.

Bin gerade neben der Spur.

Ist schön dort.

„Wie wahr, wie wahr." Hans war so sehr gelöst, dass er einschlief. Er träumte, dass er einem sehr jung wirkenden, äußerst sympathischen Mann begegnete, dem er etwas sehr Wichtiges mitteilen wollte. Allerdings bekam er keinen Ton heraus und krächzte nur. Seine Kehle fühlte sich an wie zugeschnürt. Der Fremde sah ihn liebevoll an und bewegte unaufhörlich die Lippen, aber Hans hörte nichts. Dann streckte der Fremde die Hand nach ihm aus, als wolle er sagen: Komm zu mir! In dem Augenblick bekam Hans plötzlich keine Luft mehr und röchelte.

Dann wachte er schweißgebadet auf und erschrak zutiefst. Seine Hände hatte er an seinen Hals gelegt und hatte sich selbst die Luft abgedrückt. Panisch riss er die Hände weg und japste nach Luft. Aufrecht, benommen und ängstlich saß er auf der Couch. Ihm war kalt, und er legte sich eine Decke über die Schultern. Er stierte an die Wand. Noch nie zuvor hatte er einen Alptraum gehabt.

Nachdem er sich einigermaßen erholt hatte, schlurfte er ins Bad, duschte heiß und fiel erschöpft ins Bett.

In dieser Nacht träumte er denselben Traum, und wieder wachte er schweißgebadet auf. Er duschte erneut und fiel auch diesmal übermüdet ins Bett. Die Vorstellung, den Traum nochmal zu erleben, hielt ihn wach, und er bemühte sich nicht einzuschlafen. Gelegentlich stand er auf und tigerte ängstlich durchs Haus; alle Mühe umsonst. Letztendlich siegte die Müdigkeit, und er schlief ein.

Als er aufwachte, fühlte er sich kraftvoll und ausgeschlafen. Die Ängste waren wie weggeblasen. Er erinnerte sich an alles, aber es berührte ihn nicht im Geringsten

„Wie soll das ein Mensch kapieren?", dachte er. „Ich jedenfalls kann es nicht!"

Er streckte sich und blieb solange liegen, bis Adrian ins Schlafzimmer kam. Fröhlich begrüßte er seinen Großen, nahm ihn auf den Arm und ging beschwingt in die Küche.

Während er Kinderlieder trällerte, richtete er den Frühstückstisch. Nach dem Frühstück machten sich beide Männer

für den Informationsbesuch in Hans' Bank und den anschlie-
ßenden Besuch im Krankenhaus fertig.

Immer wenn er im Wagen saß, tauchten Erinnerungen an
den Alptraum und Fragen auf, wie: „Weshalb wachte ich kraftvoll auf?", und „was bedeutet der Traum?"

Er verstand überhaupt nicht, was mit ihm geschehen war.
Auch fand er keine Antwort auf seine Fragen. Immer wieder
dachte er: „Ich hätte absolut erschöpft und mit einem Brumm-
schädel aufwachen müssen. All das ist mehr als seltsam."

Nachdem er von allen Kolleginnen, Kollegen und von seiner
Chefin Glückwünsche entgegengenommen hatte, stand er ei-
nige Zeit später an Judiths Bett. Adrian saß auf Judiths Ober-
schenkeln, und Theo lag auf ihrem Oberkörper. Sie nahm sein
Glücksgefühl wahr und führte es auf Theos Geburt zurück.
Aufmerksam hörte sie Hans zu.

„Ich freue mich unendlich auf die Elternzeit. Mir waren
deine Leistungen als Hausfrau und Mutter schon immer bewusst. Das Haus mit dem Garten, unser Sohn und deine Fürsorge für ihn und alles, was du noch an zusätzlichen Aufgaben
bewältigst, sind wahrlich enorm. All das darf ich ab jetzt miterleben und mit dir teilen. Dass die Gesellschaft das nicht an-
erkennt, sollte uns einerlei sein. Wir beide wissen, wie wichtig
unsere elterliche Aufgabe ist. Gemeinsam werden wir weiterhin an unserem harmonischen Heim arbeiten und es behüten.
Und jetzt stehe ich vor dir und möchte mich endlich bei dir für
alles bedanken. Du bist der Fels in unserer Familie, und das
möchte ich in der Elternzeit von dir lernen. Auch dachte ich,
du solltest dir zweimal im Jahr familienfreie Tage gönnen, um
nur Zeit für dich zu haben. Währenddessen übernehme ich die
alleinige Verantwortung für alles andere."

Judith zeigte Hans gestisch, er möge mit dem Reden aufhören und sie endlich zur Begrüßung küssen.

„Ja." Mehr sagte er nicht. Wie auch? Gleichzeitig Küssen und Reden geht nicht!

„Noch ein letzter Satz", fing Hans erneut an. „Irgendwann in ferner Zukunft muss die Gesellschaft die sinnerfüllte und äußerst wichtige Aufgabe der Kindererziehung erkennen und anerkennen. Die Familie muss gestärkt werden, so dass Kinder heranwachsen, die starke, liebevolle, verantwortungsbewusste Erwachsene werden, die frei von Ängsten, Vorurteilen und Machtausübung sind. Ob wir das jemals erleben werden, bezweifle ich."

Hans lächelte. „Momentan widerspreche ich der allgemeinen Auffassung von: *ein Mann ein Wort, eine Frau ein Wörterbuch.*"

Beide freuten sich über die gemeinsame Zeit und malten sich die Zukunft aus, in der Hans Elternzeit haben würde.

Natürlich raste die Zeit davon, und Hans und Adrian mussten sich verabschieden, aber Adrian überraschte seine Eltern mit seinem Verhalten. Er weigerte sich vehement zu gehen. Er wollte bei seinem Bruder bleiben und schimpfte immer wieder laut: „Nein!" Hans blieb nichts anderes übrig, als den schimpfenden Adrian auf den Arm zu nehmen, festzuhalten und zu gehen. Natürlich beruhigte sich Adrian schnell, und sie fuhren heim.

Zu Hause gab es gleich Mittagessen. Als sie aßen, dachte Hans an Judith und wunderte sich, weil sie noch nie von Theos individuellem Säuglingsduft gesprochen hatte.

„Sie schweigt aus rücksichtsvoller Liebe zu mir, weil ich die tiefen Ebenen nicht erreiche und sie mich immer noch als einen Gefühlsklotz betrachtet."

Das ärgerte ihn, weil er einsah, dass das der Wahrheit entsprach.

Als Adrian mit dem Essen fertig war, wurde er quengelig, und Hans machte ihn fürs Bett fertig. Während er schlief, setzte sich Hans auf die Terrasse. Nun sah er seine Elternzeit eher grau anstatt rosig, wie vorher im Krankenhaus, als er mit Judith Tagträumen nachhing. Grau, weil er ahnte, dass er Judith mit ihrer Stärke und ihrer lebensfrohen Heiterkeit nie das Wasser würde reichen können.

„Und es wird alles noch grauer, wenn ich daran denke, ich könnte meine Maske fallen lassen und ihr meine Zerrissenheit wegen diesem roten Abenteuerbanner offenbaren."

Innerhalb kurzer Zeit wurde Hans' innere Unruhe, die er bisher erfolgreich gegenüber Judith geheim halten konnte, zu einem inneren Kampf.

„Eigentlich wäre es höchste Zeit, dass ich mal mit Frank darüber rede", dachte er und hörte gleichzeitig Adrian im Babyfon. Er holte ihn aus dem Bett und fuhr kurze Zeit später mit ihm ins Krankenhaus.

Auf der Bettkante sitzend begrüßte ihn Judith fröhlich, mit der Mitteilung, er könne sie mit nach Hause nehmen.

Darauf war Hans nicht vorbereitet. Er bemühte sich, glücklich zu erscheinen, aber er empfand seine Anstrengung als absolut stümperhaft. Judith schien es jedoch nicht zu bemerken. Sie nahm Adrian auf den Arm und drückte ihn fest.

Erst jetzt nahm Hans wahr, dass sie sich angezogen hatte, und dass der kleine Koffer neben dem Bett stand. Sie war bereit nach Hause zu fahren.

Theo schlief und wirkte in dem großen Krankenbett richtig verloren, so klein wie er war. Hans nahm seinen Jüngsten vorsichtig auf den Arm und sog unauffällig nahe an seinem Kopf den Säuglingsduft ein.

„Nein, mich berührt das nicht", stellte er lakonisch fest.

Gleich darauf holte er die Babytrage aus dem Auto und fuhr Minuten später seine Familie heim.

Mitten im Flur umarmte Hans seine Judith und flüsterte ihr ins Ohr: „Herzlich willkommen zu Hause."

Jäh überrollte ihn der Wunsch nach Erfüllung seines Traums, den Duft der großen weiten Welt einzuatmen und zu erleben. Es schlug mit geballter Wucht auf ihn ein und schien ihn zu überwältigen. Blitzschnell suchte er nach einem Ausweg, wie er das vor Judith verbergen konnte. Flugs beugte er sich zum Koffer, hob ihn auf und sagte hastig: „Ich bringe den Koffer nach oben!"

Er hoffte, die Zeit würde ausreichen, um ihr entspannt wieder zu begegnen.

Ihm war nun glasklar: Er musste von diesem Wunsch oder wohl eher dieser tiefen Sehnsucht wegkommen, um sich von dem ständigen Auf und Ab zu befreien. Wild entschlossen fasste er einen wichtigen Entschluss: „Ich will das nicht mehr! Ich muss etwas dagegen tun."

Die folgenden Monate war er einigermaßen erfolgreich. Die Sehnsucht tauchte zwar immer wieder auf, jedoch nicht mehr geballt wie vorher. Sie streifte ihn nur.

12.
Geheimniskrämerei

An einem Samstag im November, Schnee hatte alles wie in weiße Watte eingehüllt, gingen Hans und Frank mit den Kindern spazieren, während die Frauen das Essen zubereiteten.

Hans sprach mit einem Unterton, der Frank aufhorchen ließ, erneut das Thema *Afrikareise* an.

„Weshalb schon wieder? Du weißt doch alles."

„Dann erzähle mir alles noch einmal", bettelte Hans.

Argwöhnisch sah ihn Frank an und gab nach.

„Ein Hauptgrund war, dass ich mit meinem Traumberuf, Lehrer sein, unzufrieden war. Ich sah mich den Rest meines Lebens nur vorne an der Tafel stehen und versuchen, den Schülerinnen und Schülern Wissen einzutrichtern, mehr war es nicht. Ich wollte aber nicht nur, an konsumierende SchülerInnen, Wissen vermitteln. Jedoch saß mir der Lehrplan im Nacken, und ich war gezwungen, ohne Rücksicht darauf, ob es sinnvoll war oder nicht, diesen durchzuziehen. Ich fühlte mich ausschließlich als Wissensvermittler, um die Maschinerie Bildung in Gang zu halten. Von einer Klasse in die nächste zu hetzen war mein Alltag. Frust machte sich in mir breit. Ich vermisste Menschlichkeit, Wärme war nicht spürbar. Alles wurde mir zu eng und zu kalt. Ich vermisste Gelassenheit, Weite und noch vieles mehr. Ich wollte mit den SchülerInnen leben und nicht nur funktionieren. Sehr schnell kam der Wunsch auf, aus dieser Maschinerie, aus dieser Lebenskälte auszubrechen, die Nase in den Wind zu halten und den Duft der großen weiten Welt einzusaugen. Ich suchte Nähe zu den Menschen, Mitmenschlichkeit, Gemeinsamkeit, Weite und Tiefe. Bevor ich alles hinter mir ließ und die Reise antrat, war es, als würde alles auf mich einschlagen."

Frank sah Hans eindringlich an, denn eine Ahnung stieg in ihm hoch.

„Ich kenne deine Gedanken nicht, aber vergiss bitte nie: Ich war in der Zeit ungebunden", sagte er mit Nachdruck. „Und jetzt beichte mir, weshalb dich das noch immer so stark interessiert?"

Hans erzählte ihm alles. Dass er immer wieder außerhalb stand, wenn Judith mit Menschen über den Duft des Lebens sprach, und wenn sie begeistert vom Liebesband erzählte. Zum ersten Mal gestand er jemandem seine Sehnsucht ein, die einfach nicht verschwinden wollte.

„Ja, ich erkenne Parallelen zwischen uns. Jedoch hatte ich die Möglichkeit, mich auf die Suche zu begeben, ich war Single. Mir stellte sich nie die Frage: Kann ich weg? Meine Frage war: Wann beginne ich meine Suche, und wann breche ich aus und lasse alles hinter mir? Heute würde ich bleiben. Die Beziehung zu Astrid ist mir zu wertvoll."

„Du hast gut reden!", schnaubte Hans. „Dein Wunsch, deine Suche, dein Sehnen ist erfüllt!"

„Ja – ich weiß", antwortete Frank mitfühlend. Nur zu gut verstand er seinen verzweifelten Freund.

„Meine Familie möchte ich nie missen, sie ist mir das Aller-liebste auf der Welt. Sie gibt mir Kraft, Liebe und Halt. Den-noch tauchen seit einiger Zeit immer dieselben Gedanken, Wünsche oder Sehnsüchte auf. Oft streifen sie mich nur kurz wie ein Windhauch, aber der genügt, um unruhig zu werden. Meiner Meinung nach gründet die Unruhe darauf, dass ich meine Gedanken und Gefühle nicht zulassen kann. Dieses Seh-nen ist doch utopisch, und es wäre idiotisch, dem nachzuge-ben!"

Frank dachte einige Augenblicke nach. „Hans, eine Bitte an dich. Hör auf dich zu quälen! Dadurch ändert sich nichts! Ich mache dir einen Vorschlag: Ruf mich an oder komm vorbei, wenn dich die Sehnsucht, oder was auch immer es ist, über-kommt, und wir sprechen darüber. Wir können deinen Wunsch, deine Sehnsucht nicht auf null zurückdrehen, aber ich nehme daran Anteil, indem du mir mitteilst, was in dir vor-geht. Und mitteilen ist eben auch mit dem anderen teilen. So hast du mir die Hälfte gegeben."

Frank lächelte über seine Schlussfolgerung. „Ich verspreche dir, es bleibt unter uns."

Bei dem letzten Satz von Frank, fiel Hans ein Stein vom Her-zen, und dankbar und erleichtert drückte er seinen Freund an sich. Entspannt traten sie den Heimweg an.

Die Männer und Kinder wurden von den beiden Frauen herzlich begrüßt und wärmten sich anschließend am wohlig warmen Holzofen im Wohnzimmer. Beim gemeinsamen Es-sen, Moussaka mit griechischem Salat, hatte Frank eine Idee.

„Wie wäre es, wenn wir einmal im Monat einen Frauen- und einen Männerabend abhalten?"

Hans hielt den Atem an. Er sah seinen Freund mit großen Augen an und musste seine aufkommende Freude unterdrücken. Was sein Freund mit dieser Frage für ihn getan hatte, empfand er als unbeschreiblich. Er fühlte sich von Frank ganz und gar ernst genommen und verstanden. Aber, bei all dem warmen Gefühl ums Herz gab es diesen schwarzen Fleck darauf, der von seiner Heimlichtuerei Judith gegenüber verursacht wurde. Nur am Rande bekam er die Entscheidung mit, die lautete: „Wir sind alle damit einverstanden."

Für Hans war das der Höhepunkt des Treffens, der nicht mehr zu toppen war. Leider bemerkte er nicht, wie Judith ihn beobachtete. Denn seit längerem nahm sie an Hans eine minimale Veränderung wahr.

Das erzählte sie am Nachmittag, nachdem die Freunde sich verabschiedet hatten, ihrem Jüngsten, während sie ihn stillte.

„Dein Papa hat sich verändert. Er wirkt oftmals geistig abwesend und bedrückt. Frage ich ihn danach, blockt er ab oder tut so, als wäre alles in bester Ordnung. Hin und wieder argumentiert er, er sei beruflich sehr eingespannt."

Judith starrte traurig Löcher in die Luft.

Sie dachte laut: „Vielleicht hat er sich Frank anvertraut? Und Frank hat es Astrid erzählt. Somit kennt Astrid vielleicht den Grund seines Wandels. Und am Montagnachmittag werde ich sie anrufen da hat sie ihren freien Nachmittag", beschloss sie und ging mit Theo ins Bad zum Windeln wechseln.

Es war Montagnachmittag, und Judith rief bei ihrer Freundin an und stellte ihr die Frage. Aber sie wurde enttäuscht, Astrid wusste rein gar nichts.

„Wirst du Frank danach fragen?", war Judiths letzter Hoffnungsschimmer. Natürlich verneinte Astrid, was Judith auch gut nachvollziehen konnte. Sie gestand Astrid, noch nie zuvor mit so einem undurchsichtigen Verhalten seitens Hans konfrontiert worden zu sein.

Beide Frauen schwiegen. Dann unterbrach Astrid die Stille und teilte Judith ihre Gedanken mit:

„Könnte sein, dass er sich durch deine Fragen in die Enge gedrängt fühlt und sich daher verschließt. Lass ihn deine vorbehaltlose Liebe spüren und verdeutliche ihm, dass du hinter ihm stehst und seinen Rücken stärkst ohne zu wissen, was ihn bekümmert. Er liebt dich über alles und wird dies gewiss als Vertrauensbeweis verstehen. Mir kommt noch ein Gedanke: Vielleicht hält er eine Tatsache von dir fern, die dich belasten könnte?"

„Das mag sein, aber ich teile gerne alles mit ihm, im Sinne von geteiltes Leid ist halbes Leid", antwortete Judith.

Sie unterhielten sich noch eine Zeitlang und verfielen immer wieder in Spekulationen, wobei beide wussten:

Spekulationen bringen nichts!

Es gelang Judith, Astrids Gedanken, sie solle sich in Geduld üben, Hans ihre bedingungslose Liebe schenken und nicht mehr nachfragen, in die Tat umzusetzen.

Nach einiger Zeit nahm sie an Hans eine angenehme Veränderung wahr, er wirkte gelöster und gelassener. Das ungeklärte Thema war für Judith vom Tisch, und sie freute sich auf seinen Feierabend.

Das Zusammenspiel von Judiths verändertem Verhalten und Hans' Gesprächen mit Frank bewirkte bei beiden, dass sie gelöster und entspannter waren. Beide spürten den Partner wieder und nahmen ihn wahr. So vergingen die folgenden Monate wie im Fluge.

„Kaum ist Theo geboren, und wir feiern schon in wenigen Tagen seinen zweiten Geburtstag und bald darauf Adrians vierten Geburtstag", lächelte Judith glücklich, während Hans die Spülmaschine einräumte. „Und in einigen Monaten ist Adrians erster Kindergartentag. Was mache ich dann mit nur einem Kind?", fragte sie Hans mit einem Unterton.

Er sah sie skeptisch an.

„Schau nicht so nachdenklich. Die Frage ist nicht ernst zu nehmen", klärte sie ihn auf, nachdem er wohl den witzigen Unterton nicht gehört hatte. Sie stand auf, zog ihn an sich und küsste ihn, bis jemand „Papa" sagte.

„Ihr müsst euch immer küssen. Das ist langweilig. Spiel lieber Memory mit mir", beschwerte sich Adrian bei seinem Papa.

„Und – darf ich?", lächelte Hans Judith fragend an.

„Blöde Frage. Haut ab, ihr beiden. Ich mache hier weiter."
Bevor er verschwand, kniff sie ihm in den Hintern.

„Hey, nicht vor den Kindern", schrie er schäkernd auf und war aus der Küche verschwunden. Judith hörte Lachen aus dem Wohnzimmer und fühlte sich rundum glücklich.

„Drei wunderbare Männer, verständnisvolle, vertrauensvolle liebe Freunde und ein bewusstes Leben in Liebe. Was will ich mehr?" Dabei sah sie auf den Rahmen mit der Geschichte von den zwei Wölfen im Herzen, der immer noch in der Küche hing.

„Ja, die Geschichte ist immer noch hilfreich. Außer ich bin in meinem Verhalten und meinem Bemühen, mich ändern zu wollen, nachlässig. Dann nützt auch die schönste, sinnvollste Geschichte nichts und verpufft wie eine Seifenblase."

Im Wohnzimmer dachte Hans für einen Augenblick daran, wie glücklich Judith war, und er fragte sich, ob er das auch sei.

Seine ehrliche Antwort lautete: „Nein, das bin ich nicht! Aber darüber nachzusinnen möchte ich jetzt nicht. In ferner Zukunft vielleicht."

Dass die ferne Zukunft nur ein paar Stunden später war, ahnte er nicht.

Als Judith und er im Bett lagen, gab er ihr einen Gutenacht-kuss und nahm seine Schlafposition ein. Dann ging es los. Wie andauernde Donnerschläge hämmerte das kleine Wörtchen *nein* in seinem Kopf. Er konnte nicht mehr ruhig einschlafen. Er war hellwach und hörte Judith gleichmäßig atmen. Dieses anhaltende *nein* ärgerte ihn maßlos. Dass in diesem Zustand einschlafen unmöglich war, wusste er aus Erfahrung. Er sah nur eine einzige Chance, dies zu ändern: Er musste sich dem Wort stellen. Dazu legte er sich ausgestreckt auf den Rücken und atmete tief ein und aus, um sich zu beruhigen. Körperlich entspannte er sich und fragte sich ernsthaft:

„Weshalb ist meine Antwort nein?" Er bemühte sich um Ehrlichkeit. „Ich bin zufrieden, aber nicht glücklich wie Judith. Ihr Leben ist erfüllt, meines nicht."

Tränen rollten seine Wangen herunter. „Die Sehnsucht ist nur verschüttet. Ich habe ihre Präsenz nicht wahrgenommen, weil ich ein Meister im Verdrängen geworden bin."
Er fühlte sich erbärmlich und kroch unter die Decke. Erbittert kullerten die Tränen über die Wangen.

„Gibt es einen anderen Ausweg, als sich der Realität zu stellen?" Wieder war die Antwort ein kleines Wort: „Nein."

Durch diese vier Buchstaben fühlte er sich miserabel. Vor lauter Selbstmitleid schlief er irgendwann erschöpft ein und wachte vor Judith wie gerädert auf.

Sie blinzelte ihn verschlafen an. „Du bist schon wach? Ich habe keinen Wecker gehört."

„Kannst du auch nicht. Ich bin vorher aufgewacht und gehe gleich ins Bad." Hektisch stand er auf und zog den Bademantel an.

„Du klingst heute mürrisch", murmelte Judith. „Wenn die Jungs wach werden, stehe ich auch auf. Einverstanden?"

„Ja,"

Natürlich war Hans froh darüber. So gewann er Zeit, die Spuren der Nacht in seinem müden Gesicht zu beseitigen.

„Kalt abduschen, und ich bin fit", redete er sich ein.

Als Judith mit den Jungs in die Küche kam, war er mit frühstücken bereits fertig. Statt einem Gutenmorgenkuss berichtete sie ihm, dass sie in der Nacht schlecht geschlafen hätte.

„Ich auch", sagte er und hätte sich am liebsten auf die Zunge gebissen. „Ich hoffte nur, sie fragt nicht nach."

„Na dann haben wir gleich in der Früh etwas gemeinsam", lächelte sie mitfühlend und küsste ihn.

Hans war argwöhnisch und dachte: „Wurde ihr heute Nacht mit dem transparenten Liebesband meine Verzweiflung übermittelt, so dass auch sie schlecht schlief?"

Er wollte nicht, dass sie seine Unruhe spüren sollte, und so bemühte er sich, an ihre Hochzeit zu denken, um seine momentane Stimmung durch die Freude von damals auszutauschen.

Judith schien nichts zu bemerken. „Glück gehabt!", dachte er und klopfte sich gedanklich lobend auf die Schulter.

„Judith an Hans! Bitte um Landeerlaubnis in deiner Welt", grinste sie ihn belustigt an.

„Oh, tut mir leid. Ich war bereits bei der Arbeit", log er und fühlte sich dabei unwohl.

„Na dann beeil dich. Es ist Zeit für dich", frohgelaunt zwinkerte sie ihm zu. Augenblicklich bedauerte sie, Hans anscheinend mit ihrer guten Laune überfahren zu haben.

„Er nimmt seine Arbeit sehr ernst", dachte sie.

Ab jetzt zeigte sich Judith ihm gegenüber mitfühlender und ernsthafter, bis sie zwei Wochen später erneut an den Punkt gelangte und sich fragte:

„Rührt seine Unruhe, seine geistige Abwesenheit und seine Ernsthaftigkeit tatsächlich von anstrengender, aufreibender

Arbeit her? Das Seltsame dabei ist, dass er noch nie etwas darüber erzählt hat."

Judith machte sich viele Gedanken über sein Verhalten und gelangte zu keiner befriedigenden Antwort.

„Stehe ich wieder vor der Entscheidung, ob ich weiterhin geduldig sein und ihn meine unvoreingenommene Liebe spüren lassen soll? Vermutlich habe ich keine andere Wahl, wenn er weiterhin schweigt."

Judith hielt sich daran, nahm aber keinerlei Veränderung an ihm wahr. Das Gegenteil schien der Fall. Hans sah sie gelegentlich misstrauisch an.

Am Frauenfreitagabend, schüttete Judith bekümmert ihrer Freundin ihr Herz aus.

Zeitgleich forderte Frank seinen Freund auf, ihm von seinem Kummer zu erzählen. „Ich kenne dich und weiß, dass dich etwas bedrückt. Also, leg los! Ich bin ganz Ohr!"

Hans erzählte von seiner Unruhe, von seiner Zerrissenheit, von seiner Verzweiflung wegen des Wunsches, den Duft der großen weiten Welt zu erfahren. Von Judiths sinnerfülltem, bewussten Leben und von seinem unerfüllten, Sinn-losem Leben usw..

Frank hatte seinen Freund intensiv beobachtet und fasste das Gehörte zusammen: „Sag mir wenn ich falsch liege. Nachdem ich deine Erleichterung sah, nehme ich an, Judith weiß nichts von deinem Plan, deine Sehnsucht danach, deinem Lebensduft zu verwirklichen?"

Hans zögerte, blickte an Frank vorbei und antwortete leise:

„Natürlich weiß sie nichts. Sie wird mich nicht verstehen."

„Das weißt du erst, wenn du mit ihr darüber sprichst. Tu das bitte. Kehre dein Innerstes nach außen und teile alles mit ihr. Gib ihr die Chance, dich zu verstehen."

„Kann ich nicht!", antwortete Hans mit weit aufgerissenen Augen entsetzt.

Frank wurde über die Sturheit seines Freundes ungeduldig und fragte verärgert: „Weshalb nicht?"

„Weil ich mit der Planung der Verwirklichung bereits begonnen habe", gab Hans beschämt, kleinlaut zu.

Frank war fassungslos und fragte sehr ungehalten. „Wie stellst du dir das alles vor, ohne mit ihr darüber zu reden?"

„Nachdem ich alles geplant und organisiert habe, werde ich ihr alles erzählen und meinen Flug antreten."

„Das heißt, du wirst sie nicht mit einbeziehen und dich wie ein Dieb in der Nacht davonschleichen?! Hans, das kann unmöglich dein Ernst sein!" Hans' Blindheit erschütterte Frank.

„Wieso nicht? Oder glaubst du etwa, ich bringe es fertig, ihr den wochenlangen Schmerz zuzufügen, wenn sie erfährt, dass ich in einigen Monaten für längere Zeit weg sein werde?"

„Hans wach auf! Dein Vorhaben ist Wahnsinn! Du darfst sie nicht ausschließen und vor vollendete Tatsachen stellen!", schrie Frank.

„Welche Chance habe ich denn schon? Somit verkürze ich ihr Leid!", rief Hans verzweifelt.

„Und begehst einen nicht wieder gut zu machenden Vertrauensbruch! Hans, das willst du nicht! Das glaube ich nicht! Du hättest mit ihr längst reden sollen! Schon vor vielen Monaten und Wochen fragte sie bei Astrid nach in der Hoffnung, sie wüsste, warum du so bedrückt bist. Judith leidet sehr unter deinem Abblocken und deinem hartnäckigen Schweigen. Und nun bist du von der Umsetzung geblendet und hast Judith aus den Augen verloren. Willst du alles zu ihrem Besten, wie du soeben sagtest, dann rede endlich mit ihr! Beziehe sie mit ein! Plane mit ihr!", flehte nun Frank.

„Ich kann das nicht! Ich würde ihr sehr wehtun!", jammerte Hans.

„Ist es besser, wenn du davonschleichst und sie im Unklaren lässt?"

„Für sie mag es besser sein, denn ich bewahre sie vor Qualen."

„Nein, du trittst ihr Vertrauen mit Füßen! Hans, nochmals – wach auf! Beende den Wahnsinn, ohne ihr Verständnis gehen zu wollen. So wirst du nie den Sinn deines Lebens finden! Und solltest du ihn trotzdem finden, so wird es Judith nicht mir dir teilen, da du sie vorab zutiefst verletzt hast! Weil es ein tiefer Vertrauensbruch ist, den du womöglich nicht mehr gut machen kannst", beschwor Frank.

Noch lange redete Frank auf Hans ein, mal sanftmütig, mal sehr eindringlich, auch verärgert und beschwörend. Erst nach einer Stunde willigte Hans ein, Judith in alles einzuweihen.

Hans fühlte sich wie ein geprügelter Hund. Er schluchzte fast, als er sagte: „Ich brauche Zeit. Zeit um meine Gedanken zu sortieren, Zeit um Kraft zu sammeln um mit Judith zu reden."

„Trotzdem meine letzte Bitte: Beeile dich", bedrängte ihn Frank eindringlich.

Hans versprach, das zu tun.

Die nächsten vier Tage erhielt Hans von Frank immer dieselbe Frage auf seinem Handy: „Hast du mit ihr gesprochen?"

Erst am fünften Tag antwortete Hans: „Heute Abend werde ich ihr alles erzählen. Drück mir die Daumen."

Abends räumte er die Küche auf, während Judith die Jungen ins Bett brachte. Sein Versuch, sich in die schönen Gefühle und Erinnerungen an ihre Hochzeit zu versetzen, scheiterte kläglich. So blieb er ruhelos und angespannt wie nie zuvor.

Den ganzen Tag gestand er sich ein: „Frank hatte mit allem Recht. Ich war geblendet und ein Egoist wie nie zuvor in meinem Leben."

Judith lugte zur Küche rein und unterbrach seine Gedanken.

„Ich bin dann mal im Wohnzimmer und lese den Roman weiter, den ich mir neulich besorgte", dabei lächelte sie ihm aufmunternd zu, weil er unglücklich aussah und ihr leid tat.

Nachdem die Küche ordentlich war, schlich Hans feige ins Arbeitszimmer hoch, um Kraft zu sammeln. Erst nach einer Stunde stand er in der Wohnzimmertür.

Judith lag bäuchlings auf der Couch und war in ihr Buch vertieft.

Er räusperte und setzte sich in den Sessel gegenüber der Couch. „Judith, würdest du bitte dein Buch weglegen? Es liegt mir etwas auf dem Herzen, das ich dir mitteilen möchte."

Sie legte das aufgeschlagene Buch auf den Tisch und setzte sich im Schneidersitz hin. Seine zitterige Stimme verriet ihr, wie schwer ihm das Sprechen fiel. Sie signalisierte ihm mit liebevollem Blick: Sprich weiter!

Nach einigen Augenblicken schien Hans entspannter zu sein.

Langsam, als müsste er sich jedes Wort genauestens überlegen, begann er, von seiner Sehnsucht zu erzählen. Wie zuerst nur der Wunsch nach Abenteuer da war, der sich in einen Wunsch veränderte, den Duft der weiten Welt zu erfahren, und letztendlich in der ungestillten Sehnsucht mündete, seinen Lebensduft zu finden und nach Umsetzung verlangte. Er erzählte ihr ausführlich von seiner Zerrissenheit, von seinem Verdrängen und vom immer wieder Auftauchen des Wunsches bis hin zum tiefem Verlangen nach Erfüllung. Beim Erzählen wunderte er sich, weshalb Judith fast fröhlich wirkte. Er hielt inne und sah sie fragend an.

„Schon sehr lange wünsche ich mir, du mögest meine Erkenntnis vom Duft des Lebens und vom verbindenden Band teilen. Ich freue mich, denn du spürst die Sehnsucht danach und sprichst endlich darüber."

Verwirrt fragt er sie: „Du verstehst, wovon ich spreche?"

„Ja, sicher. Wenn das deine Unruhe war, so verstehe ich nicht, weshalb du nicht schon vor Wochen darüber gesprochen und mir geantwortet hast. Was ist daran geheimnisvoll?", fragte sie in frohgelaunt.

„Weil ich meine Sehnsucht verwirklichen möchte!" Hans senkte den Kopf und schwieg.

„Los, sprich weiter", forderte ihn Judith erwartungsvoll auf. Hans hob den Kopf, und Judith sah, wie ein Tränenschleier auf seinen Augen lag.

Nie und nimmer rechnete er mit ihrem Verständnis. Immer wieder ging er von Unverständnis ihrerseits aus. Ja, er hatte Judith nie eine Chance gegeben, und nun hatte er ein schlechtes Gewissen und fühlte sich schäbig. Zuvor dachte er nur eigennützig und hätte beinahe so gehandelt. Wäre da nicht Frank gewesen, der ihm den Kopf zurechtgerückt hätte, er hätte einen folgenschweren Fehler begangen. Krampfhaft unterdrückte er Tränen und spürte gleichzeitig, wie ihn ein Gefühl der Erleichterung ergriff, sich Judith endlich anvertraut zu haben. Doch sogleich wich das gute Gefühl und machte erneut dem schlechten Gewissen Platz. Denn jetzt wurde es für ihn absolut heikel. Er musste ihr gestehen, wie er die Verwirklichung seiner Sehnsucht bereits ohne sie plante.

„Es gibt kein Zurück. Bereits vor Wochen hätte ich ihr antworten sollen. Aber, ich war feige, verlogen und egoistisch", dachte er.

Hans fühlte sich von ihrem abwartenden Blick festgenagelt.

„Es gibt kein Entrinnen! Hast es ja selbst vermasselt!", mahnte ihn sein Gewissen.

„Und?", fragte Judith gespannt. Sie ahnte ja nichts von seinem inneren Kampf.

Er richtete sich gerade auf, sah ihr in die Augen und atmete laut hörbar tief ein und aus. Er sprach weiter. Nichts verschwieg er ihr. Sie hörte von seinem Plan, alles allein zu organisieren, weil er ihr Leid verkürzen wollte. Sie hörte von den Gesprächen mit Frank, von seinen Ängsten, von seiner Feigheit ihr gegenüber und von seinem baldigen Gesprächstermin bei seinem Chef wegen unbezahltem Urlaub ... einfach alles.

Sehr schnell wich Judiths aufmunterndes, erwartungsvolles Lächeln, und sie saß wie erstarrt da. Sie unterbrach ihn nicht, sie machte keine Vorwürfe, sie reagierte nicht. Sie saß nur wie versteinert da, mit mittlerweile aschfahlem Gesicht und schien ihn nicht mehr wahrzunehmen.

Nach einer bedrückenden Stille schrie sie ihn herzzerreißend an: „Verstehst du das unter Vertrauen? Unter Partnerschaft?"

Sie wartete keine Antwort ab, stand auf und flüchtete aus dem Wohnzimmer.

Hans blieb sitzen, hörte die Haustür ins Schloss fallen und gleich darauf den Wagen wegfahren. Wütend schlug er mit den Fäusten auf die Sessellehne ein und schrie gedämpft in den Raum.

„Was habe ich getan! Was habe ich ihr angetan!"

Judiths Reaktion tat ihm verdammt weh, und er wusste, er hatte sie selbst herbeigeführt. Nochmals schrie er seinen Zorn auf sich selbst heraus, wegen der schlafenden Kinder gedämpft. Hastig sprang er aus dem Sessel und lief wie ein geprügelter Hund durchs Haus.

Irgendwann fand er sich vor der Haustür in der Hoffnung, Judith würde vor ihm stehen. Aber seine Judith stand nicht vor der Tür. Ganz allmählich wurde ihm bewusst, wie wichtig Judiths Einverständnis für seine Suche war. „Ja, Frank, du hattest Recht! Du hattest verdammt noch mal Recht! Ohne Judith geht es nicht! Ich brauche ihre Unterstützung! Ich brauche ihr Einverständnis! Mein Gott, was habe ich ihr angetan!"

Schluchzend plumpste er auf die Couch. Die Hände bedeckten sein Gesicht. Er fühlte sich hundeelend. Er sah auf die Uhr und erschrak. „Sie ist seit 1 ½ Stunden weg!" Ihm war klar, dass sie zu Astrid und Frank gefahren war. „Von ihnen wird sie Trost erfahren, weil sich ihr Mann als größter Vollidiot auf Erden verhalten hat."

Er wählte Franks Nummer. Es klingelte, dann wurde der Anruf unterdrückt. Aufgebracht schnaubte er. „Hast ja Recht, dass du für mich jetzt keine Zeit hast."

Erzürnt über sich selbst schlug er wie wild auf die Couch ein. Nachdem er seine Wut minutenlang herausgeschlagen hatte, saß er apathisch auf dem Fußboden in der Ecke des Wohnzimmers.

Als Judith nach zwei Stunden noch nicht zurück war, schlurfte er hoch ins Bett. Schlafen konnte er nicht. Judiths leere Seite war für ihn unerträglich. Sein Wecker zeigte 0.27 Uhr, als er hörte, wie Judith die Haustür öffnete.

„Sie ist zu mir zurückgekommen", stellte er erleichtert fest. Er hörte sie die Treppen hoch schleichen und stellte sich schlafend, als sie ins Bett kroch. Nach einiger Zeit lauschte er in ihre Richtung und war froh darüber, ihr gleichmäßiges Atmen zu hören. Dann schlief auch er übermüdet, ermattet ein.

Wie gewöhnlich klingelte Hans' Wecker um 6.20 Uhr. Judith war seit längerem wach, saß im Bett und starrte regungslos den Schrank an. Sie fühlte sich leer, wie gerädert und erschöpft.

Sie spürte seinen Blick und sagte hart, ohne ihn anzusehen:

„Ich stehe erst auf, wenn ich weiß, ich muss dich nicht sehen. Vorher bringst du die Kinder ins Kinderzimmer, und wenn du die Tür hinter dir schließt, klingle. Dann weiß ich, du bist weg."

Ruckzuck war sie unter der Decke verschwunden. Nur die Haare waren zu sehen. In Judith Kopf schwirrten die Worte, die Frank ihr vor wenigen Stunden fortwährend gesagt hatte.

„Hans wollte deinen Schmerz verkürzen, und dadurch, dass er seinen sehnlichsten Wunsch erfüllt sah, erblindete er vor der Realität."

Das zu glauben fiel ihr äußerst schwer. Sie lag auf dem Bauch und schluchzte in ihr Kissen, das sie mit beiden Händen festkrallte.

„Es tut so verdammt weh!", schrie sie ins Kissen. Einige Minuten später ging sie ins Bad und klatschte kaltes Wasser ins Gesicht. Ihr Spiegelbild zeigte ihr: „Du siehst erbärmlich aus."

Sie stand oben im Flur, als sie Hans unten hörte, wie er zu den Jungen sagte: „Geht in euer Zimmer und wartet bis Mami kommt. Sie ist sicherlich bald ausgeschlafen. Ich muss zur Arbeit. Viel Spaß und bis heute Abend."

„Zu den Kindern bist du liebevoll! Und zu mir? Kein Vertrauen und nur Geheimniskrämerei!"
Für Adrian und Theo riss sie sich zusammen und gaukelte ihnen Unwohlsein vor, nachdem sie einige Minuten später im Kinderzimmer stand.

„Hat Papi uns schon erzählt. Wenn du mir hilfst, mache ich dir Tee. Dann geht es dir bald besser", bot ihr Adrian mitfühlend an.

Judith war gerührt, kniete nieder und nahm ihn in den Arm.

„Das ist eine tolle Idee. Und später besuchen wir Astrid in der Bäckerei, und ihr dürft euch ein Kuchenstück aussuchen."
Zum Dank bekam sie, von beiden, einen dicken, feuchten Kuss auf den Mund.

Judith drängte es zu Astrid. Bei ihr wollte sie Trost, Verständnis und Aufmunterung holen.

Neunzig Minuten später ging Judith mit den Kindern durch die Bäckereitür.

„O, Glück gehabt. Keine Kundschaft", begrüßte sie Astrid.

„Ich frage nicht, wie es dir geht, das sehe ich auch so", sagte Astrid einfühlsam.

Und wie am Abend zuvor erklärte Astrid, wie mitfühlend Hans war, denn er hatte sie nur schonen wollen.

„Mitfühlend einfach mal als Tatsache. Dass er den falschen Weg einschlug, steht außer Frage. Ebenso, dass er dich komplett aus den Augen verloren hatte. Judith, ist Beziehung nicht auch Fehler machen zu dürfen, um daraus zu lernen?"

Hastig fügte sie hinzu. „Sag nichts, wir wissen alle, dass der Fehler eine Hammergranate war. Hans hat das begriffen, und auch dass er dich sehr verletzen würde. Denn, kurz vor zwölf wurde ihm klar, wie wichtig es ist, diesen Weg mit dir gemeinsam zu gehen."

Eine Kundin kam herein. Judith bedankte sich, bezahlte und machte sich mit ihren Söhnen auf den Nachhauseweg.

Etwa zur selben Zeit, als Judith mit Astrid sprach, rief Hans bei Frank in der Schule an. Er wusste von Franks Hohlstunde zu dieser Zeit und klagte seinem Freund sein Leid.

„Jetzt liegt es an Judith, mir zu vergeben", endete er.

„Hast du dir selbst verziehen?", fragte Frank, „ich weiß, wie schwer das ist. Besonders wenn man so ein Schlamassel angerichtet hat, wie du es hast. Doch du bist auf einem guten Weg", fügte er noch hinzu.

Hans schwieg zunächst. Dann bedankte er sich und beendete das Gespräch, weil er darüber nachdenken musste.

„Mein bester Freund – halt die Ohren steif", verabschiedete sich Frank.

Die Worte *mein bester Freund* waren wie Balsam für sein wundes Herz.

„Dito", war Hans' letztes Wort, und er beendete das Gespräch.

13.
Neun Monate

Nach Hans' Geständnis gingen sich Judith und Hans aus dem Weg und sprachen nur das Allernötigste miteinander. Jedoch viel mit ihren Freunden, die ihnen mitfühlend und vermittelnd zur Seite standen.

Nach dem schrecklichen Abend schlief Hans freiwillig vier Nächte auf der Couch.

Am fünften Abend blaffte ihn Judith an: „Hör mit dem Quatsch auf. Du bist hier kein Gast."

Dass ihre Kinder unter der großen Distanz ihrer Eltern litten, wussten und erkannten sie beide. Aber nicht mal ihren geliebten Kindern zuliebe konnten sie den Graben überwinden, der zwischen ihnen entstanden war.

Nach gut zwei Wochen fragte Judith ihre Söhne beim Mittagessen: „Sollen wir heute Papi entgegengehen, wenn er Feierabend hat?" Das taten sie immer wieder mal.

„Jaaaaa", riefen beide Jungen erfreut und hüpften fröhlich durchs Haus.

Für Judith war die Aussage, „entgegengehen", zweideutig, zum einen wortwörtlich, zum anderen im Sinne von den ersten Schritt tun.

Bevor sie die Kinder fragte, fühlte sie, dass der Schmerz, die Enttäuschung und die Wut auf ihn sich sehr abgeschwächt hatten. Ohne dass sie und Hans darüber gesprochen hatten, wussten beide, dass der erste Schritt von Judith ausgehen musste.

Dreißig Minuten vor seinem Feierabend marschierten sie los. Das Ortsschild lag hinter ihnen, als sie Hans' Wagen erkannten. Judith musste die Kinder festhalten. Vor Freude wären sie am liebsten auf die Straße gelaufen.

Hans strahlte bis zu den Ohren, als sie einstiegen, und er lächelte unaufhörlich weiter. Seine Freude kannte keine Grenzen. Er erkannte sofort, was es bedeutete, dass Judith ihm entgegengegangen war.

Judith flüsterte zu Hans: „Im Garten ist ein Loch ausgehoben und darin liegt ein Kriegsbeil, das nur darauf wartet, von uns vergraben zu werden. Und – machst du mit?"

„Nichts lieber als das", freute er sich.

Vom Rücksitz aus fragte Adrian: „Mami, wann hast du das Loch gegraben?"

Beide schmunzelten, und Judith versuchte ihm die Bedeutung zu erklären.

Danach versicherte Hans: „Wir werden gemeinsam planen und organisieren, genau ab dem Moment, an dem du die Ampel auf Grün stellst."

Sie antwortete: „Wer sagt denn, dass ich damit einverstanden bin?"

„Ich. Ich sag es!", rief Adrian, und Judith und Hans lachten herzhaft. Ein Lachen, das bei beiden die letzten Knoten löste.

Abends, als die Kinder im Bett waren, hörte Judith detailliert alles, was Hans dazu gebracht hatte, seine Sehnsucht in die Tat umzusetzen. Er fing an bei Adrians Geburt, als er den Duft nur oberflächlich verstand, bis zu dem Gedanken: „Judith wird mich nicht verstehen."

Judith senkte beschämt den Kopf und gestand ihm: „ Meine Schuld an dem ganzen Desaster war, dass ich dir vermutlich nicht deutlich genug gesagt habe, welche Freude es für mich wäre, wenn du die Erkenntnisse mit mir teilen würdest."

„Wir trugen beide unseren Anteil dazu bei", stellte Hans besonnen fest.

Beide nahmen den traurigen Blick des anderen wahr und gestanden sich nun gegenseitig ihren Herzschmerz der vergangenen Tage ein. Sie beschlossen, ab nun offen zu sein.

„Das ist mehr als Ehrlichkeit", sagte Judith, und Hans ergänzte: „Wobei wir dem andern auch unsere Wünsche und Sehnsüchte offen legen sollten."

„Ja, das ist mir bewusst."

Die nächsten Tage sprachen sie fast ausschließlich über ihre Wünsche und Vorstellungen, darüber, wie sie einander loslassen konnten und über das damit verbundene Leid.

Dann an einem Abend auf der Couch. „Hans, ab jetzt planen wir deine Reise."

Hans gestand ihr, wie sehr er diesen Satz herbeigesehnt hatte.

Judith sah erneut, wie er seine Tränen der Rührung zurückhielt. Urplötzlich spürte sie die Gewissheit: „Der Tag wird kommen, an dem du deine Tränen fließen lässt und über deine Gefühle sprechen wirst." Daraufhin sah sie ihn liebevoll an und küsste ihn.

„Es ist schön, wieder unsere Innigkeit zu spüren", bekräftigte Hans.

„Und das Gefühl, dich in Freiheit gehen zu lassen, fühlt sich leicht an. Wäre ich dazu unfähig und hielte dich zurück, stünde deine unerfüllte Sehnsucht irgendwann erneut zwischen uns. Und nichts darf mehr zwischen uns sein, nicht mal ein Gedanke."

Sie sah ihn an, und sie schauten sich tief in die Augen. Nachdem dieser mystische Moment verflogen war, küssten und neckten sie sich wie zwei frisch Verliebte.

Ins Schlafzimmer hoch zu gehen dauerte ihnen zu lange. Das taten sie erst nach einer Stunde, mit all ihrer Kleidung in der Hand.

Am nächsten Morgen beim Frühstück stellte Hans Judith die Frage: „Hast du einen Wunsch oder verspürst du eine Sehnsucht?"

Jäh tauchte Judiths Wunsch nach den drei bedeutungsvollen Worten auf. Aber das verschwieg sie ihm, weil sie immer noch davon überzeugt war, dass er es aussprechen sollte, weil er es empfand, und nicht weil er ihr einen Wunsch erfüllen wollte.

„Und erst recht nicht als Ausgleich für sein Vorhaben", dachte sie entschieden. „Oh, so schnell geht das, und unausgesprochene Gedanken stehen zwischen uns", stellte sie beschämt fest. „Aber, das darf ich ihm nie und nimmer mitteilen!"

Stattdessen stellte sie ihm eine Gegenfrage: „Mir kam ein Gedanke in den Sinn. Wäre für dich alles einfacher, wenn ich einen Wunsch oder eine unerfüllte Sehnsucht hätte?"

„Ja. Dann läge das Ungleichgewicht nicht allein auf meinen Schultern."

„Ach Hans, du weißt doch, den Ausgleich übernimmt das Leben, wenn man es lässt – vielleicht nicht hier und jetzt, aber irgendwann. Geben und Nehmen sollten auf freiwilliger Basis geschehen. So haben wir es bis jetzt gehandhabt und sind damit sehr gut gefahren. Jetzt bist du dran mit Nehmen und ich mit Geben. So einfach ist das. Und höre auf, dir ein schlechtes Gewissen zu machen. Das ist eine unnötige Last."

„Mit Last hast du das entscheidende Wort gewählt. Ich lade dir für einige Monate die Last auf, die alleinige Verantwortung für unsere Familie zu übernehmen."

„Jetzt beende bitte deine Gedanken. Ich bin nur für eine absehbare Zeit alleinerziehend und werde das genauso meistern, wie viele andere auch."

„Du hast ja Recht. Du bist eben eine starke Frau. Nein, du bist meine wunderbare, starke Frau, auf die ich sehr stolz bin."

„Und bei deinem bezaubernden Lächeln könnte ich dahinschmelzen, wenn du nicht zur Arbeit müsstest", sagte sie mit einem vielsagenden Augenaufschlag.

Dann wurde sie sehr ernst. „Bitte vergiss nie: Von Herzen wünsche ich dir, du mögest Erfüllung finden."

„Ja, das ist auch mein sehnlichster Wunsch." Bei den Worten sah Hans trübsinnig in die Leere. Bis er zur Arbeit ging, war die Stimmung melancholisch.

Auch tagsüber war Judith immer wieder betrübt, aber ihre Traurigkeit wechselte in pure Freude, als sie abends von Hans sein Reiseziel erfuhr: Indien, zu Dr. Jakobsen.

Judith hatte Dr. Jakobsen vor einigen Jahren persönlich kennen gelernt, als er in Ravensburg war und einen Vortrag, mit Videos und Fotos über seine Arbeit hielt. Dass er nach Deutschland kam, wurde von Hans' Bank organisiert und bezahlt, denn in der Bank wurden für Dr. Jakobsens Projekt Spendengelder angenommen, und die Bank selbst unterstützte ebenso das Projekt: Ein indisches Krankenhaus.

Dr. Jakobsen stellte sich als gebürtiger Deutscher vor, der nach seiner Promotion mit einem Koffer und einer Arzttasche seinem Heimatland den Rücken gekehrt hatte, um seinem Freund und Kollegen in Indien beim Aufbau eines Krankenhauses zu helfen. Er sei eingeladen worden, um sich persönlich für alle Spendengelder zu bedanken und die Menschen über die Arbeit im Krankenhaus zu informieren.

Hans und Judith waren von ihm und seiner Arbeit sehr beeindruckt.

Nachdenklich sagte Judith: „Ich erinnere mich genau an seine Bilder, die er damals zeigte. Die langen Menschenschlangen vor dem Eingang, und alle Patienten warteten geduldig und oftmals mit schmerzverzerrtem Gesichtsausdruck. Viele Menschen hatten einen langen Fußmarsch hinter sich. Die meisten waren sehr arm, und die Gesichter waren von einem harten Leben in Armut gezeichnet. Und das hast du dir zum Reiseziel ausgesucht. Hans – ich bin stolz auf dich."

Hans' Brust schwoll an, und schmunzelnd gestand er Judith: „Die Vorstellung, in einem Sechsbettzimmer zu schlafen, behagt mir überhaupt nicht. Stell dir mal das Schnarchkonzert vor."

Judith ging nicht auf seinen flapsigen Ton ein, sondern erinnerte sich an den damaligen Vortrag von Dr. Jakobsen.

Er hatte erzählt, dass die Verantwortlichen im Krankenhaus ständig Anfragen von freiwilligen Helfern aus Deutschland erhielten, Menschen, die für eine Auszeit eine sinnerfüllende Aufgabe suchten, oder Menschen wie Hans, die auf der Suche nach etwas Tieferem, Sinnhaftem waren. Und alle waren in Sechsbettzimmern untergebracht.

Judith war in Erinnerungen an die Begegnung mit Dr. Jakobsen abgetaucht, als Hans sie rücksichtslos mit einem Datum in die Realität zurückschleuderte.

„Ich dachte, ich starte am ersten November."

Übertrieben schnappte Judith nach Luft und rollte mit den Augen. „Jetzt habe ich erst den Brocken deines sehr entfernten Reiseziels verdaut, und schon wirfst du mir den nächsten Brocken hin."

„Du bist doch hart im Nehmen", grinste er übermütig.

Judith überlegte kurz und stimmte ohne weitere Fragen zu.

Hans' nächster Schritt war, erneut einen Gesprächstermin mit seinem obersten Chef zu vereinbaren. Den ersten Termin hatte er abgesagt, da er ein paar Tage nach seinem Geständnis stattgefunden hätte.

Zum nächsten Termin begleitete ihn Judith. Zehn Minuten bevor sie losfuhren, klingelten sie mit ihren Kindern bei Maria und Josef.

„Hier sind wir und wollen unsere Jungs bei euch parken", sagte Hans, statt einer Begrüßung.

Auch Maria ließ die Begrüßung weg und antwortete: „Na dann wünschen wir euch ein erfolgreiches Gespräch und drücken euch die Daumen."

Vorwitzig streckte Maria die Hand aus und grinste, als sie frech sagte: „Und jetzt noch Parkgeld für die Jungs! Zwanzig Cent pro Stunde."

Hans lachte, holte einen Euro aus seiner Hosentasche und legte ihn ihr in die Hand.

Josef sprach ebenfalls gute Wünsche aus, und Judith und Hans verabschiedeten sich und fuhren sogleich los.

Eine dreiviertel Stunde danach, sah Hans' Chef, Herr Müller, Judith fragend an, als wolle er von ihr die Bestätigung, er habe richtig gehört. Judith tat ihm den Gefallen und nickte.

Versonnen begann Herr Müller, von seinem langgehegten Wunsch, eine Reise nach Tibet, zu erzählen: „Vor vielen Jahren erhielt ich die Möglichkeit, für fünf Wochen nach Tibet zu fliegen. Schweren Herzens lehnte ich ab. Meiner Frau wollte ich die Zeit ohne mich nicht zumuten, obwohl unsere Kinder bereits 12 und 16 Jahre alt waren. Es kam noch hinzu, dass ich noch nie zuvor mit meiner Frau über den Wunsch nach Tibet zu fliegen, gesprochen hatte. Auch heute noch bin ich von Tibet fasziniert." Herr Müller machte eine kurze Gesprächspause. „Mit Wehmut denke ich an meine verpasste Chance." Herr Müller sah traurig von Hans zu Judith und fragte: „Bin ich ein Feigling?"

Herrn Müllers Offenheit verwirrte beide, und sie fragten sich gedanklich, inwieweit sie ihm auf die Frage ehrlich antworten könnten.

Hans fand eine diplomatische Antwort, wie er meinte. „Herzlichen Dank für Ihr Vertrauen und Ihre Offenheit. Ihre Frage können wir nicht beantworten, da wir Sie und Ihre Frau nicht kennen. Tut mir leid."

Herrn Müller amüsierte Hans' Antwort. „Also, bin ich ein Feigling. Ansonsten hätten Sie vehement verneint. Aber damit kann ich leben", grinste er und lehnte sich zurück, so dass sein ganzer, fülliger Bauchumfang zu sehen war. In dieser Sitzposition wirkte er auf Judith noch dicker als bei der Begrüßung.

Judith war über sich verärgert und dachte: „Abermals steckte ich einen Menschen in eine Schublade, weil ich mit Vorurteilen behaftet bin. Herr Müller, mit seiner Halbglatze und den kleinen, blauen Augen in dem runden Gesicht und seinem schwarzen Anzug, wirkte auf mich humorlos und sehr ernst. Und nun muss ich feststellen, dass das Gegenteil der Fall ist. Nicht nur, dass er Humor hat, er hat einen tiefen Wunsch und wünscht sich vermutlich Ehrlichkeit und Offenheit, was in seiner Position sicherlich nicht üblich ist."

Eine Stunde später, nachdem alles besprochen und geregelt war, standen sie im Türrahmen und verabschiedeten sich per Handschlag. Herr Müller hielt Hans' Hand auffällig lange, klopfte ihm mit der anderen Hand kameradschaftlich auf die Schulter und sagte:

„Ich beneide Sie um Ihren Entschluss. Vielleicht sollte ich endlich mal mit meiner Frau reden."

„Denke ich auch", antwortete Hans offen und ehrlich. Er hatte in der vergangenen Stunde erlebt, wie Herr Müller Offenheit und Ehrlichkeit schätzte.

Auf der Rückfahrt nach Hause besprachen sie, was in den nächsten Wochen alles geplant werden musste, und wobei sie Franks Unterstützung benötigten.

So vergingen die Wochen, und im Nu war es August.
Als Judith am Vormittag das Planschbecken mit Wasser füllte, kamen Maria und Josef dazu.

Beide erzählten Belangloses, und Judith lächelte in sich hinein; dann sprach sie ihre Gedanken aus: „Jetzt kennen wir uns schon sehr lange, und ihr druckst immer noch herum und kommt nicht auf den Punkt. Also raus mit der Sprache. Was bedrückt euch?"

Maria und Josef wirkten für einen Moment ertappt. Dann sprach Maria den Grund ihres Besuches aus: „Wir schaffen den Haushalt und den Garten mit unseren fünfundsiebzig Jahren kräftemäßig nicht mehr. So dachten wir, wir fragen dich, ob du uns für drei Stunden pro Wochen im Haushalt und Garten helfen könntest? Wobei wir uns unsicher sind, ob wir dich fragen dürfen, schließlich hast du Abitur und ..."

„Noch so eine unsinnige Bemerkung und ich schubse euch ins Planschbecken", lachte Judith.

„Hab ich's dir nicht gesagt!", versetzte Maria ihrem Josef einen Rüffel. „Sie ist unkompliziert! Nur wir sind es nicht!"

„Ihr beide seid sehr unterhaltsam", stellte Judith vergnügt grinsend fest.

Josef gestand Judith all seine Bedenken, die sie noch mehr amüsierten. Nun schämte er sich und entschuldigte sich bei ihr: „Tut mir leid. Ich vermute, ich erstarrte vor Ehrfurcht wegen deiner exzellenten Abiturnote."

Judith wurde sehr ernst. „Seit wir uns kennen, reden wir darüber, wie wichtig es ist, vorurteilsfrei zu sein, da Vorurteile Menschen in Schubladen stecken, aus der es oftmals kein Entrinnen gibt. Und nun passierte dir das bei mir? Josef, du solltest mich besser kennen."

Erneut entschuldigte sich Josef. Judith ließ ihn mit seinem betretenen Gesichtsausdruck stehen und schaltete die Pumpe aus, die Regenwasser aus einem großen Behälter unterhalb der Erde über einen Schlauch ins Planschbecken pumpte. Zurück am Planschbecken bückte sie sich blitzschnell und spritzte mit frechen, funkelnden Augen Josef mit Wasser nass. Total überrumpelt stolperte er ein paar Schritte rückwärts und hielt sich mit viel Kraft aufrecht. Maria bog sich vor Lachen, und Josef stand da wie ein begossener Pudel. Übermütig spritzte Judith nun Maria nass, und Josef lachte herzhaft. Aus dem Wohnzimmer heraus rannten die Kinder zum Planschbecken und spritzten kichernd um sich. Nachdem alle nass waren, fielen sie sich gut gelaunt in die Arme.

„Übrigens, meine Antwort ist ja, und ich freue mich über eure Anfrage."

Judith dachte laut. „Und unsere Söhne? Adrian geht erst in einigen Wochen in den Kindergarten, und Theos ungezügeltes Temperament, sein immerwährendes Interesse an allem …."

Maria unterbrach sie: „Darüber berieten wir natürlich auch, und ich sage dir, wir freuen uns, wenn wir auf eure Söhne aufpassen dürfen, während du mit dem Staubwedel den Staubflocken den Garaus machst."

Josef beugte sich zu Theo und sagte: „Vielleicht steckst du uns mit deiner Lebhaftigkeit und Lebensfreude an."

„Dann fangt mal gleich mit Kinderhüten an. Ich gehe kurz in die Küche."

Bald darauf kam sie mit fünf Eisbechern zurück und bat alle auf die Terrasse.

„Für meine neuen Arbeitgeber", grinste Judith ihre Nachbarn an und verteilte die Eisbecher.

Verdutzt sahen sich Maria und Josef an. „Oh! Soweit waren wir in unseren Gedanken noch nicht", sagte Maria überrascht.

Beide blieben noch eine gute Stunde. In dieser Zeit sahen sie Theo und Adrian beim Plantschen zu und unterhielten sich über Vor(ver)urteil(ung) und wie man dem entgegen wirkt.

Als Hans spätnachmittags nach Hause kam, überfiel sie ihn bereits im Flur mit der Neuigkeit: „Ich habe einen kleinen Job." Sie hielt inne und wartete auf eine Reaktion. Doch Hans zeigte keine und schwieg schelmisch.

„Du bist und bleibst ein alter Spielverderber", schimpfte Judith gespielt und streckte ihm keck die Zunge raus.

„Mama macht bei unseren Nachbarn das Haus sauber und hilft im Garten, und Maria und Josef spielen dann mit uns. Und wenn ich im Kindergarten bin, spielen sie nur mit Theo. Ohne mich, wird das bestimmt langweilig werden", informierte Adrian seinen Papa.

Hans nahm seinen Ältesten schwungvoll auf den Arm, zwinkerte Judith zu und antwortete Adrian: „Das ist eine sehr schöne Aufgabe, die Mama bekommen hat."

„Hat Mama auch gesagt."

Theo zog an Judiths Bein. Auch er wollte auf den Arm genommen werden. Sie nahm ihn hoch, und Hans sagte zu Theo: „Dann machen wir jetzt eine kleine Mama-hat-einen-Job-Feier und zum Nachtisch gibt es Eis."

„Wir hatten heute schon Eis", klärte Adrian seinen Papa auf. Liebevoll sah Hans seine Familie an und dachte: „Solch wunderbare Momente werde ich für viele Monate nicht erleben können." Melancholie erfasste ihn, die er sofort überspielte, indem er mit Adrian auf dem Arm ins Wohnzimmer sauste. Behutsam legte er ihn auf die Couch und kitzelte ihn, bis er „aufhören" rief.

Hans durchlebte ein Auf und Ab der Gefühle und auch der Gedanken. Vor Judith verbarg er das, um sie nicht zu belasten. Wurde er betrübt, weil er seine Familie für eine Zeitlang verlassen würde, vertraute er sich seinem besten Freund Frank an. Ebenso wenn ihn der Gedanke „du lässt Frau und Kinder alleine!" an den Pranger stellte. Wobei Hans wusste, dass dieser Gedanke der Wahrheit entsprach. Er ließ ja tatsächlich Frau und Kinder alleine. Judiths großes Opfer, ihn in Freiheit gehen zu lassen, wusste er wohl zu schätzen.

Einmal an einem Männerabend sprach Hans darüber, wie er in dieser Freiheit gehen würde. Jedoch überrumpelte ihn

Frank mit einer Gegenfrage, die ihn sehr nachdenklich werden ließ. „Kannst du tatsächlich in Freiheit gehen?"

Natürlich konnte er das nicht, gestand er sich widerwillig ein. Als Familienvater und Ehemann war ihm das nicht möglich. Und diese Tatsache nagte regelmäßig in ihm.

Hans sprach auch eine Frage an, die ihn bisweilen plagte. „Was wird sein, wenn ich erfolglos zurückkehre?"

Tauchte diese Frage zuvor auf, hatte er sich immer bemüht, sie nicht zuzulassen. Instinktiv wusste er, sie hätte ihn in Abgründe gezogen. Doch diesmal gab er sich einen Ruck und sprach sie aus.

„Das unterscheidet dich von mir", antwortete ihm Frank. „Bei meiner Flucht nach Afrika verfolgte ich kein Ziel. Mein Vorhaben war lediglich, ich wollte ausbrechen und weit weg sein von allem. Bei dir verhält sich alles anders. Du verfolgst ein Ziel, und du musst vielleicht monatelang auf die Antwort warten."

„Geduldig werden und annehmen was kommt, ist wohl die passende Einstellung und Haltung", schlussfolgerte Hans nachdenklich.

Auch Judith beschlich von Zeit zu Zeit ein herzzerreißendes Gefühl bei der Vorstellung, bald für eine lange Zeit ohne Hans' spürbare Nähe leben zu müssen. So kullerten dann und wann Tränen die Wangen runter, doch nie vor den Kindern und auch nie vor Hans. Sie wollte ihn damit nicht belasten, und eine Belastung wäre es für ihn, dessen war sie sich absolut sicher. Einzig und allein teilte sie ihren Kummer, ihre Traurigkeit ihrer Freundin Astrid mit, die ihr versprechen musste, nicht mit Hans darüber zu reden.

Irgendwann, als Judith wach im Bett lag und Hans bereits schlief, ertappte sie sich bei einem unbehaglichen Gedanken:

„Reichen meine Kräfte und Stärken für die kommenden Monate des Alleinseins aus? Ich bin keine Überfrau und habe auch meine Grenzen. Und neun Monate ohne Hans ist eine sehr, sehr lange Zeit."

Gelegentlich hüpfte auch ein kleines Teufelchen durch ihren Kopf, um sie mit Zweifeln an Hans' Reise zu quälen: „Was, wenn er seinen Lebensduft nicht findet?"

Vehement entgegnete sie dem fiesen Frageteufelchen: „Er wird an sein Ziel gelangen. Neun Monate intensive Suche werden nicht vergebens sein, das will und kann ich nicht glauben! Mein Opfer, ihn gehen zu lassen, wird nicht umsonst sein!"

Manchmal klammerte sie sich an ein heiteres Gespräch, das an einem Samstag beim gemeinsamen Essen zwischen Frank und Hans stattfand.

Wissbegierig wollte Frank von Hans wissen, weshalb er sich für neun Monate entschied.

Bereitwillig antwortete er: „Judith gebar nach neun Monaten Leben, das seinen individuellen Lebensduft hat, und gelangte so zu ihrer Erkenntnis. Und ich hege die Hoffnung, nach neun Monaten zu derselben Erkenntnis zu kommen."

Franks Schlussfolgerung brachte alle zum Lachen.

„Demnach wirst du mit dir neun Monate Schwanger sein, um neugeboren, duftend zurückzukehren."

14.
Wie amputiert

Hans und Judith durchlebten Kummer und Freude, Leid und Hoffnung, Verschlossenheit vor dem anderen und innige Verbundenheit. Die innige Verbundenheit erfuhren sie in tiefen Ebenen wie noch nie zuvor. Die Vorstellung, bald getrennt zu sein, führte sie in eine achtsame, tiefe Beziehung, die von einer neu gewonnenen, behutsamen, sanften Zärtlichkeit geprägt war. Die starken, intensiver gewordenen Gefühle gaben ihnen die Sicherheit und Zuversicht: Nichts und niemand wird uns trennen.

Frank und Astrid taten sich ihrerseits mit der Geheimniskrämerei ihrer Freunde schwer und berieten gemeinsam, was für die beiden zu tun sei oder welche Antworten und Hilfen sinnvoll wären. Einerseits verstanden sie Hans' und Judiths rücksichtsvolles Verhalten einander gegenüber, andererseits plädierten sie mehrmals für Offenheit. Jedoch stießen sie bei Hans und Judith auf taube Ohren. Judiths Argument, weshalb beide ihrem Partner den Kummer verschwiegen, war Astrid einigermaßen verständlich, als ihr Judith dies an einem Frauenabend verdeutlichte.

„Wir beide sind stets darum bemüht, dem anderen die Zeit bis zur Abreise so harmonisch wie möglich zu gestalten. Wir erlebten Momente, in denen es schien, als würde unser inniges Gefühl noch tiefer. Sicherlich tragt ihr dazu bei, denn unseren Kummer dürfen wir bei euch lassen. Ich gebe zu, dass es mich immer wieder Kraft kostet, Hans nichts von meinen sorgenvollen, quälenden Gedanken und Gefühlen zu erzählen, dennoch bringe ich den Mut nicht auf, ihn damit zu belasten."

Besorgt fragte Astrid. „Wie lange wirst du das vorgegaukelte Heile-Welt-Spiel durchhalten?"

Judith reagierte entrüstet. „Ich gaukle ihm nichts vor! Es ist wie ein gegenseitiges, stilles Abkommen zwischen uns. Wir sehen uns an und wissen vom Schmerz des anderen, ohne es auszusprechen. Derjenige, der den Schmerz wahrnimmt, geht liebevoll, behutsam, sanft und zärtlich damit um."

Astrid hakte nach. „Aber woher nimmst du oder nehmt ihr die Kraft dazu?"

„Ich weiß es nicht. Ich weiß nur, dass ich seit kurzem den Abreisetag herbeisehne, weil ich neuerdings gelegentlich Leere verspüre."

Judith wirkte betrübt und Astrid versicherte ihr, dass sie weiterhin für sie da sein würde, ebenso wie Frank für Hans da war.

„Das wissen wir beide und sind euch von Herzen dankbar. Ohne eure Unterstützung hätten wir es freilich nicht bis hierher geschafft."

Beide unterhielten sich noch eine geraume Zeit über dasselbe Thema, jedoch nur mit anderen Worten. Judith erkannte, wie Astrid bemüht war, sie und Hans zu verstehen.

Letztendlich gab Astrid auf und verabschiedete sich an der Tür mit liebevollen Worten: „Auch wenn ich dich noch nicht im ganzen Umfang verstehe, so weiß ich, dass dein Herz voller Liebe ist, und du aus dieser Liebe heraus handelst."

Judith drückte ihre Freundin herzlich und flüsterte ihr ins Ohr: „Danke für deine Freundschaft und ich freue mich auf unser morgiges, gemeinsames Essen."

Sie küssten sich auf die Wange, und Judith sah ihr zu, wie sie in den Wagen stieg. Dann ging sie ins Bett und lächelte vor sich hin.

Am Samstagmittag beim Essen auf der Terrasse, berichtete Judith allen, was sie seit einiger Zeit erleben musste.

„Wir, die Familie Raiche, sind wohl seit geraumer Zeit Gesprächsthema Nummer eins im Ort. Woher auch immer die Leute wissen, dass Hans verreisen wird, sie zerreißen sich den Mund darüber, und ich muss mir nicht immer wohlgemeinte Kommentare anhören. Manchmal werde ich sogar mitleidig belächelt und gelegentlich wird getuschelt, wenn die Leute mich sehen, oder sie beenden rasch die Unterhaltung. Anfangs erklärte und rechtfertigte ich mich. Aber genau genommen interessiert sich niemand für die wahren Hintergründe."

Hans stimmte ihr zu; auch er war in der Bank dem Getratsche der Kunden ausgesetzt.

„So ein Verhalten verstand ich noch nie", meinte Astrid und schüttelte verständnislos den Kopf.

„Den Blick auf andere zu richten ist der einfachste Weg, um nicht vor seiner eigenen Haustür zu kehren und sein eigenes Verhalten zu reflektieren", kommentierte Frank.

Astrid und Frank waren sich einig, dass dies für Judith und Hans eine große Herausforderung war.

Sie wussten nur zu gut, dass zuerst getratscht wird, aber dass irgendwann alles vergessen ist, und die Meute auf die Jagd nach einem neuen Opfer geht. Doch bis es soweit war, waren sie dem Ganzen ausgesetzt.

Judith, Hans und Frank lachten, als Astrid die Zähne fletschte, um ihre Freunde an die *Wölfe* zu erinnern.

„Du siehst echt ulkig aus, wenn du die Zähne fletschst, knurrst und grimmig drein schaust. Aber du hast Recht. Wir müssen den Wolf der Gelassenheit und der Nachsicht füttern und den verärgerten, gekränkten, verständnislosen Wolf verhungern lassen", stimmte ihr Judith zu.

Auch Adrian berichtete nun, dass ihn Kinder im Kindergarten geärgert hätten und behaupteten, sein Papa käme nicht mehr zurück.

So vergingen bei Judith und Hans die wenigen Wochen bis Ende Oktober im Wechselbad der Gefühle und Gedanken und indem sie Adrian stärkten.

Es war Samstag, einen Tag vor Hans' Abreise. An diesem Tag luden Astrid und Frank zum gemeinsamen Abschiedsessen bei sich ein. Astrid war vor Monaten mit Josina zu Frank in die Vierzimmerwohnung nach Ravensburg eingezogen.

In der Früh wischte Astrid die Wohnung durch, unterdessen setzte Frank vor dem Einkaufen noch schnell Josina bei einer Freundin ab.

Nach einer Stunde war der Einkauf weggeräumt, und Frank stand jetzt in der Küche vor Astrid, nahm ihre Hände und druckste herum. Dann gab er sich einen Ruck und fiel mit der Tür ins Haus: „Ich bin zeugungsunfähig!"

Er gab Astrid keine Chance zu sprechen, denn er sprach sich alles ohne Punkt und Komma von der Seele. Er erzählte ihr von seinen Ängsten, Unsicherheiten und davon, dass er sich als Mann in Frage gestellt hatte, ein Gefühl, das er erst nach Jahren einigermaßen überwunden hatte.

„Das wussten bisher nur meine Eltern, und das war auch der Hauptgrund, weshalb ich nach Afrika ging. Ich musste weg! Heute weiß ich, ich rannte vor mir selbst davon."

Astrid war den Tränen nahe, und Frank entschuldigte sich tausendmal für seine Zeugungsunfähigkeit.

„Die Tränen fließen, weil mich dein Schicksal sehr berührt und nicht, weil ich nicht mehr schwanger werde. Wir haben eine Tochter, die dich liebt. Für Josina bist du ihr Papa. Frank, ich liebe dich und teile alles mit dir, selbstverständlich auch diesen sehr harten Schicksalsschlag."

Beide hielten sich umarmt, und Frank weinte Tränen der Erleichterung über Astrids Reaktion und auch über den Schmerz, nie leiblicher Vater zu werden. Lange blieben sie in inniger Umarmung. Frank löste sie, nahm Astrids Gesicht in beide Hände und sagte:

„Astrid, ich liebe dich sehr, und jetzt ein Liebesbeweis: Möchtest du mich ohne Bart sehen?"

„Ja", rief sie freudig.

Frank verschwand mit leichten Schritten ins Badezimmer und rasierte den Vollbart ab.

Zwei Stunden später klingelten Judith und Hans mit ihren Söhnen. Astrid öffnete, und Frank versteckte sich im Schlafzimmer. Josina war vor einigen Minuten nach Hause gekommen, und die Jungen verschwanden in ihr Zimmer. Hans und Judith folgten Astrid in die Küche.

„Ist Frank nicht da?", fragte Judith irritiert. Und schon stand er in der Tür und grinste über beide Ohren.

„Wow! Du siehst gut aus!" Dabei starrte Judith Frank an, mit großen Augen und offenem Mund.

Fröhlich nickte Astrid zur Bestätigung.

Frank sagte grinsend: „Du darfst den Mund wieder schließen." Dabei tippte er mit dem Zeigefinger Judiths Unterkiefer hoch.

Hans war beeindruckt und nickte Frank anerkennend zu. „Gratuliere! So wie es aussieht, hast du in Astrid deine Meisterin gefunden." Hans klopfte seinem Freund lobend auf die Schultern.

„Du darfst uns auch ansehen und nicht ausschließlich Frank", schmunzelte Hans und kniff Judith in den Hintern.

Sie konterte: „Ihr habt keine Ahnung, was es für eine Frau bedeutet, einem gut aussehendem Mann gegenüber zu stehen, der sich jahrelang in voller Absicht hinter seinem strubbeligen Vollbart versteckte."

Hans lachte und antwortete: „Er musste sich ja verstecken! Sonst hätten ihn alle Frauen so unverblümt angestarrt, wie du es tust."

„Ich starre ihn nicht an", verteidigte sich Judith energisch.

Doch niemand glaubte ihr. Von allen wurde sie belächelt.

„Und ich bin mir sicher, du hast dich hinter deinem Vollbart versteckt." Sie reckte kokett ihr Kinn in die Höhe.

„Ein lockerer Beginn für unser letztes gemeinsames Essen", dachte Hans beschwingt und schlang seine Arme um Judiths Taille.

Bis auf wenige Momente war die Zeit des Zusammenseins gelassen und heiter. Gelegentlich spürte Judith, wie Astrid sie beobachtete. Als sie im Wohnzimmer mit Astrid alleine war, stellte sie ihre Freundin zur Rede: „Wozu tust du das?"

Astrid zuckte einen kurzen Moment. „Klar, dass du das bemerkt hast. Ich wollte sehen oder wahrnehmen, wie ihr miteinander umgeht. Und nun stellte ich fest, dass euer gegenseitiges sanftes, behutsames Miteinander bewundernswert ist und von einer tiefen Zuneigung geprägt. Jetzt verstehe ich dich mit dem, was du meintest, dass ihr den Kummer und die Sorgen bei uns lasst, und ihr die Liebe und die Freude miteinander teilt."

Judith umarmte ihre Freundin, und Hand in Hand gingen sie in die Küche zu ihren Männern.

„Frauengeheimnis", beantwortete Judith die unausgesprochene Frage von Hans und Frank.

Nachmittags berieten alle den morgigen Abreisetag von Hans.

Nachdem alles besprochen war, sagten Astrid und Frank zu, am Sonntag in der Früh um kurz nach 7.00 Uhr da zu sein. Judith und Hans wollten um 7.30 zum Stuttgarter Flughafen losfahren.

Es lag eine bedrückende Stimmung in der Luft, die bis zum Abschied anhielt.

Es dämmerte, als die Freunde vor der Wohnungstür standen, um sich zu verabschieden.

„Wartet mal", sagte Frank. Dabei wirkte er, als hätte er einen Geistesblitz gehabt. Dann verschwand er ins Arbeitszimmer. Mit einem Umzugskarton kam er heraus und drückte ihn dem erstaunten Hans in die Hand.

„Diesen leeren Umzugskarton bringst du uns zurück, vollgepackt mit all deinen Erfahrungen, Erinnerungen und deiner Erkenntnis. Das Fläschchen Rosenöl darin soll symbolisieren, dass du deinen Lebensduft finden mögest und duftend zurückkehren wirst."

Hans und Judith waren sehr gerührt und drückten ihre Freunde zum Abschied herzlich und lange. Schweigend gingen sie zum Wagen und fuhren heim.

Zu Hause angekommen gingen sich Judith und Hans wie in stiller Absprache aus dem Weg. Es schien, als wäre alles gesagt, und jeder nahm auf dieselbe schweigsame Art und Weise Abschied vom Partner. Die Stimmung war äußerst melancholisch. Hans hielt sich im Arbeitszimmer auf und Judith im Wohnzimmer. Adrian und Theo waren anfangs in ihrem Zimmer, dann gingen sie zu ihrem Papa und zogen ihn ins Kinderzimmer mit.

Nachdem die Kinder im Bett waren, gingen Judith und Hans wieder in ihren jeweiligen Rückzugsort.

Gegen 21.00 Uhr ging Judith ins Bad hoch, dann zu Hans mit der Bitte, er möge ins Bett kommen. Nach wenigen Minuten lagen Judith und Hans eng umschlungen im Bett, nackt wie Gott sie schuf, und waren nicht imstande, sich loszulassen. Jeder wollte den anderen tausendfach festhalten, seinen individuellen Duft aufsaugen und konservieren, um die neun Monate der Trennung irgendwie zu überstehen. Beide spürten den Abschiedsschmerz des Partners fast körperlich. Es war nicht notwendig darüber zu reden, sie verstanden sich schweigend, es bedurfte keiner Worte mehr. Sie ließen ihre Herzen sprechen, hielten einander fest und waren sich sehr Nahe – so sehr, dass sie sich wie eins fühlten, besonders jetzt beim gegenseitigen Abschied nehmen.

Gelegentlich schlief einer ein. Sobald es der andere wahrnahm, wagte der andere kaum zu atmen, um den Schlafenden nicht zu wecken.

Unaufhaltsam verstrich die Zeit. Die letzte gemeinsame Nacht war vorüber, es war fünf Uhr dreißig und die Uhr zwang sie, ihre Umarmung zu lösen. Schweren Herzens und schweigend standen sie auf, zogen sich an und gingen Hand in Hand in die Küche, um das Frühstück vorzubereiten.

Judiths Herz wünschte sich sehr, Hans halten zu können und Hans' Herz wollte Judith mitnehmen.

Das letzte Mal nahmen sie mit ihren Blicken alles beim Partner wahr, jede Bewegung, jede Mimik und jede Geste. Die tägliche Routine erledigten sie schwermütig. Judith trank ihren Tee und Hans seinen Kaffee. Das Essen ließen sie unberührt.

Noch ein letztes Mal sog Judith Kaffeeduft ein. Hans lächelte, als sie sagte: „Vielleicht brühe ich ab und zu Kaffee auf – in Erinnerung an dich."

„Und ich werde alles Blühende beschnuppern und dabei an dich denken."

Sie standen auf und hielten sich fest. Judith weinte und umklammerte ihn. Hans vergrub sein Gesicht in ihren Haaren und hielt die Tränen zurück.

Judith schluchzte: „Es ist nicht richtig das zu sagen, doch im Augenblick möchte ich dich nicht gehen lassen. Ich möchte, dass du bleibst. Es ist der Abschiedsschmerz, und Abschied nehmen schmerzt sehr."

„Das empfinde ich auch so", sagte Hans gequält. Jemand zog an seinem Bein.

„Du wolltest mich wecken", sagte Adrian vorwurfsvoll zu seinem Papa. Hans nahm ihn auf den Arm, drückte und küsste ihn und ging mit ihm ins Kinderzimmer, um Theo zu wecken wie am Tag zuvor versprochen.

Kurz darauf saßen alle drei im Kinderzimmer auf dem Holzfußboden. Hans lehnte mit dem Rücken am Schrank, und Theo und Adrian saßen auf seinen Oberschenkeln mit ihren Rücken an seinem Oberkörper.

Mit beiden Händen umfasste Hans seine Kinder und dachte traurig:

„Bis ich wieder zurückkehre, habt ihr euch sehr verändert. Und ich bin nicht da, um euch in eurer Entwicklung zu begleiten."

Dann flehte er im Stillen und aus tiefstem Herzen:

„Sollte es irgendwo jemanden geben, der auf euch aufpasst und euch beisteht, dann bitte ich hier und jetzt: Bitte pass du, den ich nicht kenne, auf meine innig geliebten Söhne und auf meine über alles geliebte Judith auf."

Nach zwanzig Minuten kam Hans mit beiden Kindern auf den Armen in die Küche. Er stellte die Jungen auf die Beine, setzte sich auf den Stuhl und hatte auf jedem Oberschenkel wieder ein Kind.

Bald darauf klingelte es, und Astrid, Josina und Frank standen vor der Tür. Theo und Adrian wussten, weshalb Astrid, Josina und Frank kamen, und sahen den Besuch muffig an. Hans hielt es in dem Augenblick vor Herzschmerzen fast nicht mehr aus, so sehr tat ihm der Abschied weh. Am liebsten wäre er aufgesprungen, zur Garage gerannt, hastig in den Wagen gestiegen und losgefahren. Doch zwanzig Minuten musste er noch ausharren. Er kämpfte mit den Tränen, genauso wie Judith und alle anderen auch. Ein gequälter Abschied folgte, bevor Hans und Judith in den Wagen stiegen und wegfuhren.

Beide schwiegen während der ersten Kilometer. Erst als sie auf die Autobahn fuhren, unterbrach Hans die Stille:

„Judith, ich bin dir für alles unendlich dankbar – das sollst du wissen."

Judith lächelte ihn für einige Momente an, bevor sie sagte: „Ich bin deine Frau."

„Deswegen ist es noch lange nicht selbstverständlich was du für mich getan hast, auch deine Opferbereitschaft."

„Gewiss würdest du dasselbe für mich tun", antwortete sie.

„Mag sein."

Das Gespräch war beendet, und sie hingen ihren Gedanken nach.

Judith sah, wie er mit festem Griff das Lenkrad umklammerte, sodass die Knöchel stark hervortraten.

„Er muss loslassen. In jeder Beziehung", dachte Judith. Dann sah sie wieder aus dem Fenster. „Wenn die nächsten neun Monate in derselben Geschwindigkeit vorbeiziehen würden wie die Landschaft, an der wir vorbeifahren, ja – das wäre ein Traum. Leider ist dies eben nur ein Wunsch und entspricht nicht im Geringsten der Realität", dachte sie und streichelte seinen Nacken. Dabei sah sie ihn liebevoll an und sagte nachdrücklich:

„Ich bin dankbar und froh, dich auf deinem unbekannten Weg, zumindest bis zum Flughafen, begleiten zu dürfen."

„Und ich bin dankbar und froh, dass du neben mir sitzt."

Judith sah wieder in Gedanken versunken und verträumt aus dem Fenster. Bis sie den Parkplatz am Flughafen erreicht hatten, schwiegen beide.

„Schon seltsam. Die Zeit verrann wie im Flug, und du begibst dich jetzt im wahrsten Sinne des Wortes im Flug auf eine Reise ins Ungewisse", sinnierte Judith, als sie das Flughafengebäude betraten.

Nach einigen Minuten waren die Formalitäten erledigt, und sie schlenderten Hand in Hand im Gebäude umher, bis es Zeit für einen Abschied auf lange Zeit wurde.

Eng umschlungen verharrten sie vor der Absperrung. Ein letzter Kuss, ein inniger Blick, und mit wenigen Schritten waren sie getrennt. Judith hatte das Gefühl, als würden sie jetzt Welten trennen. Er schien so weit weg. Noch ein allerletzter, herzbewegender Blickkontakt und Hans verschwand aus ihren Augen. Verstohlen wischte sie die Tränen ab und ging, wie mit Blei an den Füßen, zum Wagen.

„Jetzt vergieße ich Tränen des Abschiedsschmerzes, und in neun Monaten vergieße ich Tränen der Wiedersehensfreude, und das an ein und demselben Ort."

Judith startete den Wagen und fuhr Richtung Autobahn. An der ersten Raststätte musste sie anhalten. Sie konnte die Tränen nicht mehr zurückhalten und weinte bitterlich. Alle bisher unterdrückten Tränen flossen wie ein Sturzbach die Wangen runter.

Erst nach einer halben Stunde war sie fähig weiter zu fahren. Es war ihr, als lenkte sie den Wagen wie ferngesteuert. Ihr Kopf war leer und alle Tränen geweint. Für einen kurzen Moment hatte sie den Gedanken, Astrid eine Nachricht zu schreiben, sie möge die Kinder zu sich nehmen, so dass sie zu Hause zuerst mal Zeit für sich hätte.

„Nein! Das ist sehr egoistisch. Sicherlich freuen sich Adrian und Theo wenn ich nach Hause komme."

Aber als sie eine Stunde später den Wagen in der Garage parkte, kam ihr im Haus niemand freudig entgegen.

„Vielleicht sind alle oben", horchte Judith in den Flur hinein, aber im Haus herrschte Totenstille. Im Türrahmen der Küche blieb sie stehen und lächelte. Auf dem Tisch war ein Blumenstrauß mit einem Brief. Judith kannte die Schrift.

Liebe Judith,
wir nehmen Adrian und Theo zu uns, um dir Zeit fürs Ankommen und erdig werden zu ermöglichen, oder wofür du die Zeit auch immer nutzen möchtest.
Liebe Judith,
bitte vergiss nie, dass wir immer für Dich da sind.

In Liebe
Deine Freunde Astrid und Frank
(Bringen die Kinder gegen 17.30 Uhr zurück)

Judith weinte und jammerte: „Mein Seelenzustand ist wohl ziemlich instabil."

Sie ging ins Wohnzimmer, legte sich auf die Couch und schlief sofort ein. Sie träumte, Hans lag neben ihr, so wie in der gestrigen, allerletzten Nacht vor seiner Abreise. Sie wagte nicht sich zu bewegen, um ihn ja nicht zu wecken. Irgendwann spürte sie seine warme Hand auf ihrem Gesicht. Plötzlich erschrak sie! Es war nicht Hans' Hand, es war eine Kinderhand. Schlagartig war sie hellwach und setzte sich auf. Vor ihr standen Theo und Adrian und im Türrahmen Astrid.

„Sie wollten unbedingt zu dir."

Verschlafen sah Judith auf die Uhr: „Ah, jetzt verstehe ich. Es ist noch nicht 17.30 Uhr, es ist 16.47 Uhr."

Sie nahm ihre Söhne auf den Schoß und beantwortete ihre Fragen nach Papa. Astrid signalisierte ihr, sie werde gehen.

„Danke!", rief ihr Judith hinterher.

Vom Flur aus rief Astrid: „Ich komme morgen vorbei! Tschüss."

Und Judith erzählte weiter. Hernach holte Adrian die Kinderbücher über Indien, Krankenhäuser und Flugzeuge. Lange wurde über Papa und die Bücher gesprochen, dann ging Judith in die Küche zum Essen kochen.

Um 18.00 Uhr saßen alle am Tisch. Die Stimmung war gedrückt.

„Papas Platz ist leer", sagte Adrian betrübt.

„Eine Leere auf lange Zeit, und unsere Söhne spüren das. Sie sind anders als sonst", dachte Judith traurig.

Die allabendliche Routine hatte einen Bruch erlitten.

„Die Vorstellung, für neun Monate alleine zu sein, ist grauenvoll", dachte Judith und unterdrückte die Tränen. „Für Theo und Adrian muss ich lernen, mich zu beherrschen. Wobei sie sensibler sind, als wir Erwachsene von ihnen denken. Sie werden mich spüren und wahrnehmen, besonders wenn ich mich beherrsche und ihnen dadurch etwas vormache."

Judith war den Tränen nahe und schickte die Jungen ins Bad hoch. Schnelle Gedankenblitze durchzuckten sie.

„Wieso spiele ich den Kindern etwas vor? Wieso lasse ich meine Tränen nicht zu? Ab nun werde ich nichts vor den beiden verbergen! Wir wollen ja, dass sie ehrliche, offene, verantwortungsbewusste Menschen werden. Da ich ihr engstes, nächstes Vorbild bin, muss ich sie an meinen Gefühlen und Gedanken teilhaben lassen! Ja, das tue ich! Wenn ich schwach bin, bin ich schwach und verheimliche das unseren Kindern nicht mehr. Schließlich sollen sie Gefühle zulassen, leben und zeigen können, besonders auch als erwachsene Männer!"

Sie ließ alles stehen und liegen und rannte die Treppe hoch ins Bad. Sie setzte sich zu den überraschten Jungen auf den Boden und sprach offen mit ihnen über ihren Kummer, und dass sie Papa sehr vermisste. Befreit fielen ihr Adrian und Theo um den Hals, weinten und erzählten ihr, dass ihnen Papa fehlte und sie deswegen sehr unglücklich waren.

„Das war der richtige Weg!", bestätigte Judith ihre Entscheidung.

Adrian und Theo nahmen ihre kleinen Stofftiger mit ins Bett, die ihnen Hans in der Früh zum Abschied geschenkt hatte.

Nach dem Gute-Nacht-Kuss sagte Judith: „Und wenn ihr wollt, redet mit Papa, als ob er da wäre. Ich werde das auch tun."

„Bleibst du noch ein bisschen?", fragte Theo, und Judith blieb bei ihnen, bis sie eingeschlafen waren.

Anschließend machte sie in der Küche Klarschiff und zog sich auf die Couch zurück. Sie ließ das Licht aus und wurde unruhig.

„Die Couch ist leer!", wimmerte sie. Dann wurde sie immer verzweifelter und klagte laut: „Sie ist verdammt noch mal leer und wird es für neun lange Monate bleiben!"

Nach einer sehr emotionsgeladenen Stunde der Traurigkeit, Verzweiflung und auch Wut zündete sie unter Tränen die drei Kerzen auf dem Tisch an, die Hans dorthin gestellt hatte, und hörte sich seine Lieblingsmusik an. Gegen 21.30 Uhr schrieb sie Astrid folgende Nachricht:

„Liebe Grüße noch von Hans und schlaf gut. Deine Judith."

Bald darauf fantasierte sie, wie er im Flugzeug schlief und sie ihm zärtlich einen Gute-Nacht-Kuss gab. Danach flüsterte sie ihm zu:

„Hans, ich liebe dich, und jede Pore meines Körpers sehnt sich bereits nach dir."

Erschöpft schlurfte sie ins Bad hoch und ging gleich ins Bett. Sie lag unter Hans' Bettdecke, umklammerte sein Kopfkissen und sog seinen noch verbleibenden Duft ein. Ausgelaugt schlief sie ein und träumte wirres Zeug.

Wie gerädert stand sie um 6.30 Uhr auf. Ihr graute vor dem Tag ohne Hans. In der Küche stand sie vor der *Wolfgeschichte* und fletschte die Zähne.

„Ihr könnt mir erzählen, was ihr wollt. Ich weiß, dass ich einen Wolf füttere, der mir nicht gut tut, nämlich den Wolf des Schmerzes, den Wolf des Alleinseins, den Wolf des Jammerns. Nein! Ich bin nicht stark! Ich bin schwach! Und momentan fühle ich mich sehr schwach. Ich fühle mich, als wäre ich amputiert worden. Ein Teil von mir fehlt. Und damit muss ich klar kommen."

Ganz leise kullerten ihr wieder Tränen über die Wangen. Sie starrte zum Fenster hinaus und dachte an ihren Mann, der sehr weit weg war. Wie lange sie dastand, wusste sie nicht. Irgendwann hörte sie eine Kinderstimme sagen:

„Mami, wir sind schon wach. Wir haben das Bett geschüttelt, alles zum Anziehen ausgesucht und uns alleine angezogen. Freust du dich jetzt?"

Judith plagte das schlechte Gewissen. „Tut mir so leid! Bitte verzeiht mir! Ich hörte euch nicht kommen. Ich war zu sehr mit mir beschäftigt, weil ich Papa so sehr vermisse. Und ja, ich freue mich riesig darüber. Das habt ihr wunderbar gemacht."

Während sie sprach, kniete sie auf den Boden und drückte liebevoll ihre beiden, wunderbaren Söhne. Judith verstand sofort. Adrian hatte ihr eine Freude bereitet als Trost, weil sie Hans schmerzlich vermisste.

„Ich liebe euch von ganzem Herzen!" Dabei küsste sie beide und herzte sie inniglich. „Gemeinsam schaffen wir das!"

„Sagt Adrian auch", meinte Theo.

Judith unterschätzte immer wieder ihren Nachwuchs. Sie ahnte nicht, welche Kraft von ihnen ausging, und dass ihr diese Kraft behilflich sein würde in der schweren Zeit ohne Hans.

15.
Schmerzen

Es hatte sich gezeigt, dass Judith besonders von Montag bis Freitag in der Früh und am Abend unter Hans' Abwesenheit litt, weil zu diesen Zeiten Hans meistens zu Hause gewesen war.

In der Früh war die Leere unbarmherzig präsent, da sie bereits beim wach werden spürbar wurde. Das Bett war leer, keine Umarmung, kein Guten-Morgen-Kuss, kein Kaffeeduft, kein „viel Freude mit den Kindern" beim Verabschieden. Die Abende ohne ihn waren genauso schmerzlich: Kein Begrüßungskuss, ohne ihn am Tisch sitzen müssen, alleine die Kinder zu Bett bringen … das trostloseste war, dass sie allein auf

der Couch liegen musste. Jeden Abend flossen, herzzerrei-
ßende Tränen, und immer wieder fühlte sie sich kraftlos. Die
Steigerung vom Alleinsein auf der Couch war das Schlafzimmer. Keine Umarmung, keine Nähe … sie verspürte Einsamkeit.

Manchmal schimpfte sie verzweifelt auf das schlechte oder
nicht vorhandene Internet in Indien.

Nun stand das Wochenende vor der Tür, und Judith blickte
mit gemischten Gefühlen auf die nächsten Tage.

Am Samstag war sie bei Astrid und Frank zum gemeinsamen, traditionellem Essen eingeladen. Judith traf um 10.30 Uhr
bei ihnen mit Adrian und Theo ein und verabschiedete sich
gleich nach dem Mittagessen.

„Es geht nicht. Ich kann nicht. Es ist nicht dasselbe wie vorher. Zu viert sind wir wie eine wunderschöne, duftende Blume
und nun fehlt der Duft. Hans ist für mich der fehlende Duft.
Versteht ihr, was ich damit sagen möchte?"

Astrid und Frank nickten.

„Bitte lasst uns pausieren", flehte Judith mit feuchten Augen.

Ihr war Astrids und Franks Einverständnis sehr wichtig. Es
sollte von allen mitgetragen werden. Selbstverständlich
stimmten beide zu, zwar eher ratlos, weil sie annahmen, die
Treffen wären für Judith gut, dennoch verstanden sie ihre
Freundin.

Sie saßen alle am runden Kiefernholztisch. Astrid stand auf,
ging auf ihre Freundin zu und umarmte sie.

Judith schluchzte: „Er fehlt mir sehr! Ich weiß nicht, wie ich
das neun Monate überstehen soll."

Zehn Minuten später saß Judith mit ihren Söhnen im Auto
und fuhr heim. Ihr war die Gesellschaft ihrer Freunde zuviel.

Judith hatte in den ersten Tagen des Alleinseins den Unterschied zwischen *Wünschen* und *Sehnsucht* erfahren.

Bisher hatte sie geglaubt, es wäre ihre Sehnsucht, die drei bedeutungsvollen Worte zu hören – weit gefehlt. Was sie seit Hans' Abreise verspürt hatte war schmerzhafter und schien tiefer zu gehen als alles, was sie bisher kannte. Die drei bedeutungsvollen Worte zu hören war lediglich ein Wunsch, kein Vergleich zu dem, was die Sehnsucht nach ihrem geliebten Hans bedeutete.

Irgendwann dachte sie in ihrem Alleinsein an Menschen, deren Partner starben. Sie empfand starkes Mitgefühl, weil sie für einen kurzen Moment ihre Situation mit deren Pein gleichsetzte. Jedoch nur für einen kurzen Moment. Ihr wurde sogleich bewusst, dass dies nicht vergleichbar war, weil Hans wieder zurückkehren würde. Dieser Gedanke war tröstend für sie. Jedoch stellte sich sogleich ein unwohles Gefühl dabei ein. Sie suchte den Grund und wurde fündig. Diese Linderung ihres Schmerzes war auf das Leid anderer Menschen aufgebaut. So nahm sie den Trost nicht an und blieb beim Mitgefühl für Witwen und Witwer.

Wenige Tage später, Judith wachte mit Leere wieder auf, befahl sie sich: „Freue dich auf Adrian und Theo!"

Es kostete sie Mühe, dies umzusetzen. Beim Frühstück beobachtete sie ihre Söhne eingehend.

„Sie wirken verträumt", dachte sie und horchte in sich hinein um zu spüren, ob dies sorgenvolle Gefühle ausgelöst hatte.

„Nein, alles ist gut", stellte sie erleichtert fest.

Zwei Stunden später waren sie im Kindergarten. Adrian gab ihr einen Abschiedskuss und wünschte ihr: „Viel Freude mit Theo."

Verwundert starrte sie ihn für einen Augenblick an, denn Hans verabschiedete sich allmorgendlich mit fast denselben Worten. Hans sagte immer: „Viel Freude mit den Jungs!"

Freudig küsste und herzte sie ihn. „Dir auch viel Freude mein Schatz!"

Adrians Wunsch bereitete ihr ein wohlig warmes Gefühl. Sie wusste genau, dass er sie mit den Worten trösten wollte. Spontan beschloss sie, für Hans Tagebuch zu führen.

Der erste Eintrag, als Datei auf dem Rechner, wurde Adrians Abschiedsgruß. Im Tagebuch schrieb sie mit keiner Silbe von der Sehnsucht nach Hans, von der Leere, von ihrer Traurigkeit. Sie hielt lediglich das fest, was mit den Kindern zu tun hatte.

Abends am 29. November stellte Judith entsetzt fest: „Wir haben für den ersten Advent keine selbstgebackenen Plätzchen!"

Der Gedanke, die Advents- und Weihnachtszeit ohne Hans verbringen zu müssen, machte sie unglücklich, und sie kroch auf der Couch unter die Decke und jammerte laut:

„Und wieder einmal bekomme ich es ohne dich nicht hin. Du fehlst mir tausendfach. Mit dir erhält mein Leben seinen unvergleichlichen Duft. Und nun werden wir die Adventzeit und das Weihnachtsfest ohne dich verbringen. Es war immer unser gemeinsames, besinnliches Familienfest."

Sie wimmerte leise vor sich hin. Obwohl sie von sich behauptete, sie glaube nicht an Gott, feierte sie mit ihrer Familie das Fest der Liebe und legte großen Wert auf die biblische Geschichte.

Tags darauf wurde sie für Heiligabend von Maria und Josef und von Astrid und Frank eingeladen. Vehement lehnte Judith ab.

„Ich werde das Fest mit meinen Kindern zu Hause feiern und dieses Jahr ohne Gäste. Und hört bitte auf, mich mit Mitleid zu überhäufen! Mitgefühl nehme ich an aber kein Mitleid", antwortete sie enttäuscht.

Sie wusste von den Sorgen ihrer Freunde um sie und auch, dass sie berechtigt waren. Judith war sich ihrer Veränderung bewusst. Sie versprühte nicht mehr die Heiterkeit und Fröhlichkeit wie vor Hans' Abreise. Das sagte sie auch ihren Freunden:

„Ich bin melancholischer und auch besonnener geworden, und ich weiß, dass ich mich euch gegenüber verschließe und mich zurückziehe. Aber ich bin diejenige, die mit der neuen Situation des Alleinseins leben muss! Und ich schaffe das nicht so gut, wie ich es mir anfangs vorgestellt habe!"

Judith fühlte sich von ihren Freunden unverstanden, doch das verschwieg sie ihnen.

„Wie sollten sie das auch verstehen?! Sie waren noch nie so lange von ihrem Partner getrennt!"

Judith entwickelte einige Strategien, dem Gefühl des Alleinseins zu entkommen, wie zum Beispiel, sich in glückliche Situationen mit Hans hineinzuversetzen. Dies wirkte allerdings immer nur kurzzeitig. Meditation brachte ebenfalls nicht den erhofften, anhaltenden Erfolg. Sie erhielt auch wohlgemeinte Ratschläge von alleinerziehenden Müttern im Kindergarten. Allerdings hatten Ratschläge für Judith den Effekt von Schlägen. Letztendlich war alles wirkungslos.

„Vermutlich vermisse ich ihn zu sehr", war ihre resignierte Antwort.

Am Montag nach dem zweiten Advent stand Judith mit offenen Mund und großen Augen in der Küchentür. Adrian und Theo begrüßten sie frohgelaunt und Adrian sagte:

„Ich habe Kaffee gemacht, weil du den Kaffeeduft gerne riechst, und dein Tee ist auch fertig. Theo hat derweil den Tisch gedeckt und alles aus dem Kühlschrank geholt, was wir zum Frühstücken brauchen. Wir waren auch ganz leise, so dass wir dich nicht aufwecken. Und das alles haben wir gemacht, weil ich eine Idee habe, und dazu musst du ja sagen."

Jetzt roch Judith den Braten und schmunzelte.

„Ganz egal weshalb ihr das alles getan habt, ich freue mich riesig darüber!"

Lange herzte sie ihre fabelhaften Kinder. Adrian löste sich ungeduldig aus der Umarmung.

„Seine Idee brennt ihm auf der Zunge", dachte sie und sah ihn erwartungsvoll an.

„Bald bin ich fünf, also noch erwachsener als gestern. So möchte ich ab heute vom Kindergarten alleine nach Hause gehen. Bei Astrid in der Bäckerei mache ich einen Zwischenstopp und sage *Hallo*. Dann gehe ich weiter nach Hause. Und – darf ich? Bitte sag ja!"

Judith überlegte. Durch das intensive Zusammensein mit ihren Söhnen erkannte sie sofort, wenn sie einen großen Entwicklungsschritt gemacht hatten; dann sollte sie das Kind nicht ausbremsen, denn Kinder haben selbst ein gesundes Gespür dafür, und Adrians Vorschlag klang gut durchdacht.

Sie sah ihn an und dachte leicht betrübt:

„Er ist erst viereinhalb und schreitet mit Riesenschritten in seine verantwortungsvolle Selbstständigkeit." Diese Entwicklung war ihr augenblicklich zu schnell, jedoch wollte sie nicht nein sagen.

„Wie wäre es mit einem Kompromiss?", fragte sie ihn und erklärte ihm *Kompromiss*. „Zuerst müssen wir Frau Glecke im Kindergarten sagen, dass du heute ohne mich nach Hause gehen darfst. Nun der Kompromiss: Ich bringe Theo zu dir, dann musst du nicht alleine gehen. Natürlich verschwinde ich sofort und gehe zu Astrid. Bei ihr warte ich auf euch, und gemeinsam gehen wir nach Hause. Dann bist du den halben Weg alleine gegangen. Und nächste Woche darfst du den ganzen Weg bis nach Hause allein gehen."

Judith ahnte, dass ihm das missfiel. Dementsprechend verzog er das Gesicht, aber er stimmte dennoch zu.

Sie fragte beide Kinder: „Wisst ihr, was sehr wichtig ist, wenn ihr zu zweit unterwegs seid?"

Beide nickten und Adrian antwortete:

„Dass wir uns an den Händen halten, nicht loslassen und ich auf dem Bürgersteig außen zur Straße gehe, weil ich der ältere bin und Theo noch nicht so gut auf die Autos achtet, deshalb geht er innen."

„Richtig! Also abgemacht?"

„Jaaaaa", riefen beide glücklich.

Knapp neunzig Minuten danach war die Gruppenleiterin Frau Glecke informiert, und Judith ging mit Theo zu Maria und Josef, denn heute war Minijobtag.

Nach getaner Arbeit und einem kurzen Schwätzchen brachte Judith Theo in den Kindergarten. Adrian freute sich riesig ihn zu sehen, da heute sein großer Tag war, wie er allen im Kindergarten erzählte. Aufgeregt und energisch wurde Judith sofort von ihrem Sprössling weggeschickt. Sie sparte sich, ihn an die Verhaltensregeln zu erinnern, denn Adrian wäre darüber verärgert gewesen und hätte sicherlich entrüstet geantwortet: „Ich bin doch kein kleines Kind mehr!" Schmunzelnd und stolz winkte sie ihren Kindern zum Abschied. Sie erkannte, wie Adrian ungeduldig wurde, weil seine Mama immer noch da stand und ihnen zuwinkte. Geschwind drehte sie sich nun um und verschwand nach draußen.

Nach wenigen Minuten stellte sie sich in eine Einfahrt, um von ihren Söhnen unbemerkt nach ihnen zu sehen. Nachdem sie sich vergewissert hatte, dass alles gut war, stakste sie beruhigt weiter durch den Schnee zur Bäckerei.

Von weitem sah sie einen Bettler, der in Hocke neben der Eingangstür der Bäckerei saß. Sie zögerte, weil ihr die Vorstellung, an ihm vorbeigehen zu müssen, nicht behagte.

Sie verstand ihr Verhalten nicht und dachte laut: „Heute benehme ich mich wirklich bescheuert! Als hätte ich Angst, dem Mann zu begegnen!"

Judith ging langsam weiter und musterte ihn. „Der Mann scheint jung zu sein, vielleicht Ende zwanzig. Sehr schlank und vermutlich auch groß. Wellige, dunkelblonde, schulterlange Haare unter einer grauen Strickmütze. Eine wohl viel zu große Jeansjacke und ebenso eine viel zu große Jeans. Er wirkt in seiner Kleidung verloren."

Er sah sie freudig an. Je näher sie kam, desto schwerer wurden ihre Schritte, bis sie vor ihm stand. Sie sah in seine Augen, von denen sie sich magisch angezogen fühlte.

„Er wirkt vertrauensvoll und offen", dachte sie. Ungewollt lächelte sie zurück. „Es ist als ob er tief in mich reinschaut."

Judith fühlte sich unwohl und stürmte durch die Eingangstür. Astrid bediente eine Kundin, und Judith dachte über die seltsame Begegnung nach. Dann hörte sie von weitem ihren Namen rufen. Geistesabwesend blickte sie zu Astrid.

„Wo warst du soeben?", fragte diese.

„Bei dem eigenartigen Obdachlosen, der in Hocke vor der Tür sitzt." Judith sprach sehr leise.

„Ja, der Mann war hier und kaufte ein Brötchen. Aber, ein Obdachloser? Nein! Er wirkte auf mich sehr gepflegt, und er war äußerst charmant. Und sein Lächeln ist wahrlich umwerfend", schwärmte Astrid.

Judith sah nach draußen, weil sie Adrian hörte. Hastig wollte sie rausrennen, stoppte aber vor der Tür und hörte ihren Söhnen zu, wie sie dem Mann von ihrem abwesenden Vater erzählten.

Judith war empört: „Einem Fremden vertrauen sie ihren Kummer und ihre Gedanken an!"

Adrian erzählte weiter, während Judith verärgert dastand. „Und Mami weint oft, weil sie Papa sehr vermisst."

Judith wurde es zu viel, und sie riss schwungvoll die Tür auf und machte sich durch tiefes Räuspern bemerkbar.

„Hallo Mami!", wurde sie wider Erwarten von beiden frohgelaunt begrüßt. Statt einer artikulierten Rüge blieb ihr Mund verschlossen, und sie lächelte ihren Nachwuchs und den Fremden verlegen an.

„Exakt wie vorhin. Auf eine unerklärliche Art und Weise verfliegen alle bisherigen Bedenken, Vorhaben und negativen Haltungen meinerseits, wenn sich unsere Blicke begegnen. Sicherlich ergeht es Adrian und Theo ebenso, da sie noch nie zuvor dieses vertrauensselige Verhalten Fremden gegenüber gezeigt haben."

Barsch unterbrach Adrian ihre Gedanken und fragte: „Was gibt es zum Essen?"

Ehe sie antworten konnte, plapperte Adrian unbekümmert weiter. „Weißt du, Papa sagt immer, dass unsere Mami die beste Köchin ist, auch wenn es mir nicht immer schmeckt. Und wenn Frank kocht, schmeckt es auch nicht besser. Aber das dürfen wir Frank nicht sagen. Mama und Papa meinen, das wäre unhöflich. Und beide möchten, dass wir höfliche Kinder sind."

Ohne seinen Redefluss zu unterbrechen, drehte sich Adrian flugs zu Judith und fragte sie: „Du hast doch nichts dagegen, wenn er mitkommt?"

„Äh, hm, nein. Wieso sollte ich?", stotterte sie überrumpelt.

„Prima! Er ist ja kein Fremder für uns", sagte Adrian zu seiner Mama, und zu dem Fremden sprach er: „Weißt du, fremde Menschen dürften wir nicht einladen."

Beide Kinder boten dem Mann die Hand, um ihm beim Aufstehen behilflich zu sein. Dankend nickte der Fremde und blickte Judith, die das Geschehen sprachlos und perplex mit verfolgte, erneut tief in die Augen. Mit beiden Kindern an der Hand ging der Obdachlose voraus. Judith trottete nachdenklich, auf Distanz bedacht, hinter den Dreien her.

„Wir bemühten uns immer, den Kindern beizubringen, sich vor Fremden in Acht zu nehmen, und sie reden und tun so, als ob sie ihn schon lange kennen. Wer soll das verstehen? Ich jedenfalls kann das nicht!"

Sie hob den Kopf gen Himmel und rief in Gedanken verzweifelt: „Hans, tue ich das Richtige?"

„Ja!" Es war tatsächlich so, als hörte sie ihn das sagen.

Judith war über sich selbst schockiert. „Mein Gott! Was tue ich hier? Wir nehmen einen charismatischen Fremden, der ein Obdachloser zu sein scheint, mit nach Hause, und ich höre Hans antworten! Würde ich das jemanden erzählen, man hielte mich zu Recht für verrückt!"

Augenblicklich erinnerte sie sich: „Der Mann saß nur da und bettelte nicht! Er schien auf jemanden zu warten! Ein merkwürdiger Mensch! Und doch, unsere Kinder haben, wie alle Kinder, ein feines Gespür und zeigten bei ihm keinerlei Hemmungen. Ganz im Gegenteil, sie vertrauen ihm blindlings."
Alle drei warteten bereits an der Haustür auf sie. Judith war sich nicht bewusst, dass sie sehr langsam dahintrottete.

„Wie eine Schnecke kriechst du langsam die Straße entlang!", lachte Theo vergnügt.

„Ich musste nachdenken", rechtfertigte sich Judith. Normalerweise hätte sie ihn für den Vergleich mit der *Schnecke* gerügt.

„Und weshalb tat ich das nicht?", fragte sie sich. „Keine Ahnung! Heute ist einfach ein verrückter Tag. Kein Wunder, nach dieser seltsamen Begegnung!"

Kaum waren sie im Flur, äußerten die Kinder den Wunsch, der Fremde möge in ihr Zimmer mitgehen und mit ihnen spielen. Der Mann blickte Judith erneut, selig lächelnd, tief in die Augen. Daraufhin stimmte sie bereitwillig zu und fing mit Kochen an. Der Fremde ging ihr nicht aus dem Kopf, und ihr fiel auf, dass er kein einziges Wort sprach, obwohl sie den Eindruck hatte, er plauderte mit Adrian und Theo.

Nach einer dreiviertel Stunde rief Judith die Treppe hoch: „Essen ist fertig!"

Sofort polterten zwei Paar Kinderfüße die Treppe runter. Der Fremde war hinter ihnen und schien die Treppe hinab zu schweben.

„Er verhält sich immer sonderbarer. Ich wohl auch. Oder weshalb ließ ich einen Fremden mit den Kindern allein im Kinderzimmer?"

Judith, immer noch im Flur, hörte aus der Küche heraus die Jungen streiten. Jeder wollte, dass der Mann auf seinem Platz saß.

Sie beendete energisch den Streit, indem sie beschloss: „Er darf auf Papas Platz sitzen. Dort habe ich bereits für ihn gedeckt."

„Das ist die beste Idee! Er ist ja auch so groß wie Papa", stellte Adrian lakonisch fest.

„Und er hat Papas Statur", ergänzte Judith freudig. Erstaunt über das, was sie tat und sagte, nahm sie sich vor, ab nun zurückhaltender und bewusster zu sein.

„Ich bin nicht mehr Herrin über mein Verhalten, über meinen eigenen Willen und über meine Gedanken", dachte sie.

Kurz darauf fragte sie ihn interessiert: „Noch hörte ich sie nicht sprechen. Sind sie stumm?"

„Er ist stumm! Aber das macht nichts, wir verstehen ihn trotzdem", antwortete Theo und setzte sich auf seinen Platz. Der Fremde nickte und lächelte sie fröhlich an.

„Magst du Fisch?", fragte Adrian.

Theo antwortete: „Ja, er mag Fisch."

Bevor der Fremde zu Essen begann, beugte er den Kopf und hielt kurz inne. Erst dann begann er zu essen. Augenblicklich aß er mit großem Appetit.

Judith verspürte keinen Hunger und stocherte lustlos in ihrem Teller. Sie sträubte sich dagegen, den Fremden zu mögen, und doch fühlte sie sich in seiner Gegenwart sehr wohl.

Sie beobachtete ihre Söhne und stellte fest: „Seit Hans' Abreise waren sie nicht mehr so gelöst und voller Freude wie jetzt. Und sie essen, als hätten sie tagelang gehungert. Ich muss wohl dem Mann gegenüber all meine Bedenken über Bord werfen. Denn bin ich absolut ehrlich zu mir selbst, muss ich zugeben, dass seine Ruhe, seine Gelassenheit und die Zufriedenheit, die er ausstrahlt, sich auf mich überträgt und ebenso auf die Kinder. Ich kann mich nicht dagegen wehren."

„Das sollst du auch nicht!"

Bestürzt schaute sie den Fremden an und fragte ihn: „Sagten sie etwas?"

„Na endlich hast du ihn auch gehört!", sagte Adrian mit vollem Mund.

„Und du sollst zuerst runterschlucken, bevor du sprichst!", ermahnte ihn Judith ärgerlich.

„Aber es war wichtig, und da kann ich nicht zuerst schlucken und dann sprechen", verteidigte sich Adrian.

Aus dem Augenwinkel heraus beäugte Judith den Fremden. Er zeigte keinerlei Regung.

„Sie sagten, ich solle mich nicht dagegen wehren. Weshalb nicht?", fragte Judith den Fremden.

„Na, weil er für uns nur Gutes will", mischte sich Theo ein.

„Und woher weißt du das?", erkundigte sich Judith schnippisch bei ihrem Sohn.

„Weil wir das einfach wissen, und weil er mir und Adrian das sagte. Und auf ihn ist Verlass."

„Aber er ist stumm. Woher willst du das dann wissen?"

„Du hast selbst erzählt, dass du mit Papa sprichst, wenn du im Bett bist oder auf der Couch liegst. Und er antwortet dir, weil du ihn lieb hast. Weshalb soll es beim Retter anders sein?"

„Bei wem?", fragte Judith verdutzt und zog die Stirn in Falten.

„Na bei ihm." Dabei zeigte Theo auf den Fremden. „Adrian und ich nennen ihn so. Denn seit er da ist, geht es uns viel besser. Wir fühlen uns wohl und vermissen Papa nicht mehr so doll. Und weil er uns gerettet hat, ist er unser Retter."

Sie sah, dass der Name *Retter* die Augen des Fremden vor Freude funkeln ließ.

Judith wurde nachdenklich. „Die Kinder haben Recht! Seit er in ihr Leben getreten ist, sind sie fröhlicher." Und sie fühlte sich ja auch sehr wohl bei ihm, wenn sie ehrlich zu sich selbst war. Sie vertraute ihm, obwohl sie ihn nicht kannte. Es ist sein warmer, liebevoller Blick, sein ganzes Wesen strahlt Sicherheit und Vertrauen aus. Er ist eine besondere Erscheinung."

Wiederum war es, als hörte sie ihn sprechen, wobei er die Lippen nicht bewegte: „Deine Kinder haben mich erkannt."
Erst jetzt bemerkte Judith, dass er sie die ganze Zeit über liebevoll ansah. Sie nahm eine von ihm ausgehende Wärme wahr, die ihr Innerstes berührte.

„Es ist verrückt, aber ich könnte es mit Geborgenheit beschreiben", dachte sie.

Als könnte er ihre Gedanken lesen, nickte er. Sie sah ihn an und fragte sich gedanklich: „Wer ist er?"

Er antwortete, aber auch diesmal kam kein Wort über seine lächelnden Lippen. „Warte ab und habe Geduld!"

Judith war verwirrt. Mechanisch räumte sie den Tisch ab. Sogleich waren ihr der Retter und die Kinder behilflich. Danach fragten ihre Jungen, ob der Retter noch bleiben durfte.

„Wenn er Zeit hat?" Die Frage richtete sie an den sogenannten Retter.

Zur Antwort nickte er. Rasch nahmen Adrian und Theo seine Hand und zogen ihn mit nach oben.

„Wir müssen schnell sein. Sonst überlegt es sich Mama anders!", rief Adrian vom Flur in die Küche.

Judith musste schmunzeln und rief zurück: „Du bist ein Schelm!"

Sie ging ins Wohnzimmer, legte sich auf die Couch und ließ die letzten neunzig Minuten Revue passieren.

„Sein Lächeln ähnelt dem von Hans. Lächelt er mich an, ist es, als ob ich Hans' Lächeln sehe. Ist eine fast unglaubliche Geschichte."

Wie lange sie nachsinnend auf der Couch lag, wusste sie nicht, jedenfalls stand plötzlich der Retter im Türrahmen.

Abrupt setzte sie sich auf. „Sie wollen gehen?"

Er nickte nur.

„Ihre Augen sind der absolute Oberhammer. Noch nie habe ich jemanden mit diesem Blick erlebt. Ihr ganzes Wesen strahlt eine Geborgenheit aus. Ich wünschte mir, dass Hans dich kennen lernt."

„Das wird er", antwortete der Retter.

Sie war nicht mehr verwundert, dass seine Lippen geschlossen waren, obwohl er antwortete. Dies passte zu seiner sonderbaren Erscheinung.

„Wird er dasselbe empfinden wie wir?", fragte Judith skeptisch und doch hoffnungsvoll.

„Das liegt an ihm."

„Wieso an ihm?" Judith war baff.

„Er muss sich öffnen."

„Für was?", hakte sie nach.

„Das Band!"

„Du sprichst in Rätseln!"

Er schwieg.

„Du meinst das Liebesband?"

Er nickte.

„Was hat das mit dir und Hans zu tun?"

Er lächelte nur, während Judith auf Antwort wartete.

„Verrätst du mir wenigstens, wer du bist?" Judith wurde ungeduldig.

„Du wirst es vermutlich selbst herausfinden."

„Und wenn nicht?", fragte Judith gereizt nach.

„Vertraue dir!"

Autsch, das saß. Sie schluckte und rang für einen kurzen Moment um Fassung.

„Sehen wir dich wieder?"

Er nickte und hob die Hand zum Abschiedsgruß – und weg war er.

Bald darauf standen Adrian und Theo in der Tür. „Er hat uns versprochen wieder zu kommen. Und wenn er was verspricht, dann hält er sein Versprechen. Nur, wann er wieder kommt, hat er nicht gesagt", informierte Adrian seine Mama.

„Dann warten wir ab und freuen uns darauf", antwortete Judith.

Am Abend, die Kinder waren im Bett, schrieb sie alles, was mit dem Retter zu tun hatte, ins virtuelle Tagebuch. Sie war bemüht, alle Dialoge und Emotionen niederzuschreiben, so dass Hans nach seiner Wiederkehr davon erfahren würde.

„Auf eine eigenartige Weise fühle ich mich innerlich sehr stark. Muss wohl auch mit ihm zu tun haben."

Sie ging ins Wohnzimmer, zündete die drei Kerzen an und legte sich auf die Couch. Sie gab sich ihrer wieder gewonnenen Stärke hin. „Ich könnte Bäume ausreißen, so stark fühle ich mich. Kein Kummer, kein Schmerz ist mehr zu spüren – absolut unerklärlich."

Obwohl es längst 23.00 Uhr vorbei war, verspürte sie keine Müdigkeit. Dennoch ging sie zu Bett und schlief ein, als läge sie auf Wolke sieben.

Tags darauf, als sie mit den Kindern zum Kindergarten ging, lugte sie durch die Fensterscheibe in der Bäckerei.

„Oh, sie hat heute frei!", stellte sie fest, als sie Astrid nicht sah. „Gut, dann telefonieren wir heute Abend."

Nachdem sie mit Theo wieder zu Hause war, schrieb sie Astrid eine Kurznachricht und erhielt prompt die Antwort.

Habe zwei Tage frei und besuche mit Josina Oma Hilde und Opa Jan. Du weißt vom schlechten Internetempfang bei ihnen. Werde dich bei Hilde vom Festnetz aus anrufen.
In Liebe Deine Astrid.

Judith antwortete:

Nein, ruf an, wenn du zu Hause bist, und genieße die Zeit bei Hilde und Jan. Allerliebste Grüße an alle, Deine Judith.

Augenblicklich bedauerte Judith, dass ihre Freundin weg war. Sie brannte darauf, ihr alles von der Begegnung mit dem Retter zu berichten.

„Dann soll es wohl so sein, wie es ist", dachte sie und nahm es als persönliche Geduldsprobe an. „Schließlich möchte ich den Wolf der Ungeduld verhungern lassen."

16.
Geduldsprobe

In den folgenden zwei Tagen nahm Judith bei sich und den Kindern eine radikale Veränderung wahr. Sie alle waren wie aufgeblüht. Der graue, triste Alltag ohne Hans hatte wieder Farbe. Sie war voller Elan, backte Weihnachtsplätzchen und schmückte das Haus. Dabei waren ihre fröhlichen Kinder eine große Hilfe und Bereicherung.

Spätnachmittags schickte Judith ihrer Freundin den kopierten Tagebucheintrag über den Retter als Vorinformation mit der Bitte, sie nach 20.00 Uhr anzurufen.

Am Abend, als ihre Kinder schliefen, machte sich Judith eine Tasse Tee und legte sich, wie meistens, unter die Decke auf der Couch. Sie wartete auf Astrids Anruf. Um 20.39 Uhr hörte Judith endlich die Melodie aus „Carmina Burana" von ihrem Handy, und auf dem Display war Astrids Bild.

Ihre Freundin redete gleich drauflos: „Wenn ich dich nicht kennen würde, käme mir der Gedanke, du übertreibst maßlos oder bist auf dem direkten Weg verrückt zu werden. Da ich dich aber kenne, bin ich von der Wahrheit deiner Geschichte überzeugt, auch wenn sie absolut unglaubwürdig klingt. Ich glaube auch an unser verbindendes Freundschaftsband, und es sagte mir in den vergangenen zwei Tagen: Um Judith brauchst du dir keine Gedanken machen. Obwohl mein Verstand Purzelbäume schlug, nachdem du den Fremden mit nach Hause nahmst, verließ ich mich auf mein Gefühl. Und doch – es klingt alles verrückt."

„Ja! Es hört sich verrückt an. Ver-rückt im Sinne von weggerückt. Diese Erfahrung fand innerlich statt. Natürlich hört sich das alles unvernünftig an, deshalb rede ich auch nicht mit jedem x-Beliebigen darüber, sondern mit dir. Alles sprengt jede Erfahrung, und es war so außergewöhnlich, dass ich es erstmal verdauen und realisieren musste. Mein Verstand kann es nicht begreifen, und in verständliche Worte ist es nicht zu fassen. Alles beschreiben zu wollen ist ein dilettantischer Versuch, für das es keine Worte gibt. Die innere Kraft, die von ihm ausgeht, treibt mich an wie ein Motor. Ich wünsche mir sehr, dass du ihn kennen lernen wirst und dass du auch die Geborgenheit spüren wirst, die von ihm ausgeht."

„Die Begegnung mit ihm war eigentlich relativ kurz, aber sie hinterließ bei dir einen tiefgehenden Eindruck. Du machst mich neugierig auf ihn."

Judith lächelte. „Ja! Er ist unbegreiflich. Auch bei den Kindern hinterließ er einen bleibenden Eindruck. Manchmal höre ich, wie sie mit ihm sprechen. Astrid … mir fehlen die Worte, um dir alles rational zu erklären."

Astrid lachte und sagte: „Dafür hast du viel geredet. Judith, das wunderbare an der Freundschaft mit dir sind deine Erlebnisse, deine Erkenntnisse, deine Erfahrungen, die du mit mir teilst. Du bist ein Mensch, der fähig ist, das Unbegreifliche zu sehen, zu erkennen, auch ohne es zu verstehen. Unser Verstand sagt eh zu vielem nein, wozu das Herz ja sagt. Aber auf das Herz zu hören ist überaus wesentlich – und das tust du."

Judith fragte: „Vielleicht hat er mein Herz berührt? Ich weiß es schlichtweg nicht. Ich weiß jedoch mit Sicherheit, wie sich die Geborgenheit und die Wärme anfühlte, die von ihm ausging, und diese Energie trägt mich unaufhörlich."

Nach dem Gespräch schmunzelte Judith über sich selbst. „Ich scheine zu schweben, zumindest hörte sich das für mich so an, als ich es Astrid erzählte. Wirklich fast unglaublich, aber eben nur fast."

Sie ging ins Bett, weil es Zeit wurde und nicht weil sie müde war.

Judith wachte kraftvoll auf, und ihr erster Gedanke war: „Wir feiern mit unseren Freunden gemeinsam Weihnachten!" Von dem Gedanken war sie selbst überrascht, aber sie sagte sich: „Okay, wenn das so sein soll, dann wird das auch in die Tat umgesetzt."

Sie stand leise auf und schlich ins Wohnzimmer, um die Kinder nicht zu wecken. Sofort schrieb sie Astrid die freudige Nachricht, dass sie doch gern gemeinsam mit ihnen das Weihnachtsfest feiern wollte.

Astrid antwortete: „Sitze gerade auf dem Pott. Habe um 9.45 Uhr Frühstückspause und rufe dich an. Freue mich riesig!"

„Ich mich auch!", antwortete Judith und ging ihren morgendlichen Aufgaben nach.

Nachdem sie alle gefrühstückt hatten und auf dem Weg zum Kindergarten waren, klingelte Judith noch eilig an Maria und Josefs Haustür. Maria öffnete und war verwundert Judith zu sehen. „Wir drei laden euch herzlich ein, mit uns und bei uns den Heiligabend zu verbringen."

Maria strahlte übers ganze Gesicht. Noch kannte sie die Geschichte vom Retter und von Judiths Verwandlung nicht.

„Sehr gerne kommen wir. Ach Judith, ich freue mich so! Und deine Augen strahlen wieder. Es ist schön, das zu sehen."
Dann herzte sie Judith, bis ihr fast die Luft weg blieb.

„Nun müssen wir los. Ach ja, falls ihr heute Nachmittag Zeit habt, kommt rüber und ich erzähle euch eine wundersame Weihnachtsgeschichte."

„Du machst es aber spannend, und ja, wir haben Zeit. So gegen 15.00 Uhr?"

„Ja!", antwortete Judith freudig und machte sich mit den Kindern auf den Weg zum Kindergarten.

Auf dem Rückweg lugte sie wieder durch die Scheibe in der Bäckerei und winkte Astrid beschwingt zu. Da Astrid gerade einen Kunden bediente, war es ihr unmöglich zurückzuwinken. Judith erhielt einen Blick und ein Lächeln von ihrer Freundin und schlenderte entspannt mit Theo weiter nach Hause.
Pünktlich um 9.45 Uhr rief Astrid an, und Judith wurde von ihr mit überschwänglicher Freude überhäuft.

„Judith, ich bin platt! Toll! Wunderbar! Wir feiern gemeinsam! Die Nachricht habe ich sogleich an Frank weiter geleitet, und er freut sich wie Bolle, obwohl er Hahn im Korb sein wird."

„Stopp! Du hast wohl Adrian und Theo vergessen", lachte Judith.

„Hast Recht. Ich vergaß auch Josina, somit haben wir mit Maria und Josef einen geschlechtlichen Gleichstand: vier zu vier."

Judith antwortete: „Na, dann haben wir Frauen ohne Hans einen kleinen Vorzug. Wir sind nicht in der Minderheit. So gesehen hat Hans' Abwesenheit auch mal was Positives."

„Du und dein schräger Humor. O Gott, wie habe ich den vermisst!", sagte Astrid erleichtert.

„Ich auch", stimmte Judith gut gelaunt zu, „und nicht nur den Humor, ich vermisste Leben und Freude!"

Judith wurde noch ein letztes Mal mit verzückter Freude überhäuft, bevor sich Astrid verabschiedete.

Sie blieb in der Küche und ließ ihre Gedanken ziehen: „Es ist überwältigend, was eine kurze Begegnung mit dem Retter alles verändern und bewirken kann." Wobei sie über den Namen *Retter* schmunzelte.

„Kinder haben ein feines Empfinden. Das ist uns Erwachsenen leider mit den Jahren abhandengekommen. Eigentlich schade, denn Kinder handeln, denken, fühlen sehr impulsiv und spontan. Genau genommen verdanke ich ihnen die Bekanntschaft mit dem charismatischen Mann. Sie nahmen seine Ausstrahlung auf natürliche, offene Art und Weise wahr." Ja, sie war ihren Kindern und auch Hans dankbar.

„Wärst du nicht fortgegangen, hätte diese Begegnung sicherlich nie stattgefunden. Hans, von Herzen wünsche ich dir die Begegnung mit ihm, und dass du für ihn offen sein mögest. Vor deiner Reise dachte ich, ich hätte losgelassen. Doch heute ist es das wahre Loslassen, das nicht schmerzt und sich nach Freiheit anfühlt. Vorher war ich dazu nicht fähig. Ich hielt an irgendetwas fest. Mein augenblicklicher Wunsch ist: Möge dir das Band dies alles in Form eines guten Gefühls mitteilen."

Mit geschlossenen Augen und in Gedanken vertieft, nahm sie Theo, der mit einem Buch vor ihr stand, nicht wahr. Erst als er sie anstupste.

„O, entschuldige bitte." Sie nahm ihn auf ihren Schoß. „Ich sehe das Buch mit dir an."

Judith war seit der Begegnung mit dem Retter wieder bewusster im Umgang mit ihren Kindern und verbrachte mehr Zeit mit ihnen. Sie fühlte sich ihrem Nachwuchs wieder sehr nahe. Die ungewollte, vorherige Distanz zu ihren Söhnen tat ihr leid, und sie bat sie gedanklich um Verzeihung. „Damit nichts zwischen uns steht."

Der Nachmittagsbesuch von Maria und Josef verlief nach Judiths Erfahrungsbericht mit dem Retter, sehr besonnen. Maria und Josef wirkten in sich gekehrt und nachdenklich.

Maria unterbrach das Schweigen und sagte: „Judith, alles was du erzählt hast, glaube ich dir. Wir kennen uns nun sehr lange und wissen, dass du immer die Wahrheit sagst. Doch diesmal kann ich es nicht erfassen und begreife nicht, was du erzählt hast. Ich denke, ich muss darüber noch länger nachsinnen. Es ist so fantastisch, so unbegreiflich im Sinne von nicht greifbar. Mein Verstand kapiert das nicht. Ein charismatischer Mann verleiht dir Kraft, die über Tage anhält?"

„Mir ergeht es wie Maria", brach Josef sein Schweigen, „es übersteigt meine Fantasie und zeigt mir meine Begrenztheit auf, die ich jedoch gerne durchbrechen möchte. Aber, für eine Begegnung mit ihm scheine ich noch nicht bereit zu sein."
Judith spürte die Traurigkeit der beiden, und sie taten ihr leid. Augenblicklich dachte sie daran, was der Retter über Hans gesagt hatte: „Er muss sich öffnen."

Judith entschuldigte sich bei beiden und erklärte: „Wie selbstverständlich ging ich von mir aus. Dabei habe ich euch überrumpelt, war zu euphorisch und ging wie mit einem Vorschlaghammer vor. Vermutlich habe ich euch damit erschlagen, anstatt sensibel auf euch einzugehen." Judith machte sich Vorwürfe und sagte dies auch.

Josef meinte daraufhin, dass er und Maria eher beengt dachten, sahen und erkannten. „Ich schätze, daran müssen wir noch arbeiten", folgerte er nachdenklich.

Insgeheim wünschte Judith, dass sie durch die Begegnung mit dem Retter zur Offenheit gelangen würden, und fragte zögerlich: „Eure Zusage bleibt doch, dass ihr an Heiligabend kommt?"

Beide nickten ihr zu. Sie verstanden Judiths Verunsicherung und sprangen erleichtert auf das Boot *Heiligabend,* und sie planten nun gemeinsam die Gestaltung des Festtages.

Als der Plan feststand, fehlte noch die Zustimmung, Absage oder Änderungsvorschläge von Astrid und Frank. Schnell schickte Judith den beiden eine Nachricht mit der Planung. Kurz darauf verabschiedeten sich Maria und Josef.

Im Flur sagte Maria zuversichtlich: „Wir werden von dir lernen – danke!"

Jetzt war Judith platt, und Josef versetzte ihr lächelnd einen seitlichen Stupser.

„Es ist gut, so wie es ist. Mach dir wegen uns keine Gedanken, das ist unsere Aufgabe", verabschiedete sich Josef.

„Du hast Recht!" Judith schloss hinter ihnen die Tür.

Eine Stunde später erhielt Judith Astrids Antwort:
Wir stimmen beide zu und freuen uns sehr auf diesen Tag bei euch.
LG deine Astrid
Am Abend, als Judith die Wäsche in den Keller bringen wollte, hörte sie ihr Handy klingeln mit der Melodie aus *Carmina Burana.* Eilig rannte sie zum Telefon. Es war Astrid.

Diese war sehr aufgebracht und schmetterte los: „Schon wieder kamen heute Kunden in die Bäckerei, die nichts Besseres zu tun hatten, als über dich und den Mann, der mit euch nach

Hause ging, zu tratschen. Wobei sie das nicht mal selbst gesehen haben, sondern von Frau Blablabla hörten." Astrid war wütend, aber Judith lachte nur.

„Du hast gut lachen! Du musst dir den Blödsinn nicht anhören", konterte Astrid schnaubend.

„Und du auch nicht." Dabei jaulte Judith.

„Oh ne, du meinst die Wölfe! Mist, das hab ich echt vermasselt. Und ich dumme Kuh fiel drauf rein und beteiligte mich an dem Geschwätz, indem ich dich in Schutz nahm, obwohl ich weiß, dass das sinnlos war. Ich hätte drüber hinwegsehen sollen oder die Leute freundlich anlächeln können. Oh Mann, nichts dergleichen tat ich. Ach Judith, ich bin ein armseliges Würstchen."

„Wenn du schon in Mitleid zerfließen möchtest, nimm wenigstens ein Beispiel aus der Bäckerei und nicht aus der Metzgerei!", lachte Judith in den Hörer. „Wie wäre es mit armseliges, altbackenes Brötchen!", neckte Judith ihre Freundin, und Astrid lachte mit.

Ernsthaft stellte Astrid fest: „Vermutlich bekamst du vom Retter nicht nur Kraft, sondern auch noch Gelassenheit, Distanz, Weisheit und noch vieles mehr."

„Jetzt höre aber sofort damit auf!" Das klang wie ein Befehl. Judith war es ein Gräuel, wenn man sie für ihr Verhalten … lobte oder sie auf ein Podest stellte.

Astrid entschuldigte sich bei ihr. „Eigentlich weiß ich es ja."

„Und ich hätte einen sanfteren Ton anschlagen sollen, als diesen harten Befehlston." Auch Judith tat es leid und sie entschuldigte sich.

Gerne hätten die beiden Frauen noch länger miteinander geredet, doch Astrid musste dringend ins Bett. „Um 5.00 Uhr ist Arbeitsbeginn."

Judith wünschte ihr alles Gute und stopfte hernach die Wäsche in die Waschmaschine. Bis die Wäsche fertig war, sann sie in der Küche über das seltsame Gefühl nach, dass sie seit kurzem bei jedem Anruf beschlich. Wie ein Blitz leuchtete der Grund auf: „Ich habe total vergessen, dass ich auf den Anruf von Hans warte! Zu sehr war ich mit dem Retter beschäftigt und auch mit mir selbst"!

Nach der Landung in Neu-Delhi hatte Hans bei Judith angerufen, und auch als er am Zielort angekommen war. Leider war dort die Verbindung eine Katastrophe, denn sie wurde immer wieder unterbrochen. Infolgedessen schrieb Hans eine Nachricht an Judith, dass er einmal im Monat zweieinhalb Stunden Busfahrt nach Neu-Delhi würde auf sich nehmen müssen, um von dort aus anzurufen.

Nachdem Judith bewusst geworden war, weshalb sie immer wieder einen Hauch von einem merkwürdigen Gefühl bei jedem Anruf hatte, wartete sie nun voller Ungeduld auf das nächste *Carmina Burana* Klingelzeichen. Zwei Tage vor Heiligabend, in der Früh gegen acht Uhr, war es soweit. Auf ihrem Display erschien Hans' Bild. In Neu-Delhi war es 12.30 Uhr. Judith war aufgeregter als beim ersten Date mit Hans. Bevor sie das Gespräch annahm schrie sie aufgeregt die Treppe hoch: „Papi ist am Telefon!" Die Jungen waren oben im Bad beim Zähne putzen. Laut polternd rannten sie die Treppe runter, und Judith jauchzte derweil fortwährend ins Telefon, das auf Lautsprecher eingestellt war: „Hans!", „Hans!" ... und Hans sagte unaufhörlich „Judith!", „Judith!" ... Adrian und Theo beteiligten sich mit „Papa!", „Papa!" ...

Dann rief Judith: „Alle Stopp! Aufhören!"

Von allen vier erforderte es enorme Disziplin, nicht dazwischen zu reden und sich auf ein Minimum an Themen zu beschränken. Die Verbindung war trotz allem gelegentlich abgehackt.

Nach einer Stunde Gespräch tanzten alle drei glücklich durch die Wohnung, und in Indien strahlte ein Deutscher überglücklich alle Menschen an.

„Das allerschönste Weihnachtsgeschenk!", sang Judith in den höchsten Tönen.

„Muss ich noch in den Kindergarten? Papa hat gesagt, er wird etwas essen, dann ruft er wieder an und ich möchte dabei sein!"

„Natürlich bleibst du zu Hause und bist dabei, wenn Papa anruft." Judith rief im Kindergarten an und entschuldigte Adrian für den Tag.

Hans rief insgesamt drei Mal an. Beim letzten Anruf versprach er: „Ich melde mich im Januar wieder!"

Den ganzen Tag über schwebte Judith überglücklich mindestens auf Wolke neunundneunzig, und nachts träumte sie von ihrem geliebten Mann.

Mit der Kraft des Retters und durch Hans' Anruf fühlte sich Judith blendend und bereitete voller Elan das Fest vor. Hauptsächlich war Putzen und Einkaufen angesagt.

Dann war es soweit. Die Gäste trafen am Festtag gegen 9.30 Uhr ein. Jeder brachte etwas zum ausgedehnten Frühstücksbuffet mit. Alles war aufgetischt und der Küchentisch schien sich unter all den Leckereien zu biegen. Selbstgemachte Brotaufstriche, verschiedene Brötchensorten aus Astrids Bäckerei, Marias selbstgebackene Kuchen, verschiedene Salate und, und, und. Judith fotografierte das leckere, reichhaltige Buffet und schickte Hans das Foto.

„Auch wenn es vielleicht erst in ein paar Tagen ankommt – das spielt keine Rolle. Wir sind beide mittlerweile geduldiger geworden", lächelte sie ihre Gäste an.

Eine Stunde später waren alle Bäuche mehr als voll, und der Tisch wurde komplett zugedeckt und mit allem, was darauf war, kurzerhand auf die Terrasse gestellt.

„Somit sind alle Lebensmittel kühl gelagert!", kicherte Maria.

Alle versammelten sich danach im Wohnzimmer, und Judith las die Weihnachtsgeschichte aus einem Kinderbuch vor.

Weil sich Judith an der Lügerei vom Geschenke bringenden Weihnachtsmann oder Christkind nicht beteiligen wollte, wurden die Geschenke nach der ursprünglichen Weihnachtsgeschichte verteilt. Somit hatten die Kinder den kompletten Nachmittag, um sich ausgiebig mit ihren Geschenken zu beschäftigen.

Maria und Frank verzogen sich in die Küche und bereiteten Tee und Kaffee zu. Nachdem wieder alle um den Couchtisch saßen, passte Judith einen Moment des Schweigens ab, sah dabei alle verschmitzt an und sagte gedehnt langsam, um die Neugier zu wecken:

„Vorgestern erhielt ich ein höchst erfreuliches, wundervolles Vorweihnachtsgeschenk!"

Dann schwieg sie und genoss die fragenden, ungeduldigen Blicke der anderen.

„Jetzt sag endlich!", forderte sie Frank wissbegierig auf. Bereitwillig erzählte Judith von Hans' Anruf und wie sie anfangs vor lauter Freude nur ihre Vornamen wiederholten. Jeder sah ihr Glänzen in den Augen. Alle verstanden das Glücksgefühl, das aus ihr sprach.

Es war dunkel geworden, als alle aufräumten und das übrig gebliebene Essen zum Mitnehmen verteilten. In all der Aufbruchsstimmung herrschte Einigkeit über den gemeinsam verbrachten Tag. „Es war ein wunderschöner Heiligabend. Wahrlich ein Fest der Liebe und der Freude!"

Vor der Eingangstür herzten sich alle noch ein letztes Mal, bevor Adrian die Tür hinter ihnen schloss. Kurz darauf saß Judith mit Adrian und Theo auf der Couch und las ihnen das Buch vor, das sie von Maria und Josef bekommen hatten. In dem Kinderbuch ging es um Entschuldigung und um Wiedergutmachung. Somit wurde eine Entschuldigung nicht ein leeres Wort, sondern setzte ehrliches Bereuen voraus und dass der Schaden wieder gut gemacht wurde.

„Guter Gedanke! Meine Oma lebte das Wiedergutmachen noch. Jahre später ging es verloren, und niemand machte einen Fehler oder eine üble Tat wieder gut! Wunderbares Buch. Werde ich nach den Ferien der Kindergartenleiterin vorschlagen."

Nach ca. drei Wochen spürte sie, wie ihre Kraft nachließ. Sie kam wieder an den Punkt, an dem sie sich schwach fühlte. Auch erkannte sie, wie Adrian und Theo missgelaunt waren.

„Die Kraft, die gute Laune und die Fröhlichkeit sind am Versiegen", stellte sie mit Bedauern fest und fing an, sich durch die Zeit zu quälen, bis es Mitte Februar war.

Völlig entkräftet saß Judith mit ihren Söhnen im Kinderzimmer auf dem Fußboden und las ihnen ein Buch vor.

Wie aus heiterem Himmel fragte Theo: „Wann kommt der Retter wieder?"

„Ich weiß es nicht", antwortete Judith überrascht. Wobei ihre Stimme sehr traurig klang.

„Ich möchte auch, dass er bald wieder kommt", wimmerte Adrian. „Mit ihm ist es viel schöner als mit Frank. Frank ist toll und spielt auch mit uns, aber der Retter liebt uns."

Judith legte das Buch beiseite. Sie sah von Adrian zu Theo und gestand sich vor den Kindern ein: „Auch ich vermisse ihn!"

Erschreckt stellte Judith fest: „Ich habe keine Adresse und auch keine Telefonnummer von ihm!"

Um sich und ihre Kinder abzulenken, ging sie mit ihnen ins Arbeitszimmer an den Rechner, um die Fotos von Hans anzusehen, die er immer wieder mal aus Indien schickte. Eher gelangweilt als interessiert sahen ihre Söhne die Bilder an.

Adrian zupfte an Judiths Pullover und fragte sie: „Mama, darf ich öffnen?"

„Was willst du öffnen?", fragte sie irritiert.

„Es hat geklingelt", klärte Adrian seine Mama auf.

„Ja, ja, geh. Ich komme mit Theo gleich nach."

Und weg war ihr Ältester. Mit Theo an der Hand trottete sie gemächlich die Treppe runter und horchte Richtung Eingang. Sie hörte niemanden reden. „Seltsam! Kein Gruß, kein Name, einfach nichts!"

Jetzt sah sie, wer geklingelt hatte. Adrian war auf dem Arm des Retters und drückte ihn überglücklich. Der Retter blickte Judith und Theo glückstrahlend an. Theo schmiss sich fast zum Retter und wurde von ihm ebenfalls auf den Arm genommen.

Judith kostete es alle Mühe, es ihrem Nachwuchs nicht gleich zu tun. Der Retter setzte die Kinder ab und begrüßte sie mit strahlenden Augen, per Handschlag. Judith musste sich dazu zwingen seine Hand wieder loszulassen. Und schon griffen die Kinder nach seinen Händen und zogen ihn ausgelassen mit ins Wohnzimmer. Der Retter stolperte lachend mit und plumpste frohgelaunt auf die Couch. Blitzartig saß auf jedem Schenkel ein Kind und lehnte sich rücklings an ihn.
Judith stand im Türrahmen und sah die drei an, um etwas von der augenscheinlichen Geborgenheit einzufangen.

„Es ist schön, euch zuzusehen. Ihr strahlt wahrlich Harmonie aus."

„Mami, darf der Retter uns ins Bett bringen?", fragte Theo.

„Von mir aus sehr gerne. Jedoch musst du zuerst den Retter fragen, ob er Zeit hat und ob das auch sein Wunsch ist." Judith lächelte zufrieden.

„Ist das dein Wunsch?", fragte Theo hoffnungsvoll.

Der Retter nickte und sah Judith liebevoll an.

Theo erklärte ihm seine Aufgabe: „Du musst nichts tun, wir machen alles alleine. Du musst uns nur nach dem Zähneputzen in den Mund schauen, ob alle Zähne sauber sind, und darauf achten, dass wir keine Katzenwäsche machen."

Adrian ergänzte: „Und wenn du willst, darfst du uns eine Geschichte vorlesen."

Der Retter lächelte und nickte und nickte und nickte, legte dabei freudig seine Arme um die Kinder, die sich augenblicklich noch mehr an ihn kuschelten.

„Er strahlt eine fast unglaubliche Ruhe aus. Dabei wirkt er so lebendig, er sprüht förmlich vor Leben. Theo und Adrian spüren das", dachte Judith.

„Du auch!"

Judith sah sich erschreckt um. Es war, als ob sie jemand sprechen hörte. Fragend blickte sie zum Retter. Er nickte und Judith fragte ihn erneut: „Wer bist du und wie heißt du?"

Adrian antwortete empört: „Frag doch nicht immer. Er hat uns gerettet, und das zu wissen ist absolut ausreichend."

„Hab Geduld", hörte sie seine sanfte, tiefe Stimme. Jedoch hatte er seine Lippen wieder nicht bewegt.

„Mama, wir haben Hunger!", klagte Theo.

„Oh ja. Kommt alle mit in die Küche. Wir machen gemeinsam Abendbrot."

Judith vergaß total die Zeit und war gleichzeitig über ihren lässigen Tonfall verblüfft.

Beim Essen hörte Judith ausschließlich den Kindern zu. Sie erzählten dem Retter alles, was ihnen einfiel. Der Retter wid-

mete beim Zuhören Adrian und Theo seine volle Aufmerksamkeit. Er wirkte bei allem, was die Kinder sagten, sehr interessiert. Dieses ehrliche Interesse sah sie noch nie bei einem
Erwachsenen, der mit Kindern sprach.

„Es ist wie ein Wunder, dass ihr essen und unaufhörlich reden könnt", freute sich Judith.

Nach dem Essen und gemeinsamem Tisch abräumen jubelte
Adrian: „Jetzt darfst du mit uns nach oben, weil wir bald ins
Bett gehen."

Jedes Kind nahm wieder eine Hand von ihm und zog ihn mit.
Der Retter sah Judith an. „Ja, du kannst unten bleiben", hörte
sie ihn sagen und antwortete entrüstet und vorwurfsvoll:

„Ich habe überhaupt nichts gesagt!"

Kurz darauf gestand sie sich kleinlaut ein: „Ja, ich dachte die
Frage, ob ich unten bleiben kann."

Er zwinkerte ihr fröhlich zu. „Genieße die kinderfreie Zeit."
Wieder sah sie keine Mundbewegung.

Trotz der außergewöhnlichen Kommunikationsart sagte sie
erleichtert: „Ja, sehr gerne!"

Sie ging ins Wohnzimmer und legte sich mit einem Buch auf
die Couch. Sie begann zu lesen, wusste jedoch nicht, was sie
las, weil sie gedanklich beim Retter war.

„Einem fremden Mann vertraue ich unsere Kinder an. Weshalb tue ich das? Ich tu das, weil er eine überwältigende, positive Ausstrahlung hat und vermutlich der einzige Mensch auf
der Erde ist, der niemandem etwas zuleide tun kann, nicht mal
einer Fliege. Und dessen bin ich mir gewiss!"

Sie vermutete, sie wollte sich selbst überzeugen, dass sie richtig handelte. „Denn normal ist mein Verhalten nicht! Aber,
was ist schon normal?"

Sie nahm wieder das Buch zur Hand und las. Nach zwei ge-
lesenen Seiten legte sie das Buch auf den Tisch. Wiederrum
wusste sie nicht, was sie gelesen hatte. Die Gedanken an den

Retter ließen sie nicht los. Sie beschloss, nicht mehr dagegen anzugehen oder ihn in Frage zu stellen, sondern das entspannte, vertrauensvolle Gefühl, das sie von ihm empfing, zuzulassen.

Viel Zeit schien vergangen zu sein, bis er ins Wohnzimmer kam. Er nahm im Sessel Platz und schien rundum glücklich zu sein. Fröhlich nickte er ihr zu.

„Du nickst, als ob ich eine Frage gestellt hätte."

Er nickte abermals.

Judith dachte noch, welche Gedanken sie vor dem Nicken hatte. „Jetzt weiß ich. Ich dachte, dass du glücklich scheinst."

Judith musterte ihn lange, und er ließ das mit einer scheinbar übernatürlichen Gelassenheit über sich ergehen.

„Du strahlst Frieden aus!" Es war eine Feststellung ihrerseits.

„Nimm den Frieden in dir auf!", wurde sie von ihm aufgefordert.

Judith ging nicht darauf ein und sprach stattdessen ihre Gedanken aus: „Du antwortest auf Gedanken. Das bedeutet, du kannst Gedanken lesen. Ich höre dich aber nicht über das Ohr. Es ist, als hörte ich dich wie die innere Stimme oder das Bauchgefühl, jedoch sehr deutlich und wortwörtlich. Du sprachst das Band an. Das Band verbindet in Liebe Menschen miteinander. Hans erlebte das, als ich in der Schwangerschaft die Treppe herunterfiel. Aber Hans kennt meine Gedanken nicht, du – ja! Wie?"

„Du bist auf der richtigen Spur. Verfolge die Gedanken weiter und du wirst erkennen."

„Es hat was mit dem Band zu tun. Das Band verbindet liebende Herzen. Wobei das Band auch Kinder und Freunde verbindet." Die ganze Zeit über sah sie ihn an. Er machte auf sie den Eindruck von gänzlicher Gelöstheit.

Sie dachte: „Er ist bodenständig und scheint gleichzeitig auf Wolke sieben zu schweben – sonderbar."

Jäh fiel ihr ein, dass er Gedanken lesen kann.

„Alle Gedanken?", fragte sie ihn.

Er nickte wieder nur.

Judith knüpfte wieder an das Liebesband an und sprach ihre Gedanken aus: „Spinne ich den Faden weiter, verbindet uns das Band, so dass wir fähig sind, gedanklich zu kommunizieren."

"Ja."

Judith sah ihn eindringlich an. „Aber ich liebe dich nicht. Es muss eine Verbindung sein, von der ich noch nichts weiß."

"Mach weiter. Du bist nah an der Wahrheit dran." Dabei nickte er ihr aufmunternd zu.

„Dazu fällt mir nichts mehr ein. Nur so viel, es muss etwas Außergewöhnliches sein."

"Nein. Es ist nur für viele Menschen verborgen."

„Ich möchte das Frage- und Antwortspiel beenden, außer du antwortest mir."

Er schüttelte verneinend den Kopf und schmunzelte.

„Noch eine Frage: Wieso kamst du ausgerechnet heute?"

„Du hast mich gerufen", antwortete er zu ihrer Überraschung

„Davon weiß ich aber nichts!"

„Dir war es nicht bewusst."

„Hilf mir wenigstens in diesem Punkt weiter", flehte sie ihn an.

„Deine Sehnsucht, deine Seele rief mich. Erinnere dich, als du den Kindern aus dem Buch vorgelesen hast."

Judith kramte lange in ihren Erinnerungen nach. „Ja – jetzt erinnere ich mich. Nur hätte ich es nicht als Sehnsucht oder als Rufen meiner Seele angesehen."

„War aber so."

„Im Herzen, in der Seele ist meine Sehnsucht nach dir?", fragte sie ungläubig.

„Ja! Es ist die Sehnsucht nach dem Frieden, nach der Ruhe, nach der Kraft, nach der Hoffnung, nach dem Vertrauen, nach Geborgenheit, und das geht von mir aus. Beim ersten Besuch spürtest du sehr viel und hast die von mir ausgehende Kraft erfahren, die dich über eine Zeitlang stärkte. Dann waren deine Kräfte aufgebraucht, und dein Innerstes verspürte erneut die Sehnsucht danach. So bin ich hier, und du fühlst dich geborgen und kraftvoll." Er legte eine Gesprächspause ein.

„Sprich bitte weiter, ich höre dir interessiert zu." Judith war gespannt.

„Ein entscheidender Grund, weshalb ich kam, war dein selbstloser Wunsch. Dabei dachtest du an deine Kinder und wünschtest dir, ich möge kommen und für sie da sein. Dein Verstand nahm dies allerdings nicht wahr. Der Wunsch entsprang aus der tiefen Liebe zu deinen Söhnen."

Judith war ergriffen. Bevor sie etwas sagten konnte, musste sie über das Gehörte zuerst mal nachdenken.

„Um alles zu begreifen, werde ich Zeit brauchen. Andererseits, es könnte sein, ich begreife das nicht. Was dann?" Ein Hauch von Selbstzweifel tauchte auf.

Der Retter beruhigte sie sofort. „Keine Sorge. Nimm alles an, so wie es ist."

„Klingt einfach und unkompliziert."

Judith erzählte ihm von ihrem geliebten Mann Hans, der tausende Kilometer entfernt seinen Lebensduft suchte.

„Du bist ein ungewöhnlicher, charismatischer Mann. Du lebst alle guten Eigenschaften, die ein Mensch haben kann. Zumindest nehme ich dich so wahr. Weil ich dir vertraue, möchte ich eine Bitte aussprechen: Bitte unterstütze Hans bei seiner Suche!"

Sie sah ihm tief in die Augen, und wie vom Blitz getroffen wusste sie plötzlich: Er wird Hans unterstützen! „Wow! Ich weiß, diese Gewissheit ging von dir aus, und sie fühlt sich wunderbar an. Ich könnte über dieses tiefgreifende Gefühl heulen. Aber zuerst danke ich dir von Herzen."

Judith weinte. Sie dachte an Hans. „Er musste gehen, um seiner Sehnsucht eine Chance auf Erfüllung zu geben. Auf dieser Suche durfte ich ihm nicht im Wege stehen, ansonsten stünde seine unerfüllte Sehnsucht irgendwann zwischen uns. Und dies kann ich unmöglich verantworten. Leider hatte ich keine Vorstellung, wie schmerzlich ich ihn vermisse. Manchmal tut es einfach nur weh. Wir konnten wie eins sein zu zweit, das zu erfahren war wunderbar. Niemand von unseren Freunden kann diese Leere, die Hans hinterließ, ausfüllen."

Sie war müde und unterdrückte ein Gähnen. Der Retter nahm dies wahr, stand auf und verabschiedete sich mit einem Händedruck, dabei sah er ihr tief in die Augen. Seine Augen strahlten Vertrauen, Freundschaft, Glücklichsein und vieles mehr aus. Noch einmal schenkte er ihr sein bezauberndes Lächeln, das sie an Hans erinnerte. Dann ging er. Sie blieb auf der Couch sitzen und hörte, wie die Tür sachte zugemacht wurde.

Nach dreißig Minuten lag sie im Bett und dachte über das Gespräch mit ihm nach.

Am nächsten Tag kam Adrian aufgeregt vom Kindergarten und berichtete seiner Mama von einer außergewöhnlichen Begebenheit:

„Der Retter hat mich heute im Kindergarten besucht, als wir im Garten waren. Alle Kinder waren um ihn versammelt. Er liebt alle Kinder und ihm ist es egal, wie sie aussehen und wie sie sind. Dann kam Frau Glecke heraus und meinte, dass wir spielen gehen sollten. Stell dir mal vor, sie sah ihn überhaupt nicht! Frau Prinz, sie ist neu bei uns, war auch draußen. Aber sie sah ihn und hat ihn angelächelt. Darüber freute sich der Retter."

Bekümmert sprach er weiter: „Mama, Frau Glecke sah ihn nicht. Sie tat so, als ob er nicht da wäre. Ich verstehe das überhaupt nicht. Ich habe sie gefragt, weshalb sie dem Retter nicht guten Tag sagte, und sie antwortete: Adrian, du bist ein hoffnungsloser Träumer. Geh wieder zu deinen Freunden.‟

Adrian war den Tränen nahe, und Judith war über Frau Gleckes Verhalten enttäuscht. Tröstend nahm sie Adrian auf den Arm und erklärte ihm:

„Mir sagte der Retter, dass Erwachsene Voraussetzungen erfüllen müssen, um ihm zu begegnen. Das gilt aber nicht für euch Kinder, sondern nur für Erwachsene.‟

„Dann möchte ich nie erwachsen werden‟, sagte Theo bestimmend.

„Aber Theo, ich bin auch erwachsen und rede mit ihm.‟

Theo dachte darüber nach und sah dabei seiner Mama lange und tief in die Augen.

Leise antwortete er: „Dann hast du die Voraussetzungen erfüllt.‟

Über seine Aussage wollte Judith nicht nachdenken, und auch nicht ihre Voraussetzungen ergründen. Das war ihr augenblicklich zu anstrengend. Stattdessen sagte sie:

„Essen ist fertig.‟

Beim Essen dachte Judith immer wieder an Frau Glecke und fragte sich: „Hab ich mich so täuschen lassen? Sie war freundlich, verständnisvoll und liebevoll. War das aufgesetzt? Ich weiß es nicht! Ich kann nicht in die Herzen der Menschen sehen – ist auch gut so.‟ Judith war von Frau Glecke enttäuscht und sogleich froh und dankbar, dass sie die Begegnung mit dem Retter hatte.

Durch die Begegnung mit ihm war Judith wieder gestärkt und erfrischt, gefestigt und entspannt und all das, was ein wunderbares Wohlfühlempfinden ausmacht.

17.

Halbzeit

In der Früh, als sie noch in der Küche allein war, sah sie auf den Kalender und lächelte. Es war der 15. März.

„Die Hälfte der Zeit ist geschafft. Nochmal so lange und Hans hat seine Reise beendet", dachte sie und lächelte dabei versonnen.

Ein Anruf riss sie aus ihrer Vorfreude auf das Wiedersehen. Astrid war am Telefon und wünschte ihr weiterhin viel Kraft für die nächste Halbzeit des Alleinseins ohne ihren geliebten Mann.

Astrid machte eine Gesprächspause, und Judith wartete geduldig. Sie spürte, dass ihrer Freundin etwas auf dem Herzen lag.

„Judith, wer heute in die Bäckerei kam, wirst du nicht erraten", sagte Astrid aufgeregt.

Judith war das einerlei, dennoch fragte sie höflich nach.

„Der Retter!", schrie Astrid vor lauter Begeisterung. Judith wäre beinahe, vor Schreck das Telefon vom Ohr gefallen.

Nach einer kurzen Pause redete Astrid mit sanfter Stimme weiter: „Dir verdanke ich seinen Besuch. Er erzählte mir, es war dein innigster Wunsch, dass er mir begegnen möge. Judith – du bist die beste und liebste Freundin, die je ein Mensch haben kann. Einen größeren Freundesbeweis gibt es nicht."

Das ging bei Judith runter wie Honig, und sie setzte sich auf einen Stuhl. Sofort verabschiedete sich Astrid hastig:

„Kundschaft kommt!"

Judith blieb sitzen und genoss die Freude über die Begegnung der beiden.

Dann kamen Adrian und Theo im Schlafanzug in die Küche und wollten frühstücken. Es folgte der ganz normale Alltag:

Adrian in den Kindergarten bringen, dann bei Maria und Josef die Wohnung putzen.

Nachdem Judith bei ihren Nachbarn fertig war, wurde sie ins Wohnzimmer gebeten. Was sie auf dem Tisch sah, verblüffte sie. Der Tisch war festlich gedeckt und ein duftender, selbstgebackener Apfelkuchen stand in der Mitte des Tisches.

„Wir wollen deine Halbzeit mit dir feiern", erklärte Maria freudig.

Judith war gerührt und zunächst sprachlos. Nicht lange, denn ihr Telefon klingelte. Hilde war dran und gratulierte ihr ebenfalls zur Halbzeit.

„Natürlich auch von Jan, der neben mir steht und sich mit dir freut."

Danach wollte Hilde alles über den ominösen Retter wissen. Bereitwillig erzählte Judith alles. Maria und Josef hörten ebenfalls aufmerksam und interessiert Judiths Bericht mit.

Nach dem Telefongespräch mit Hilde gab es bei Maria, Josef und Judith nur noch ein Thema: der Retter – und Judiths Halbzeit war vergessen

Den ganzen Tag über, bis sie abends im Bett lag, dachte Judith immer wieder an die Begegnung mit ihm und was dadurch bei ihr und den Kindern verändert war.

Bevor sie selig einschlief, dankte sie ihm und sprach noch einen Wunsch aus: „Bitte hilf Hans."

Am nächsten Morgen als sie gerade frühstückten, sah Judith auf ihrem Handy eine Nachricht. Sie las und bekam große Augen. Für einen kurzen Moment stockte ihr fast der Atem.
Sie erzählte den Kindern: „Papa ist dem Retter begegnet und wird uns später alles darüber erzählen."

„Hurra! Papa hat den Retter kennen gelernt!", riefen Adrian und Theo freudig.

Danach so laute Jubelschreie der drei, dass sie vermutlich bis ins Weltall reichten.

„Wir müssen uns den Retter herbeiwünschen und Danke sagen", rief Adrian.

Judith wollte etwas erwidern, besann sich jedoch und dachte: „Er wird von den Kindern gerufen, und für sie ist es nur natürlich, dass er kommen wird. Die beiden haben keinen Zweifel daran. Für jeden vernünftig denkenden Menschen klingt das kindlich und naiv. Aber – haben die Kinder nicht Recht? Sie denken, reagieren und handeln aus dem Bauch, aus dem Gefühl heraus. Sie wägen nicht vorher ab oder kalkulieren erst mal alles durch so wie wir Erwachsenen. Vielleicht bringen sie nur die natürliche Sehnsucht des Menschen nach Trost, Liebe und Geborgenheit zum Ausdruck."

Blitzartig erhielt sie die Gewissheit: „Er wird zu Theos Geburtstag kommen!"

Zwei Tage vor seinem Geburtstag stand Fenster putzen auf ihrem Tagesplan.

„Zuerst muss Adrian in den Kindergarten und Theo zu Maria und Josef. Dann, erst dann, geht es an die klare Sicht. Schließlich brauche ich den Durchblick."

Bei dem Wort *Durchblick* schmunzelte sie, weil das Wort auch eine andere Bedeutung hat als durch die Fensterscheibe durchzublicken.

Ihre Söhne waren geparkt, und Judith öffnete im Wohnzimmer die Terrassentür und sog die frische Luft ein.

„Endlich ist die Luft vom Frühlingsduft erfüllt! Alles ist zum Leben erwacht. Wie lange sog ich keinen Duft mehr ein? Gefühlte Jahrzehnte. Alle Düfte wurden ohne Hans nebensächlich – leider. Ich habe mir das selbst genommen, weil ich zu sehr in Herzschmerzen versank. Ich lebte nicht mehr. Es war ein unbewusstes, oberflächliches Leben ohne Freude und Düfte. Wäre der Retter nicht gekommen, ich würde ich immer noch im Dämmerzustand dahinsiechen und nach Hans jammern. Außer in den Momenten der Freude, wenn er anrief oder eine Nachricht von ihm kam."

Judith bedauerte die verloren gegangene Zeit. „Obwohl diese Zeit auch ihre Berechtigung hat. Sie ist nicht verloren, sie diente dazu, das andere zu erkennen", stellte sie fest und reinigte nun entspannt alle Fenster im Haus, so dass sie, jedenfalls was saubere Fenster betraf, den Durchblick hatte.

Viele Stunden später, als es Abend war und dunkel und still im Haus, stand sie abermals an der Terrassentür und sah hinaus. Die Nacht war sternenklar und lud Judith nach draußen ein. Sie stand auf der Terrasse mit dem Blick gen Himmel.

„Diese Weite und diese große Unendlichkeit."

Sie streckte die Arme weit aus und schloss die Augen, sog die Luft tief ein und atmete bewusst aus. Nachdem sie gefühlt viele Minuten in dieser Haltung verblieben war, wusste sie:

„Ich möchte wieder leben! Leben mit allen Sinnen."

Sie ließ die Arme fallen und öffnete die Augen. Jetzt erst spürte sie die Kälte und begann zu frieren. Sie hatte keine Jacke an und ging fröstelnd ins Wohnzimmer.

Nun lag sie auf der Couch unter der Decke. „Lange Zeit war ich nicht mehr mit mir zufrieden und unausgeglichen. Auch wenn die Kraft schwinden wird, so weiß ich, dass ich nicht mehr in das tiefe Loch abstürzen werde", waren ihre letzten Gedanken, bevor sie auf der Couch einschlief.

Am Nachmittag vor Theos Geburtstag war Judith nur ein paar Schritte von der offenen Tür zum Kinderzimmer entfernt, als sie jäh stoppte, weil sie Adrian fragen hörte, was sich sein Bruder von ihm zum Geburtstag wünschte. Auf Theos Antwort war sie sehr gespannt, und so verharrte sie an dem Platz und tat das, was sie ihren Kindern untersagt hatte, sie lauschte.

„Du sollst an meinem Geburtstag den ganzen Tag bei mir sein", antwortete Theo.

Judith war gerührt, und ihr Herz flog beiden zu.

Dann hörte sie Adrian: „Komm, wir fragen gleich Mama, ob ich daheim bleiben darf."

„Autsch! Gleich werde ich beim Lauschen erwischt!", dachte sie, und ihre Kinder standen schon entrüstet vor ihr.

„Du hast gelauscht!", sagte Adrian grimmig, und Theo schimpfte: „Zu uns sagst du immer, wir sollen nicht lauschen!"

Sie nannte ihnen den Grund und entschuldigte sich hernach. Von beiden hörte sie ein entrüstetes, lang gedehntes „Maaamaaa!"

„Und wie willst du das jetzt wiedergutmachen?", fragte Theo und erinnerte sie an das Buch, in dem es um Entschuldigungen und Fehlern ging.

„Ist es eine Wiedergutmachung, wenn Adrian bei deinem Geburtstag zu Hause bleiben darf?"

Nun meldete sich Adrian zu Wort und überraschte Judith sehr: „Das hat mit Wiedergutmachung nichts zu tun. Das ist Theos Wunsch. Du musst dir was anderes ausdenken."

„Wow! Du bist echt clever." Judith war beeindruckt.

„Der Apfel fällt nicht weit vom Stamm", grinste Adrian seine Mama an und verhandelte mit ihr eine Wiedergutmachung, mit der Theo und er einverstanden waren.

Am nächsten Vormittag halfen Judith vier kleine Hände mit viel Begeisterung und großer Freude bei den Vorbereitungen zum Mittagessen, zu dem Theos Gäste eingeladen waren. Seine Gästeliste stand bereits seit Wochen fest. So lud er Josina, Astrid, Maria und Josef ein und natürlich den Retter. Zum Essen gab es selbstverständlich sein Lieblingsessen: Gabelspaghetti, Karottensoße und Gurkensalat.

„Es duftet köstlich", sagte Adrian und grinste seine Mama frech an.

Judith schmunzelte. Sie wusste, er imitierte sie auf humorvolle Art und Weise.

Die Speisen waren fertig, der Tisch gedeckt und alle Gäste nahmen Platz und aßen mit Genuss. Die Stimmung und Atmosphäre war voller Freude und Lachen. Es war eindeutig, dass dies der Anwesenheit des Retters zu verdanken war.

Als sich alle um 18.30 Uhr nach einem erfüllten Geburtstag im Flur verabschiedeten, gab der Retter Judith eine Aufgabe, die natürlich nur sie hörte:

„Beobachte deine Kinder und lerne von ihnen."

Überrascht starrte sie ihn an. Er lächelte sie verschmitzt an und zwinkerte ihr schelmisch zu. Verständnislos schüttelte sie den Kopf, aber er drehte sich grinsend um und ging.

Danach war sie mit den Kindern allein, die ausgelassen durchs Haus tobten. Mechanisch räumte sie die Küche auf und brachte die Kinder ins Bett. Dann fand sie sich gedankenvoll wegen der Aufgabe, die der Retter ihr gestellt hatte, in der Küche wieder und betrachtete die Geschichte mit den Wölfen. Die Aufgabe bohrte sich tief in sie rein.

Judith beobachtete nun ihre Söhne auf eine für sie überraschend feinsinnige, objektive Art und Weise.

Viele Tage später, abends um 21.00 Uhr, schrieb sie am Rechner in zwei Spalten folgendes:

Kinder sind:	Erwachsene sind:
ehrlich	verlogen, lügen bewusst ohne schlechtes Gewissen
herzlich und offen	verschlossen, herzlos und verklemmt
spontan, impulsiv	berechnend
nicht nachtragend	nachtragend
vorurteilsfrei allen Rassen und Ethnien gegenüber	vorverurteilend
wahrhaftig, authentisch	unehrlich, setzen Masken auf

„Der Retter hat Recht! Nicht nur, dass ich von den Kindern lernen kann, nein, ich *muss* von den Kindern lernen, um meine Weiterentwicklung nicht zu gefährden."

Die folgenden Tage sprach sie viel mit Astrid, Frank, Maria und Josef und mit Hilde und Jan über ihre Aufgabe, über ihre Tabelle und wie sie ihr Bewusstsein, ihre Gedanken und ihr Verhalten ändern müsse, um zu einer größeren inneren Freiheit und Stärke zu gelangen. Alle hörten Judith aufmerksam zu, und Maria betonte immer wieder ihre Dankbarkeit, noch zu Lebzeiten von Judiths Aufgabe und deren Resultat erfahren zu haben. Aufgrund der nahen Nachbarschaft erlebte Judith hautnah mit, wie Maria und Josef infolgedessen aufblühten. Mit Freude gingen sie an die *neue Sache*, wie sie Judiths Tabelle nannten.

Josef und Maria erzählten begeistert alles ihren drei Kindern. Bald darauf rief Marias Schwiegertochter, die selbst Mutter von zwei Kindern war, an und versicherte Maria und Josef, dass sie ebenso Judiths Ergebnisse umsetzen wollte. Bei einem Nachmittagsbesuch bei Astrid freuten sich die Freundinnen über die positive Bewegung, die in Gang gebracht worden war.

Frank kam aus dem Arbeitszimmer und besuchte die Frauen, die auf dem Balkon saßen, mit Kirscheisbechern.

„Mir kam sogar der Gedanke, Ethik zu unterrichten. In diesem Unterrichtsfach habe ich die Möglichkeit, den Schülern Lebenssinn, Tugenden und vieles mehr zu vermitteln." Er hielt inne und schüttelte den Kopf. „Das ich nicht schon früher daran gedacht habe?"

Judith lächelte ihn an und erklärte ihm: „Die Zeit war nicht reif dafür. So einfach ist das."

Fröhlich antwortete Frank: „Ja, sicherlich hast du Recht. Dass die Zeit für Veränderungen, Entwicklungen, Entscheidungen usw. reif sein muss, ist ja auch eine deiner Lebensweisheiten, oder genauer gesagt das Resultat deiner persönlichen Reflexion und Beobachtung des Lebens mit all seinen Herausforderungen."

Frank verabschiedete sich sogleich: „Ich muss dringend Mathearbeiten korrigieren und habe eigentlich überhaupt keine Zeit. Wobei ich das sehr bedauere. Lieber würde ich mich mit euch über positive, lebensverändernde Maßnahmen sprechen."

Astrid neckte ihn. „Dafür hast du wunderbare Ziffern- und Kürzelformationen vor dir."

Frank lachte, drückte Astrid einen Kuss auf die Haare und verschwand.

Judith flüsterte Astrid zu: „Er sieht immer noch sehr gut aus – dein Frank!"

Geheimnisvoll antwortete Astrid: „Noch ist er nicht offiziell *mein* Frank!"

Für einen Moment sah Judith ihre Freundin erstaunt und fragend an. Dann wusste sie die Antwort auf dieses Wörtchen *noch*, das Astrid auffällig betonte. Ihre Freundin grinste spitzbübisch.

„Wann?", fragte Judith höchst interessiert.

„Wenn Hans wieder zu Hause ist. Wir haben uns als Hochzeitsdatum den 19. September ausgesucht, und ihr beide sollt unsere Trauzeugen sein – wenn ihr ja dazu sagt."

Astrid wurde rot wie eine Tomate und strahlte mit der Sonne um die Wette. Judith stand auf, zog ihre lange Freundin vom Stuhl und drückte sie glücklich. Um Judiths Neugier zu befriedigen, musste Astrid ihr alles haarklein erzählen. Bereitwillig kam Astrid der Aufforderung nach.

„Freude mit Freunden zu teilen, ist tausendfach wunderbar. Und nun zum Heiratsantrag. Frank und ich sprachen über dich und Hans und die neun Monate lange Trennung. Er beteuerte, dass er sich nicht vorstellen könnte, von mir neun Monate getrennt zu sein. Dabei sah ich ihm tief in die Augen und wusste: Jetzt oder nie! Und so fragte ich ihn, ob er mich heiraten will."

„Der Antrag kam von dir?", fragte Judith überrascht, ungläubig und etwas dumm. Soviel Power hätte sie ihrer Freundin nie zugetraut.

„Schau mich nicht so verdattert an! Schließlich bist du an meinem Selbstwertgefühl mit schuld", lächelte Astrid. „Du hast mich immer wieder wach- und aufgerüttelt und mir gezeigt, wo es langgeht – besonders in mir drin."

Nachdem sich Judiths dümmlich aussehender Gesichtsausdruck normalisiert hatte, erzählte Astrid weiter:

„Natürlich war Frank überrumpelt, obwohl wir ab und an übers heiraten gesprochen hatten – allerdings nicht konkret. Jedenfalls küsste er mich lange, und das war seine Antwort."

Astrid lächelte in Erinnerung an das, was dann geschah.

„Plötzlich hörten wir Josina rufen: Hurra, dann ist Frank jetzt mein Papa! Die freche Maus hatte uns belauscht. Sie stürzte sich fast auf Frank, der sie sogleich hochnahm und herzlich drückte. Ach Judith, es ist schön! Und Hilde und Jan freuen sich auch für und mit uns. Klingt vielleicht verrückt, aber beide sind über ihren neuen Schwiegersohn glücklich. Wobei das ja überhaupt nicht stimmt. Ich bin ja nicht mal offiziell ihre Schwiegertochter. Jo-Jo und ich waren nicht verheiratet. Aber für Hilde und Jan ist Frank ihr zukünftiger Schwiegersohn."

„Wundervolle Neuigkeiten", kommentierte Judith ergriffen.

„Ich bin noch nicht fertig", lächelte Astrid. „Frank wird meinen Nachnamen annehmen, weil seiner so typisch deutsch klingt. Das bedeutet, ab der Hochzeit wird er Bretenstein heißen und nicht mehr Müller. Da war ich platt! Seine Argument war, dass er somit als Vater von Josina denselben Nachnamen hätte wie seine Tochter, und dies würde alles vereinfachen."

Nach kurzem Zögern fügte Astrid nachdenklich hinzu: „Erst jetzt fällt es mir auf. Er hat sich das mit dem Namen bereits vorher überlegt." Sie stand auf. „Ich geh mal und frag ihn."

Überlegen, frech grinsend kam Astrid zurück und nickte als Antwort. Judith verstand und schlug vor, im Kinderzimmer nach dem Nachwuchs zu sehen. Alles war in bester Ordnung, und sie machten es sich im Wohnzimmer bequem.

Wie immer verrann die Zeit wie im Flug, und es wurde Abendessenszeit. Judith blieb noch, obwohl sie eigentlich gehen wollte. Natürlich vergaßen die Frauen auch beim Essen die Zeit, und Judith hetzte, um nach Hause zu gehen.

Frank lachte über Judiths Stress und bemerkte frech: „Und wie immer bist du zeitlich knapp dran."

Judith stimmte in sein Lachen mit ein und meinte: „Irgendwann bekomme ich das auch noch gebacken."

Es folgte, auch wie immer, eine kurze herzliche Verabschiedung, und Judith fuhr nach Hause.

Im Flur schickte sie ihre Sprösslinge gleich nach oben ins Bad.

Adrian maulte vor sich hin: „Nur weil du mit Astrid mal wieder am Quatschen warst, müssen wir uns beeilen."

„Oh, das hat Frau davon, wenn Frau die Kinder zur Ehrlichkeit erzieht", antwortete Judith.

Theo mischte sich ein. „Adrian hat Recht. Stell dir den Wecker, wann wir gehen müssen, dann wird es auch nicht zu spät."

Innerlich freute sich Judith über ihre bezaubernden Söhne und über Theos Sprachbegabung. Sie dachte: „Sie sind offen und direkt. Hans, mit unserer Erziehung machen wir so weiter."

Theo und Adrian stampften mürrisch die Treppe hoch, und Judith rief ihnen hinterher: „Gute Idee Theo. Das könnte ich beim nächsten Mal tun, wenn wir Astrid besuchen."

Eine knappe Stunde später schliefen ihre Kinder, und sie schlenderte in die Küche um Tee zu zubereiten. Frohgelaunt über die wunderbare Nachricht von Astrid setzte sie sich mit der Tasse Tee und warm eingepackt auf die Terrasse. Sie gab sich dem wohlig warmen Gefühl hin, das sie bekam, wenn sie an Astrid und Frank dachte. Langsam hob sie den Kopf und schaute in die sternenklare Nacht. Das Gefühl von endloser Weite stellte sich abermals ein. In ihrer Vorstellung befand sie sich auf dem Mond, der sichelförmig zu sehen war, und von dort schaute sie auf die Erde.

„Wie nichtig wir Menschen sind", sinnierte sie. „Wenn wir weiterhin die Erde ausbeuten und letztendlich die Erde und somit unseren Lebensraum zerstören, kräht kein Hahn danach. Dann fehlt in diesem wunderschönen Sternenhimmel ein Planet – und mehr ist es nicht."

Judith spürte, wie der Mensch in dem großen Ganzen, das sie nicht zu erkennen vermochte, unbedeutend wurde.

„Letzten Endes ist der Mensch ein Nichts!"

Sie blickte fortwährend in den Sternenhimmel, und es schien, als sähe sie immer mehr Sterne, als füllte sich der Himmel mit vielen kleinen, strahlenden Perlen. Sie schmunzelte bei der

Vorstellung, dass irgendwo menschenähnliche Wesen existierten, die weiter fortgeschritten waren als die Menschen auf der Erde.

„Vielleicht sind sie bereits so weit entwickelt, dass sie frei sind von Hass, von Neid, von Macht und von (Geld)Gier … sie leben liebevoll, rücksichtsvoll und friedlich miteinander. Sie sehen auf uns Erdenmenschen und fragen sich: Wann kapieren die Erdlinge endlich ihre wesentliche Aufgabe?"

Judith schloss die Augen und hegte die Hoffnung, die Menschheit möge friedvoller miteinander leben.

Die wenige Zeit bis zum nächsten Kindergeburtstag von Josina am 14. Mai war Judith fortdauernd ausgeglichen und innerlich stark.

„Selbst wenn mich die Jungen herausfordern, spüre ich innerliche Ruhe", erzählte sie in einem Schwätzchen Maria und Josef, nachdem sie bei ihnen mit Staubwischen fertig war und am Küchentisch Platz nahm, während Theo im Wohnzimmer ein Puzzle vor sich hatte.

„Die Begegnung mit dem Retter hat wahrlich Wunder bewirkt", resümierte Josef und bot Judith Tee an.

„Hmmm, Roibuschtee. Danke, hab ihn am unvergleichlichen Duft erkannt." Dabei hielt sie die Nase an die Tasse und sog den Duft tief ein.

„Habt ihr mal ausprobiert, wie Düfte in euer Inneres eindringen?", fragte Judith ihre Freunde.

Beide schüttelten den Kopf.

Lächelnd sagte Judith: „Das glaub ich ja nicht! Immer wieder sprach ich mit euch über wohltuende Düfte und wie sie sich angenehm anfühlen. Wie der ganze Körper reagiert und sich dafür öffnet. Und ihr steckt nicht mal eure Nase in eine Teetasse? Aber egal, Hauptsache ihr duftet weiterhin nach Maria und Josef. Denn ich kann euch gut riechen, weil ihr menschlich duftet und nicht nach künstlichen Gerüchen."

Maria lachte. „Wir können dich auch gut riechen und finden du bist eine dufte Type."

„Und ich liebe euch!", sagte Judith spontan aus dem Herzen heraus.

Beide antworteten mit: „Wir dich auch".

„Leider muss ich nun gehen. Die Kartoffeln rufen, um gekocht zu werden.

Noch einmal Maria herzhaft umarmen und ein Händedruck für Josef, und weg war sie mit Theo an der Hand.

Beim Mittagessen informierte sie ihre Söhne, dass sie am Nachmittag noch ein Geburtstaggeschenk für Josina besorgen müssten.

Am nächsten Tag standen Judith, Adrian und Theo vor Astrids Haustür und warteten auf den Summton, der ihnen die Haustür öffnete.

Josina stand in der Tür und überfiel Judith gleich mit ihrem Geburtstagswunsch.

„Der Retter kommt. Ich habe ihn mir zum Geburtstag gewünscht."

Salopp antwortete Judith: „Dann wird er auch kommen."

Nach einer Stunde war die Geburtstagstorte gegessen, doch der Retter kam nicht.

Auch als der geplante Spielplatzbesuch bereits beendet war und alle wieder in der Wohnung zurück, war der Retter immer noch nicht da.

Judith und Astrid waren über sein Nichterscheinen besorgt und wunderten sich über ihre Kinder, denn keiner von ihnen war enttäuscht, weil er nicht gekommen war.

Judith fragte Theo, und er antwortete: „Er war da."

Die Frauen waren verblüfft, und Josina klärte sie auf:

„Niemand von euch hat ihn sich herbeigewünscht, und so war er bei mir im Kinderzimmer, als alle Kindergäste da waren. Er hat auch gesagt, dass ihr beide ihm noch mehr vertrauen müsst, so wie wir Kinder ihm vertrauen."

„Autsch! Das war eine Klatsche für uns beide", meinte Astrid, nachdem Josina zu ihren Gästen gegangen war.

„Noch haben wir etwas Zeit, um das zu ändern. Wir können nur hoffen, dass unser Vertrauen ausreicht, wenn er zu Adrians Geburtstag kommt", ergänzte Astrid, und Judith stimmte zu.

Hilde und Jan und Maria und Josef erfuhren am nächsten Tag von Judith und Astrid, was Josina erzählt hatte. Alle waren betroffen und bemühten sich, vertrauensvoll zu werden wie die Kinder.

Ob das Judith und Astrid gelang, daran wollten sie nicht denken. So wurde der 19. Mai, Adrians Kindergeburtstag, ein spannendes Datum.

Einen Tag vor seinem Geburtstag hatte Adrian beschlossen, am nächsten Tag kindergartenfrei zu haben, um seine Mama bei den Vorbereitungen zu unterstützen. Das teilte er Judith beim Mittagessen mit, und sie war damit einverstanden.

„Das nennt man Partizipation! Er hat Selbstbewusstsein und weiß, was er will. Finde ich Klasse!", dachte sie stolz und fragte ihn: „Willst du im Kindergarten anrufen und Bescheid sagen?"

Er musste nicht darüber nachdenken und rief sofort: „Ja!"

Judith tippte die eingespeicherte Nummer an und übergab ihm das Telefon.

Während er ins Wohnzimmer ging, rief er seiner Mama noch schnell zu: „Du sollst nicht zuhören!"

Mit geschwellter Brust stand er Augenblicke später in der Küche, und Judith begrüßte ihn mit:

„Du bist ein Held! Jetzt kann dein Geburtstag kommen."

Wie bei Theos Geburtstag halfen ihr vier kleine Hände bei den Vorbereitungen.

Zum ersten Mal wagte sich Judith an das Kuchen backen. Sie wollte unbedingt vom selbstgebackenen Kuchen den Duft wahrnehmen. So backte sie ihren ersten Rührkuchen aus Vollkorndinkelmehl mit Kirschen.

Der Kuchenduft erfüllte die komplette untere Etage. Gerade in dem Moment, als sie ihn aus dem Backrohr holte, klingelte es an der Tür. Die Jungen rannten zur Tür um zu öffnen, und Judith hörte aufgeregte Kinderstimmen. Neugierig pirschte sie in Richtung Eingangstür und wusste jäh, wer gekommen war: der Retter!

Mit wenigen Schritten war sie am Telefon und schrieb Astrid mit einigen freudigen Smileys: „Er ist da!" Jetzt hatten beide Frauen die Bestätigung: Ihr Vertrauen in ihn hatte sich vertieft.

Sie wartete in der Küche auf die drei und sog immer wieder den Kuchenduft ein. Als nach einigen Minuten immer noch niemand hereinkam, wurde sie ungeduldig. Die Zeiger auf der Uhr schienen sich langsamer als sonst zu drehen. Eine Sekunde fühlte sich für Judith an wie eine Minute.

Ewig lange sieben Minuten vergingen, bis er endlich lächelnd, auf jedem Arm ein Kind, im Türrahmen der Küche erschien. Er stellte die Kinder auf die Füße und nickte beiden zu. Adrian und Theo verstanden und stampften die Treppe hoch ins Kinderzimmer. Er setzte sich zu Judith an den Tisch und lächelte sie nur an.

Auf einmal war sie wie benommen. Ein wunderbarer, überaus angenehmer Duft stieg ihr in die Nase. Der Duft war betörend und schien sie völlig zu umhüllen und einzunehmen. Ihr war, als würde der Duft sie tragen, so leicht fühlte sie sich. Judith blickte den Retter gebannt an. Wie Schuppen fiel es ihr von den Augen. Sie war überwältigt.

„Der Duft geht von dir aus! Es ist der Lebensduft. Noch berauschender als bei Säuglingen!"

Seine Augen leuchteten wie noch nie zuvor, ebenso sein Gesicht.

„Alles an dir strahlt", flüsterte sie ergriffen und schloss die Augen. Der Moment schien endlos. Sie fühlte sich stark und doch leicht wie eine Feder, erdig und doch wie im Himmel.

Irgendwann glitt sie sanft in die Realität zurück und öffnete die Augen. Er saß da, immer noch strahlend. Er hob seine rechte Hand und hielt sie flach, ca. zehn Zentimeter vor Judiths Brustkorb. Urplötzlich fühlte Judith im Brustbereich etwas Starkes und doch Sanftes. Sie hatte das Gefühl, ihr Brustkorb weite sich ins Unermessliche. Sie fühlte absolute, tiefe Liebe. Es war, als umgab sie ein sanftes, helles, strahlendes Licht. Um sie herum funkelte es schöner, bunter und gewaltiger als jedes Feuerwerk. Sie spürte eine überirdische Geborgenheit und Liebe und gab sich diesem Gefühl restlos hin. Wiederrum schloss sie die Augen. Das helle, strahlende, sanfte Licht, das sie umgab, nahm sie trotz geschlossener Augen wahr. Der berauschende Duft war unaufhörlich präsent. Nie zuvor hatte sie annähernd etwas Vergleichbares erfahren. Das Gefühl der reinen Glückseligkeit erfüllte sie, und sie öffnete nach einer gefühlten Stunde die Augen und sah ihn verzaubert, glücklich an.

„Das geht alles von dir aus!" Das war eine Feststellung ihrerseits.

„Und von unserem Vater!", antwortete er, wobei Judith mit der Antwort überhaupt nichts anfangen konnte.

Ihr Blick fiel auf die Uhr. Überrascht blinzelte sie ungläubig: „Es vergingen lediglich fünf Minuten! Es fühlte sich an wie mindestens eine Stunde! Alles war sehr intensiv."

„Es gab für dich weder Raum noch Zeit", klärte er sie auf.

Das Strahlen um ihn herum löste sich auf. Achtsam stand er auf, verbeugte sich vor ihr und schien die Treppe hoch zu gleiten. Kurz darauf hörte sie Kinderlachen.

Lange blieb sie sitzen. Sie fühlte sich leicht und unbeschwert. Irgendwann stand sie auf und erledigte die Vorbereitungen für den Geburtstag. Ohne nachzudenken, ohne auf die Uhr zu sehen, ohne die Abläufe zu kalkulieren, lief ihr alles von der Hand, als würde sie tagtäglich einen Kindergeburtstag für viele Gäste vorbereiten. Das Glücksgefühl, das sie erfahren hatte, verspürte sie lange Zeit danach, und der Tag zog wie ein Film an ihr vorüber. Sie fühlte sich mittendrin im Geschehen und auf unerklärliche Weise außerhalb, so als wäre sie Zaungast. Alle Gäste, ob groß oder klein, versprühten viel Fröhlichkeit und genossen die Stunden.

„Überträgt sich mein Glücksgefühl auf alle Anwesende?", fragte sich Judith spätnachmittags und suchte den Blick zum Retter, der ihr jedoch die Frage nicht beantwortete und lieber die Kinder mit Späßen zum Lachen brachte.

„Nein, es kommt nicht von mir, sondern von ihm!", dachte sie und deckte den Tisch für das Abendessen, das im Wohnzimmer geplant war. Es gab reichlich Fingerfood für alle, und das bedeutete elf Kinder und mit dem Retter drei Erwachsene. Alle aßen mit großem Appetit und vergessen war, dass sie drei Stunden zuvor drei Kuchen verdrückt hatten, einen von Judith, einen von Maria, und den dritten hatte Astrid mitgebracht.

Danach halfen alle beim Aufräumen und bedauerten das Ende des wunderbaren, einzigartigen Festes. Astrid wie Judith wussten: Die erlebte Harmonie verdankten sie einzig und allein dem Retter.

Nachdem Judith und Adrian alle Gäste verabschiedet hatten und die Eingangstür zugemacht war, fanden sie den Retter auf der Couch mit dem schlafenden Theo auf dem Schoß.

"Er strahlt unglaublich viel Liebe aus", dachte Judith und stimmte der Frage des Retters zu, ob er den schlafenden Theo ins Bett bringen sollte. Adrian ging mit nach oben, da auch er vom Retter ins Bett gebracht werden wollte.

Rundum glücklich setzte sich Judith auf die Couch und ließ den Tag Revue passieren. Die Augen fielen ihr zu, und sie schlief ein. Plötzlich spürte sie die Gegenwart des Retters und sah ihn an.

„Wer bist du?", fragte sie ihn.

„Hans wird es dir sagen."

Sie zuckte zusammen und fragte ungläubig: „Hans wird es mir sagen?" Wobei ihr tausend Fragezeichen im Gesicht standen.

„Ja!"

Wie immer bewegte er keine Lippen. Wie immer hörte sie seine Stimme und wie immer wusste sie nicht, wie das alles geschah.

Er hob die Hand zum Abschiedsgruß. Judith blieb auf der Couch sitzen, schloss die Augen und schwebte abermals in Glückseligkeit.

18.
Glücksgefühle

Mehrmals war Judith in den kommenden Wochen verblüfft, wie lange ihre Erkenntnis vom Ursprung des Lebensduftes anhielt, und wie sie das Gefühl der reinen Liebe, die von ihm ausging, schweben ließ. Sie fühlte sich wie in einem Dauerzustand von glücklicher Lebensfreude und Stärke.

Es war Ende Juni, als sie den Höhepunkt ihres Glücksgefühls erlebte.

Sie wachte um 5.07 Uhr ausgeschlafen und beschwingt auf und fühlte sich fit wie ein Turnschuh. Normalerweise hätte sie zu grübeln begonnen, was schief gelaufen war, da sie sonst mindestens eine Stunde länger schlief. Aber seit der tiefen Erfahrung mit dem Retter wunderte sie sich über fast nichts mehr. So dachte sie nicht darüber nach und nahm die Tatsache ihrer beflügelten Stimmung freudig an.

Sie stand auf und tanzte ins Bad, duschte und zog ihr rotes, figurbetontes Sommerkleid an.

Mit einem Glas lauwarmes Wasser sprang sie leichtfüßig zur Terrasse und genoss die morgendliche Stille und den Tagesanbruch. Natürlich atmete sie tief ein und aus, um irgendeinen Duft zu erhaschen. Rosenduft stieg ihr in die Nase, und sie machte die Augen zu. Ihr Glas hielt sie in der Hand und nippte gelegentlich daran.

„Ein wunderbarer Morgen. Mal sehen, was der heutige Tag für mich und die Kinder an Überraschungen bereithält."

Sie überlegte kurz den Tagesplan, und flugs war er fertig gedacht.

„Sollte Adrian damit einverstanden sein, Kindergartenfrei zu haben, werden wir bei Astrid in der Bäckerei frühstücken und sie fragen, ob sie nachmittags mit an den Bodensee fährt. Nach dem Frühstück toben die Kinder auf dem kinderleeren Spielplatz. Danach gehen wir zu Sergio zum Mittagessen, und mit vollem Bauch holen wir Astrid und Josina ab, sofern Astrid ja sagt. Dann fahren wir an den Bodensee, und abends werden wir mit Maria und Josef Eis essen. Ja, das wird ein wunderbarer Sommertag."

Zufrieden mit ihrem Tagesplan ging sie beschwingt ins Wohnzimmer, hörte ihre Lieblingsmusik und tanzte ausgelassen, singend durch den Raum.

Plötzlich hörte sie eine Melodie, die nicht aus dem Lautsprecher kam. Schnell ging sie in die Küche und nahm den Anruf, der von einer ihr unbekannten Nummer kam, entgegen und begrüßte den Anrufer:

„Einen wunderschönen guten Morgen."

„Du bist am Telefon?", hörte sie eine verwunderte Stimme.

„Das bin ich für gewöhnlich immer, wenn mich jemand anruft. Mit wem spreche ich denn, zu so früher Stunde?", fragte sie fröhlich.

„Hier spricht Paul. Nie im Leben hätte ich gedacht, dass du so früh auf bist. Ich wollte dir eine Nachricht hinterlassen, so dass du mich anrufen kannst, wenn du Zeit hast."

Während er sprach, bemühte sich Judith, die Stimme zu erkennen. Augenblicklich erinnerte sie sich, und sie fragte ihn verdutzt:

„Du bist Paul aus der Parallelklasse – stimmt's?"

„Ja."

„Und aus was für einem Grund rufst du so früh an? Und woher hast du meine Nummer?" Ihre fröhliche Stimmung ging bergab.

Erinnerungen an ihn rasten durch ihren Kopf. „Paul war in mich verliebt, allerdings erwiderte ich seine Gefühle nicht. Leider konnte er das nicht akzeptieren und verfolgte mich wie ein Schatten. Egal wo ich war, er war auch dort. Einerlei was ich tat, er tat es auch. Immer rückte er mir auf den Pelz. Er machte mir Geschenke, lud mich ein und … es war schlimm. Er war ein richtiger Stalker. Nach einem Jahr war alles plötzlich vorbei wie eine Seifenblase. Er war weg, als hätte er sich in Luft aufgelöst."

„Hallo Judith! Bist du noch dran?", fragte Paul, weil sie nicht antwortete.

„Ja. Ich bin noch dran. Ich erinnere mich jetzt an dich!" In Judith rumorte es. Dennoch entschuldigte sie sich bei ihm:

„Tut mir leid, deine Antwort hörte ich nicht. Ich war gedanklich sehr weit weg."

„Du warst sicherlich in der Vergangenheit, und genau deswegen rufe ich an. Ich möchte mich bei dir für mein damaliges Verhalten entschuldigen und bitte dich um Vergebung."

„Wieso?" Sie musste den Grund erfahren. Offensichtlich hatte er eine Wandlung durchgemacht.

Paul fragte sie, ob sie Zeit habe. Als sie bejahte, begann er zu erzählen.

„Ich war total in dich verliebt. Du warst so anders als die anderen. Ich schaute zu dir auf und bewunderte dich. Du schienst zu wissen was du wolltest."

„Warte mal bitte und mach eine Pause. Ich muss das erst mal verdauen." Judith hatte nie den Eindruck gehabt, dass Paul zu ihr aufgesehen hätte. Sie war ein Außenseiter, und Paul bewunderte das?! Das hätte sie nie gedacht.

„Das hast du mir nie gesagt!"

„War das ein Vorwurf?", fragte Paul.

„Nein, eigentlich nicht. Sprich bitte weiter."

Das tat er: „Als ich kapierte, dass ich bei dir abblitzte, kratzte das enorm an meinem Selbstbewusstsein. Kurzum, ich zog von hier weg und begann eine Ausbildung. Aber ich bekam dich nicht aus dem Schädel heraus und trauerte dir in meinem Selbstmitleid nach. Schritt für Schritt verlor ich den Boden unter den Füßen und bemerkte zu spät meinen Absturz. Ich trank bereits täglich große Mengen an Alkohol, verlor dadurch meine Arbeit, wurde aggressiv, und was du dir sonst noch vorstellen kannst. Nein, wie ich wurde und was ich durchlebte übersteigt deine Vorstellungskraft und deine Empathiefähigkeit. Ich wurde zu einem völlig leeren *Nichts*! Ich wurde zu einem mürrischen, verbitterten, stinkenden Obdachlosen. Das war kein Leben, auch wenn es mein Leben war.

Als es für mich nicht mehr tiefer ging, änderte ich in kleinen Schritten mein elendes, nutzloses Dasein. Ich suchte eine Essensausgabe und holte mir täglich einen Teller Suppe oder ähnliches. Wenn ich dir erzähle, dass Blanka dort ehrenamtlich arbeitete, brauche ich eigentlich nicht weiter zu reden. Und doch – ich möchte, dass du meine Geschichte kennst. Blanka hatte eine ruhige, sanfte, zurückhaltende Art. Ich verliebte mich in sie. Um ihr meine Liebe gestehen zu können, trank ich mir Mut an, und dann bekannte ich ihr meine Liebe.

Blanka wies mich verärgert zurück. Einen, der sich gehen lässt, sein Leben nicht im Griff hat und sich leben lässt, der vor dem Leben wegläuft, so einen will sie nicht. Wenn ich Rückgrat zeige und Herr über mein Leben bin, sei sie für mich da.

Bis zu diesem Moment nahm ich an, du wärst an meinem jämmerlichen Zustand Schuld. Judith, bitte verzeih, aber ich dachte damals so. Und dann diese schallende Ohrfeige von Blanka. Wieder wurde ich zurückgestoßen. Ich mied die Essensausgabe und versank fast in zerstörerischem Selbstmitleid. Irgendwann gab ich mir einen Ruck, erschien wieder in der Suppenküche und stand vor Blanka. Sie freute sich ehrlich mich zu sehen. Ihre Augen strahlten mich an, und mir lief ein angenehmer Schauer über den Rücken. Ich wusste jetzt, dass sie mich wirklich liebt. Irgendwie legte sich dadurch in meinem Kopf ein Schalter um. Ich kapierte endlich: Ich alleine war für mein verpfuschtes Leben verantwortlich und war in den Strudel gesprungen, der mich nach unten gezogen hatte. Meinen Bruder Gundi bat ich um Hilfe. Gemeinsam fanden wir eine Suchtklinik, und so kehrte ich nach und nach zu mir selbst zurück.

Zuerst mal wohnte ich bei Gundi auf der Couch. Über viele Monate arbeitete ich fast überall und fast alles. Ein Jahr dauerte es bis zu meiner Rückkehr in ein menschliches Leben. Dann stand ich abermals vor Blanka und machte ihr einen Heiratsantrag.

Sie antwortete freudig: „Ich wusste, du findest den Weg zu dir. Das sagte mir mein Gefühl."

Nun bin ich seit wenigen Jahren verheiratet und Vater einer wunderbaren Tochter. Und ein endgültiger Strich unter mein altes Leben ist: Dich um Vergebung zu bitten. Wie du gehört hast, gab ich dir die Schuld an meinem Absturz, und weil ich dich einst verfolgte und dir auflauerte, bitte ich dich ebenfalls um Vergebung."

Judith war beeindruckt und berührt. „Natürlich vergebe ich dir. Ich möchte dir bei deiner Vergangenheitsbewältigung oder Selbstfindung nicht im Wege stehen."

Erleichtert verabschiedete sich Paul, und Judith bat um liebe Grüße an Blanka.

Auf der Couch liegend dachte sie über die Geschichte von Paul nach. Eine Enthüllung in seiner Erzählung imponierte ihr besonders.

Es waren Blankas Worte: „Das sagte mir mein Gefühl."

Für Judith war diese Aussage die Bestätigung der Existenz vom transparenten Liebesband.

„Oder, wie soll ein Mensch die Kraft aufbringen, ein ganzes langes Jahr auf den Geliebten zu warten? Und dabei die Hoffnung nicht zu verlieren? Für mich ist das die Kraft des Bandes, das beide bereits geknüpft hatten. Die Kraft der Liebe und das verbindende Band; aus diesem zogen beide die Kraft. Es gibt keine größere Kraft als die Liebe. Sie ist das Fundament der menschlichen Beziehungen, das Fundament des Daseins."

Judith freute sich sehr für Paul und wusste sogleich, dass auch sie ihm und sich selbst vergeben musste.

Dies zu tun fiel ihr in ihrem jetzigen Glückszustand nicht schwer. Sie schaltete wieder ihre Lieblingsmusik ein und begann langsam wieder zu tanzen. Sie gab sich ganz der Musik hin, als plötzlich Adrian und Theo im Türrahmen standen und ihrer Mama grinsend, an die Stirn tippend, zusahen.

„Ihr seid aber früh auf!", begrüßte sie ihren Nachwuchs und winkte beide herein.

274

„Kommt, tanzt mit mir!", forderte Judith die Kinder auf.

Sie hörte wie Theo zu Adrian sagte: „Mama ist heute komisch. Komm wir gehen zum Frühstücken."

„Nein! Tut das nicht! Wir gehen zum Frühstücken in die Bäckerei", rief Judith frohgelaunt.

Sie erzählte ihren Jungen von dem Tagesplan, nach dem sich Adrian kindergartenfrei nehmen durfte. Natürlich war er damit einverstanden.

Nach einer guten halben Stunde versuchte Judith, ihre Freundin davon zu überzeugen, wie lebensnotwendig und bereichernd es für sie und Josina wäre, wenn sie mit ihnen zum Bodensee fahren würden. Dabei grinsten alle drei um die Wette.

„Habt ihr einen Sonnenstich?", fragte Astrid und zog die Stirn in Falten. „Oder rief Hans heute an, weil ihr um die Wette strahlt?"

„Nichts dergleichen. Wir fühlen uns einfach nur glücklich und unbeschwert", antwortete Judith.

„Wenn das so ist, müssen Josina und ich mitfahren, um auf euch Verrückte aufzupassen."

Da Judith nun die Zusage hatte, bestellte sie ein leckeres Frühstück. Danach schlenderten sie zum Spielplatz. Sie waren die einzigen Besucher, und Adrian und Theo waren mit Toben bald fertig.

„Tja, bis zum Mittagessen haben wir noch viel Zeit. Sollen wir zur roten Bank marschieren?"

Die Kinder stimmten zu, und los ging es.

Während Judith rücklings auf der roten Bank lag, spielte ihr Nachwuchs im Wald. Langgestreckt, mit geschlossenen Augen lag sie da und lächelte selig. Sie fühlte sich rundum glücklich und hätte pausenlos jubeln und alle Menschen umarmen können.

„Ein wunderschönes Gefühl ist das."

Sie fand, dass sie den richtigen Ort ausgesucht hatte, um sich frei zu fühlen. Wobei sie auch wusste, dass das Gefühl der Freiheit an keinen Ort gebunden war.

Leider ging auch die Zeit auf der roten Bank zu Ende. Ihr Bauch knurrte förmlich nach Sergios leckerem Essen.

Sie rief die Jungs und verabschiedete sich von der wunderbar duftenden Natur und dem inspirierenden Platz.

Knapp vierzig Minuten später saß sie im Garten der Pizzeria und hielt die Speisekarte in Händen. Als Sergio wieder kam, um die Bestellung aufzunehmen, sagte er Judith:

„Irgendetwas stimmt mit euch Dreien nicht. Ihr seid überglücklich, strahlt die ganze Zeit und neckt euch fröhlich. Und das obwohl Hans immer noch in Indien ist. Das ist nicht normal!"

Verschwörerisch flüsterte Judith Adrian zu, jedoch so dass es Sergio hören musste: „Wir sind normal, nur wissen das die anderen nicht, weil die unnormal sind."

„Ich hoffe nur, dass Hans bald nach Hause kommt!" Sergio schüttelte über das Verhalten der drei verwirrt den Kopf.

Drei Stunden später, am Bodensee, schüttelte auch Astrid verständnislos den Kopf. „Irgendetwas ist euch zu Kopf gestiegen, anders kann ich mir dein Verhalten nicht mehr erklären. Du wirkst absolut überglücklich und total befreit."

Dann beugte sich Astrid zu Judith und flüsterte ihr ins Ohr: „Oder hast du irgendwelche Drogen genommen'?"

Judith musste über die Frage schallend lachen und gluckste:

„Habe ich noch nie und werde ich auch nie nehmen."

Und wieder lachte sie, als hätte ihr Astrid den tollsten Witz erzählt.

„Und das ist so, seit ich kurz nach fünf aufgewacht bin. Seltsam – nicht?"

„Ja, absolut!"

Judith ahnte nicht im Geringsten den Grund ihres glücklichen Gefühls und ihres freudigen Verhaltens.

Der Anlass ihres Hochgefühls kam, hoch über den Wolken, zu ihr und den Kindern.

Ein deutscher Bankangestellter flog von Neu-Delhi nach Hause. Nach fast acht Monaten fern von seiner Familie kehrte er heim. Mehrere Wochen früher als geplant. Hans war an seinem Ziel angekommen.

Er erfuhr seinen Lebensduft und wusste mit Gewissheit um das Liebesband. Im festen Glauben an dieses Band schickte er seiner geliebten Judith und seinen wundervollen Söhnen seine übergroße Wiedersehensfreude und auch seine bedingungslose Liebe.

Im Flieger lächelte Hans vor sich hin und dachte: „Ich bin eine Frühgeburt, da ich bereits nach knapp acht Monaten wie neugeboren bin und nicht wie gedacht nach neun Monaten."

Hans spürte, wie ihn sein Sitznachbar und lieber Freund Daniel beobachtete. Daniel war wie Hans freiwilliger Helfer im Krankenhaus. Dort lernten sich die zwei Männer kennen und waren sich auf Anhieb sympathisch.

Daniel war Ende vierzig, mit Glatze, 1,76 Meter lang, etwas untersetzt und bereits dreimal geschieden. Daniel und Hans verbrachten viel Zeit miteinander. So erfuhr Hans, dass Daniel seit einigen Jahren jedes Jahr für knapp drei Wochen nach Indien flog, um eine sinnerfüllte Zeit zu erleben.

Daniel erklärte ihm: „In meiner Arbeit, in der Forschungsabteilung der Autoindustrie, geht es primär um Macht, um Geld und darum, schneller zu sein als die Konkurrenz. Da genieße ich die Zeit in Indien. Dort sind die Menschen für jede Hilfe äußerst dankbar, und ich werde ehrlich, herzlich angelächelt und behandelt. Ein krasser Gegensatz zum Funktionieren in

unserer Gesellschaft. Liebend gerne würde ich beruflich um-
satteln, jedoch verdiene ich in einer sozialen Tätigkeit nie so
viel, wie in meiner jetzigen Arbeit. Ganz abgesehen davon,
muss ich für vier Kinder von drei Exfrauen Unterhalt bezah-
len."

Hans verstand ihn nur zu gut. Während seiner Zeit im Krankenhaus lernte Hans einige Menschen kennen, die als Auszeit
freiwilligen Dienst im Krankenhaus leisteten. Die Motivation
dieser Menschen war: Selbstloser Dienst bei den Ärmsten der
Armen, um erfüllt auch durch die Dankbarkeit der Patienten
wieder nach Hause zu fliegen.

Tja, und von alle dem wusste Judith nichts und versprühte ungeniert ihr Glück an alle Menschen um sie herum, ob sie wollten oder nicht. Sie lächelte alle an, die ihr begegneten, sei es an
der Tankstelle oder am Bodensee. Die meisten lächelten zurück und das machte Judith noch glücklicher.

„Sieh nur Astrid, was ein Lächeln bewirkt. Und das tollste
ist: Es kostet nichts, und jeder kann ein Lächeln gebrauchen.
Besonders diejenigen, die keines geben können. Ist das nicht
fantastisch?", fragte Judith, als sie zum Parkplatz zurück
schlenderten.

„Ja, das ist es. Und weil du heute so uneingeschränkt glücklich und verrückt bist, übertrug sich das auf mich, und ich
fühle mich pudelwohl."

Ein paar Schritte weiter ergänzte Astrid: „Noch nie zuvor
habe ich dich so ununterbrochen fröhlich und befreit wie heute
erlebt."

Judith drückte sie herzlich und küsste sie auf die Wange.

Zu Hause angekommen klingelte Judith gleich bei ihren
Nachbarn und lud sie zum Eis essen ein.

Fünfzehn Minuten später waren Judith, Adrian, Theo und ihre Freunde auf der Terrasse und aßen selbstgemachtes Vanilleeis mit Mangostückchen.

Auch Josef und Maria waren über Judiths heiteres, gelöstes Verhalten erstaunt und sprachen dies an.

„Ich wachte mit einem unbeschreiblichen Glücksgefühl auf und nahm es an, so wie es war, weil es sich traumhaft und himmlisch anfühlt. Alles ist auf ungewöhnliche Art und Weise wunderbar und auch wundersam." Dabei leuchteten ihre Augen so klar wie die Sterne am Himmel.

Bald darauf waren die Kinder von einem ereignisreichen Tag sehr müde und wollten freiwillig ins Bett. Sie küssten Maria und Josef zum Abschied und schlurften mit schweren Beinen ohne ihre Mama nach oben.

Als Judith ins Kinderzimmer kam, lagen die Kinder bereits im Bett. Aus der Spieluhr von Josef und Maria klang schon das Schlaflied und ihre Söhne wollten nur noch einen Gutenachtkuss. Zärtlich streichelte Judith über ihre Köpfe und küsste sie nochmals. An der Tür schenkte sie ihnen noch einen Luftkuss, dann ging sie zu ihren Gästen auf die Terrasse. Jedoch war nur noch Josef da. Er erklärte ihr: „Unser Telefon klingelte und Maria flitzte rüber."

Gleich darauf kam Maria mit schnellen Schritten und geröteten Wangen aufgeregt zur Terrasse und forderte Josef eindringlich auf, sofort nach Hause zu kommen.

„Bitte verzeih liebe Judith, aber das ist ausschließlich für Josefs Ohren bestimmt. Ich wünsche dir einen wunderbaren Abend, und wir sehen uns bald."

Dann zog sie den verdutzten Josef hinter sich her, über den Garten ins Haus, und verschloss die Terrassentür.

Judith sah das alles und schüttelte, schmunzelnd über Marias sonderbares Verhalten, den Kopf. Nun hatte sie Zeit, um in Erinnerung an den zu Ende gehenden Tag zu schwelgen.

Im Wohnzimmer atmete Maria tief durch und hielt sich an Josefs Schultern fest. Er umfasste ihre Taille und wartete geduldig, bis sie sich einigermaßen beruhigt hatte.

Aufgeregt erzählte sie von dem Anruf:

„Es war Hans, der anrief. Er sei in Stuttgart gelandet und möchte Judith mit seiner verfrühten Ankunft überraschen. Er wollte wissen, ob er bei uns klingeln darf, weil er durch unseren Garten auf seine Terrasse gehen möchte, um, wie bereits gesagt, seine Frau zu überraschen. Er vermutet, sie hält sich auf der Terrasse auf und liest in einem Buch. Zumindest hofft er das. Natürlich sagte ich sofort zu allem *ja*. Er meinte, er wäre in gut neunzig Minuten vor unserer Haustür."

Maria und Josef umarmten und küssten sich aus purer Freude über Hans' Rückkehr. Dann tanzten sie beschwingt durch die untere Etage.

19.
Vier Bücher

Vor dem Stuttgarter Flughafen umarmten sich zum Abschied zwei Freunde, die auf dem Weg in den Alltag waren, als Hans von Daniel gefragt wurde: „Wie kommst du nach Hause?"

„Mit dem Taxi", antwortete Hans kurz und knapp.

Daniel überlegte nicht lange und bat seinen Freund, ihn nach Hause fahren zu dürfen. Liebend gerne nahm Hans an.

Um 21.33 Uhr stellte Daniel den Motor vor Marias und Josefs Haus ab, und Hans verabschiedete sich mit den besten Wünschen von seinem Freund. Er winkte Daniel nach und wollte gerade die Klingel drücken, als bereits geöffnet wurde. Vor ihm standen aufgeregt und mit Freudentränen Maria und Josef. Wortlos umarmten sie sich und hielten sich fest. Das Wiedersehen war für alle drei sehr ergreifend.

Hans löste die Umarmung und Maria beantwortete gleich seine unausgesprochene Frage: „Wie du vermutet hast, liegt sie auf der Terrasse im Liegestuhl. Allerdings liest sie in keinem Buch, sondern hat verträumt die Augen zugemacht."

Hans hielt seine Freudentränen zurück, nickte und sah beide dankend an, und schlich dann über ihr Grundstück. Auf dem Rasen vor der gepflasterten Terrasse blieb er stehen und schaute Judith mit glasigen Augen zu. Er wusste, sie würde seine Gegenwart wahrnehmen.

Sie öffnete die Augen und blinzelte. Sie traute ihren Augen nicht.

„Hans!", rief sie, „Hans!"

Dann schnellte sie hoch und breitete die Arme aus. Gleichzeitig stürmte er die wenigen Schritte auf sie zu, warf seinen Rucksack zu Boden und umarmte sie. In ihrem Gefühlstaumel nannten sie unaufhörlich den Namen des Partners. Immerzu streichelten sie das Gesicht des anderen. Gegenseitig sogen sie den Duft des anderen ein. Sie schlossen ihre Augen und öffneten sie weit. Ihre Herzschläge schienen zu rasen. Sie durchlebten einen unbeschreiblichen Gefühlstaumel. Es dauerte sehr lange, bis sie dazu fähig waren, den anderen loszulassen und ein paar Zentimeter Abstand zwischen ihren Körpern zuzulassen. Benommen, überglücklich gingen sie Hand in Hand ins Wohnzimmer. Wiederum innige Umarmung.

Hans flüsterte ihr ins Ohr: „Ich lebe! Ich fand das wahre Leben, so wie du."

Judith spürte das. „Du weinst!"

„Ja. Das gehört zu meinem neuen Leben."

Sie küsste seine Tränen weg und streichelte sanft sein Gesicht.

Hans schluchzte und hielt Judith fest umarmt. Sie war kurz davor, in die Knie zu sacken. Alles war so überwältigend. Er fing sie auf und hielt sie fest.

Nun lagen sie eng aneinander geschmiegt auf der Couch. Dann begann er leise von seinem Albtraum zu erzählen:

„Im Traum begegnete ich einem sehr jung wirkenden, äußerst sympathischen Mann, dem ich etwas sehr Wichtiges mitteilen wollte. Allerdings bekam ich keinen Ton heraus und krächzte nur. Meine Kehle fühlte sich an wie zugeschnürt und ich bekam keine Luft mehr. Der Fremde sah mich voller Liebe an und bewegte unaufhörlich die Lippen, aber ich hörte nichts. Der Fremde streckte die Hand aus und berührte meine Stirn. Danach wachte ich immer auf und erschrak, weil ich mir selbst mit meinen Händen den Hals zudrückte, so dass ich keine Luft bekam.

Aber in Indien war das Ende des Traumes anders. Die Berührung des Fremden durchflutete komplett meinen ganzen Körper mit einem wohlig warmen Gefühl. Sanft wachte ich auf und fühlte mich leicht und frei, als würde ich schweben. Sogleich schlief ich wieder ein. Mit dem schwebenden Gefühl wachte ich in der Früh auf und begann nach dem kargen Frühstück mit einer für mich ungewohnten Leichtigkeit meine Arbeit. Gegen zehn Uhr war ich mit dem Verbandsmaterial vor dem Krankenhaus und suchte in der wartenden Menge eine bestimmte Patientin, um ihr den Verband zu wechseln. Viele Patienten warteten vor dem Krankenhaus, wenn der Krankenhausflur überfüllt war", erklärte er und sprach weiter. „Ich entdeckte die Frau und wechselte fachmännisch den Verband an ihrem Unterarm. Plötzlich war mir, als würde mir jemand meinen Kopf anheben und leicht nach rechts drehen. Was ich sah, schockierte mich zunächst. Es war der junge, sympathische Mann aus meinem Traum. Er stand in einiger Entfernung vor mir und lächelte mich liebevoll an. Hastig beendete ich den Verbandswechsel und rannte zu dem Fremden, der mich wie magisch anzog. Eine Armlänge vor ihm blieb ich stehen. Der

Fremde streckte, immer noch lächelnd, die Hand aus und berührte fast unmerklich meine Stirn. Dasselbe Gefühl wie in der Nacht durchströmte mich. Der Fremde legte nun die Hand auf meine Brust und mir blieb fast der Atem weg.

Was ich nun spürte, war das Zerbrechen von dicken Ketten, die zentnerschwer um mein Herz gelegen hatten und jetzt zu Boden krachten. Gleich darauf fühlte ich pure Kraft in mir und dachte an den kleinen, mutigen und psychisch starken David, der vor dem Riesen Goliath stand und ihn besiegte. Ebenso fühlte ich meinen inneren Sieg über mein mit Ketten zugeschnürtes Herz. Die Energie, die ich dabei wahrnahm, durchdrang jede Zelle meines Körpers. Alles um mich herum schien plötzlich in helles, warmes Licht getaucht zu sein. Noch bevor ich klar denken konnte, verschwand der Mann wie im Nichts. Innerlich gestärkt, glückstrahlend, mit großen offenen Augen und selig lächelnd stand ich da und fühlte mich jenseits von Gut und Böse. Wie lange ich in dieser Haltung verharrte, konnte ich nicht sagen. Gefühlt war es mindestens eine Stunde. ‚Kein Verstand kann begreifen was geschah‘, dachte ich und hielt sogleich inne. ‚Aber du kannst es!‘

Sogleich flitzte ich zu meinem Spind, in dem ich mein Handy aufbewahrte, und schickte dir eine Nachricht. Allerdings schrieb ich nur von der Begegnung und nichts von meiner Erkenntnis. Mir fiel es wie Schuppen von den Augen, dass ich mir selbst die Luft zum Atmen nahm, weil ich mein Herz verschlossen hatte. Aus diesem Grund war ich unfähig den Traum zu verstehen. Durch die zarte Berührung mit seiner Hand öffnete er mein Herz. Er zerschmetterte die Ketten, die um mein Herz lagen und es zusperrten. Die dicke, schwere Eisenkette war durch schmerzhafte Erlebnisse entstanden, aber auch durch mein eigenes Mitverschulden, weil ich verschlossen und nachtragend gewesen war. Erschüttert über mich selbst und über die Erfahrung fing ich an zu weinen.

Meine Aufgabe ist es nun, die restlichen Stahlbrocken durch Liebe und Reflexion zu zerstören und durch ein liebevolles, bewusstes Leben nicht mehr entstehen zu lassen. Auf einmal spürte ich mich. Ich war jetzt mehr als die Hülle *Hans*. Tränen empfand ich fortan als befreiend. Meine Nase schien nicht mehr verstopft zu sein und ich nahm die verschiedensten Düfte wahr. Ich atmete Leben ein – auch mein eigenes Leben. Tagtäglich begab ich mich, wenn ich abends erschöpft im Bett lag, in eine schmerzliche Situation mit meinem Vater. Ich erlitt den Schmerz erneut und vergab meinem Vater und mir. Mir selbst zu vergeben war genauso so wichtig, denn ich war sehr nachtragend. Als ich spürte, wie mich das befreite, war das Weitermachen trotz der empfundenen Schmerzen pure Befreiung. Sicherlich wäre ich ohne die Begegnung mit dem Retter, wie ihn die Kinder nannten, nie so weit gekommen. Er öffnete mein Herz, er berührte mein Innerstes. Ab nun wurde mein Herz für das Liebesband offen und gefestigt."

Judith hätte dafür keine Erklärung gebraucht. Sie wusste auch ohne seine Worte, was er erkannt hatte.

„Das alles enthielt ich dir vor. Ich wollte warten, bis ich hier und jetzt in deinen Armen lag."

Hans drückte sich fest an Judith. Beide schwiegen und spürten Begehren. Sie liebten sich leidenschaftlich.

Keiner der beiden empfand Müdigkeit, und einige Zeit danach berichtete ihr Hans von einem Erlebnis, durch das er die Erkenntnis von seinem Lebensduft gewann.

„Außerhalb des Krankenhauses warteten immer wieder Menschen, weil es drinnen zu voll war. Fast täglich verteilte ich Essen und Trinkwasser an die Kranken. Viele hatten nichts. Dieses *nichts haben*, können wir uns nicht vorstellen. Ich trug den Wasserkanister und Becher mit mir und versorgte die Menschen. Es war sehr heiß. Eine junge Mutter saß wartend auf dem Boden mit ihrem Baby auf dem Arm und weinte um ihr sehr krankes Kind. Ich wollte ihr Wasser reichen, als sie auf einmal herzzerreißend zu schluchzen anfing. Ihr Säugling war soeben in ihren Armen gestorben. Ich ging seitlich von ihr auf die Knie und sah augenblicklich neben mir jemanden stehen. Ich blieb in der Haltung und schien über das, was ich miterleben durfte, zu erstarren. Die Frau sah zu dem Mann auf und hörte auf zu weinen. Eine Träne des Mannes fiel auf das tote Baby. Die Mutter hielt ihm das Baby hin. Er berührte es am Brustkorb. Mich durchzuckte es, als hätte ich einen Stromschlag bekommen. Es war dieselbe Hand, die mich an der Stirn und auf meinem Herzen berührt hatte. Es war die Hand des Retters. In dem Moment, als ich die Hand erkannte, nahm ich den Duft wahr, der von ihm ausging. Auch umhüllte mich jetzt ein betörender Duft. Erinnerungen an Adrians Geburt tauchten auf. Wortfetzen von deiner Erkenntnis schossen mir in den Kopf. Dann spürte ich seine Hand auf meiner Schulter, und plötzlich wusste ich es: Der Lebensduft geht von ihm aus! Der Mensch erfährt von ihm den Duft, so wie du durch deine Erkenntnis, oder wenn er sich öffnet, so wie du es getan hast, oder auch als Lohn auf der Suche nach sich selbst. Der Lebensduft ist eine Herzenssache. Leben wir bewusst und reflektieren unser Verhalten, ist unser Streben nach Frieden und nach positiver Charakterbildung ernst gemeint, dann sind die Chancen groß, den Lebensduft zu erfahren."

Sachte schob er Judith von sich, stand auf und zog seine Hose an. Auf Judiths fragenden Blick antwortete er:

„Gleich erfährst du, wer er ist. Zumindest sagte er mir, dass ich dir es sagen soll. Dazu gab er mir vier Bücher mit, die noch im Rucksack sind, und den warf ich auf den Rasen."

Mit dem Rucksack kam er zurück und holte vier Bücher hervor. Die legte er mit dem Buchrücken nach oben auf den Tisch. Sie musste wählen, welches er willkürlich aufschlagen sollte.

„Das linke von dir aus."

Hans schlug eine zufällige Seite auf und las das Zitat vor, worauf sein Blick gerichtet war:

„Ich werde euch nicht als Waisen zurücklassen, sondern ich komme wieder zu euch."

Judith kapierte nichts. „Ich weiß immer noch nicht, wer er ist."

Hans antwortete ihr: „Ich las aus dem Buch der Christen vor, aus dem Neuen Testament. Und die anderen Bücher sind: der Koran, das Buch der Muslime; das Alte Testament, das Buch der Juden; und das Buch der Gewissheit, ein Buch der Bahá'í-Religion."

Judith wurde nachdenklich und sprach mehr zu sich selbst als zu Hans.

„Und wir sind nicht mal gläubige Menschen. Seine Liebe ist wahrlich vorurteilsfrei, unermesslich und grenzenlos. Die Grenzen sind in den Köpfen der Menschen."

Hans spann den Faden weiter: „Und uns erachtet er wohl als Menschen, die eine Begegnung mit ihm wert sind."

Judith stand auf und Hans ging auf sie zu. Sie hielten sich wieder lange umarmt und er flüsterte:

„Ich liebe dich mit der ganzen Fülle meines Herzens! Weil ich das nun aussprechen kann, ist deine verborgene Sehnsucht erfüllt!"

Judith sah ihn wie vom Blitz getroffen an.

„Du wusstest das? Wie? Woher?"

„Auch wenn Stahlketten um mein Herz lagen, so hat jedes Glied einer Kette ein Loch. Vermutlich drang durch die Löcher die Wahrnehmung deines Wunsches nach den drei bedeutungsvollen Worten, die ich dir in Liebe nun endlich sagen kann. Liebe Judith, ich liebe dich von ganzem Herzen!"

Dann nahm er ihre Hand und ging mit ihr ins Schlafzimmer.

Nachdem sie sich erneut geliebt hatten, schliefen sie genauso ein, wie in der letzten Nacht vor seiner Abreise: Nackt wie Gott sie schuf.

Ich sage Danke

So ein Buch entstand ja nicht von alleine. Menschen, deren Zuspruch, Freundschaft ... und Glaube an den Inhalt des Buches, halfen an der Entstehung mit.

So möchte ich mich bei diesen Menschen herzlich bedanken.

Als erstes ein großes, dickes, herzliches Dankeschön an Frau Inger Trimpin (Lektorin im Ruhestand) für ihre hervorragende Arbeit.

Auch dir lieber Heinrich Willi, meinem Ehemann, sage ich danke, und natürlich unseren Kindern Frau Amelie S., Herrn Benjamin S., Herrn Eduard K.

Besonderen Dank Frau Luise S. und ihrem Ehegatten Herrn Samuel S. für die Überlassung des Fotos für das Cover.

Lieben Dank auch an Frau Elena M., Frau Eva K., Frau Monika P. und Frau Ulrike D.

Vorschau

Es geht weiter!

Judith und Hans, ihre Söhne und ihre Freunde erfahren zwanzig Jahre später eine erlebnisreiche, sehr gefühlvolle und auch schwere, bewegte Zeit, in der Judith und Hans durch Umstände in der Familie gezwungen sind, sich mit dem Thema Sterben und Tod auseinanderzusetzen. Judith nimmt ab und zu einen betörenden Rosenduft wahr, der von keiner Rose ausgeht. Die Bedeutung des Duftes und auch die einer Erkenntnis erfährt sie am Weihnachtsfest, das bei einer Familie stattfindet, die einer anderen Religion als dem Christentum angehört.

Der Roman wird vermutlich 2021 veröffentlicht.